Prologue

Il faisait beau en cette journée du 10 août 1179. Contrairement aux jours précédents, la chaleur n'était pas excessive. Louis VII fit un signe à ses familiers – Guillaume de Champagne, son beau-frère, le chancelier Hugues du Puiset, Philippe d'Alsace, Baudouin de Guignes, Henri de Louvin – et arrêta son cheval. Le convoi royal arrivait sur la colline qui surplombait la ville de Compiègne où se dressait, sur la droite, le château que le roi avait fait restaurer et où il souhaitait passer quelques jours avant de se rendre à Reims. Louis VII était de forte corpulence. A l'approche de la soixantaine, il voyait sa santé se dégrader. Son médecin, Conrad de Massy, ne lui avait pas caché que sa paralysie du bras droit survenue au mois d'avril et qui avait duré une dizaine de jours n'était pas qu'un malaise passager. Elle s'étendrait bientôt à tout le côté droit. Il serait alors dans l'impossibilité de se mouvoir. Donc de gouverner le royaume. Conseillé par Baudouin de Guignes, Louis avait décidé de faire procéder à l'élection de son fils, Philippe, âgé de quatorze ans, par les grands du royaume.

Le roi s'écarta un peu du groupe et se tourna vers Philippe, jeune garçon blond, plutôt frêle, au regard incertain. Celui-ci caressa la croupe de son cheval et leva lentement les yeux vers son père. Sa cape bleue ne cachait pas ses épaules étroites, son torse maigre. Louis avait tant eu peur de le perdre au cours d'une de ses nombreuses maladies. C'était son unique héritier, né après de nombreuses années de mariage avec Adèle de Champagne, sa troisième épouse. Philippe Dieudonné, comme on l'appelait, était donc destiné à devenir roi, mais Louis avait toujours refusé qu'on lui donnât l'éducation contraignante réservée aux héritiers.

Depuis le départ du palais de la Cité, Philippe n'avait pas dit un seul mot. Il avait chevauché à côté de son père et de son oncle, le comte de Champagne, sans manifester la moindre joie pour l'immense honneur qui allait lui échoir. Il allait être sacré roi de France, mandaté par Dieu pour guider le peuple le plus important d'Europe. Cela lui faisait peur, même s'il ne mesurait pas toute l'importance de la tâche. C'était un contemplatif ; il n'avait aucune disposition pour l'action et les grands projets. Il aurait voulu passer sa vie paisiblement à Compiègne ou dans une autre résidence, à chasser, lire les auteurs anciens et prier. Le destin l'avait placé sur une marche qui n'était pas la sienne.

— Philippe, comment vous sentez-vous ? demanda le roi, d'un naturel inquiet.

— Bien, père, mais la chevauchée a été éprouvante.

— Nous allons rester quelques jours à Compiègne. Vous allez pouvoir vous reposer et vous distraire.

Chariots et cavaliers se remirent en marche. Devant chevauchaient le roi, son entourage, toutes les personnes importantes, issues des plus hauts lignages du pays. Seuls l'évêque de Paris, Maurice de Sully, et Jean de Citerne, le barbier, bénéficiaient d'une place bien au-dessus de leur condition de naissance, parce que le roi les aimait. Venait ensuite la multitude des courtisans et serviteurs. Les chariots transportant mobilier, lits, fauteuils, coffres où s'entassait la vaisselle, le trône officiel, les cuisines et la quantité imposante de vêtements, pour la parade, pour la chasse, pour l'intimité, s'étiraient sur une lieue. Au bord de la route, des êtres vêtus de hardes se bousculaient pour mieux voir les princes. Ils criaient leur joie de leurs bouches édentées ; boiteux, malades s'étaient traînés jusque-là, espérant que la seule vue du roi allait les guérir. Ils gesticulaient, se remplissaient le regard du spectacle extraordinaire de ces grands seigneurs richement vêtus montés sur des chevaux couverts de tissus dorés. Une vision du paradis.

Les valets chassèrent les curieux à coups de fouet. En quelques minutes la voie fut libre. Ils seraient au château en début d'après-midi, pour se mettre à l'abri pendant les heures les plus chaudes de la journée. Philippe poussa son cheval, qui reprit sa marche tranquille pendant que les charretiers encourageaient les mulets attelés aux lourds chariots. Après un chemin caillouteux entre les grands arbres de la forêt, ils parvinrent enfin en vue de la ville. Avertis par les émissaires, des valets étaient rassemblés dans la cour, près du pont-levis, pour accueillir les visiteurs. La tête couverte d'un chapeau de paille ou de tissu grossier, hommes, femmes et enfants se bousculaient. Quand le roi arriva, qu'il mit pied à terre avec sa suite, les serfs s'agenouillèrent à même les dalles couvertes de bouses de vaches et de crottin de cheval.

Ils dardaient des regards émerveillés sur ces hommes et ces femmes chamarrés, dont le prix d'une seule cape aurait suffi à leur donner à manger pendant une année. Le maître avait droit de vie et de mort sur ces animaux à deux jambes à qui on promettait le paradis du ciel, à la hauteur de leurs souffrances ici-bas. Les hommes étaient vêtus de braies, sorte de chemise qui ne cachait pas leur maigreur, et de hauts-de-chausses faits d'un tissu épais en chanvre qui leur enserrait la taille, les femmes portaient une robe en tissu simple, souvent très grossier, un fichu couvrait leur chevelure infestée de poux. C'était une marque de bonne santé : poux et autres parasites ne pouvaient pas croître sur une tête malade. Des enfants, sales, morveux, rachitiques, souvent contrefaits et affamés, s'accrochaient à leur mère. On ne prenait guère de précautions pour eux, car on savait que la plupart allaient mourir avant leur dixième année.

Ordre fut donné de s'occuper des chevaux pendant que le roi et sa suite se dirigeaient vers la salle basse du château, toujours fraîche, où on allait servir un léger repas, avec soupe, volailles et pâtés de poisson.

Louis VII invita son fils à prendre place à côté de lui. On apporta du vin et du cidre. Le jeune garçon mangea et se trouva tout à coup fringant, ce qui plut au roi. Après quoi, Philippe suivit Clément, son précepteur, dans son appartement. Frère Clément avait toute la confiance du souverain, à charge pour lui de former le futur Philippe, dit Auguste parce que né en août. Celui-ci l'écoutait avec une gravité nouvelle. Son regard bleu posé sur le moine, le jeune garçon souffreteux était toujours curieux de l'histoire de ses ancêtres, et en tirait des enseignements qui lui seraient utiles. Clément lui avait énuméré les noms et les actions de ses prédécesseurs, jusqu'au grand Charlemagne. Il avait découvert là des personnalités très différentes qui l'impressionnaient, mais il ne souhaitait ressembler à aucune. Celui qui allait devenir un des plus grands rois de la lignée capétienne, le fondateur de la France, était pour l'heure accablé par l'obligation qu'il aurait de prendre des décisions alors qu'il était hésitant en tout. Son père ne cessait de lui rappeler son futur rôle de premier prince du pays, et cela suffisait à le rendre maladroit et indécis.

Louis grimaçait. Les douleurs le harcelaient au côté droit. Ses médecins Abélard de Somy et Conrad de Massy lui conseillaient de se restreindre, mais il était gourmand. Son père était mort après un excès de mangeaille, mais il l'oubliait devant un bon civet de lièvre. Ses jambes arquées peinaient à le porter.

Il se rendit dans le parc qui jouxtait le château et s'assit à l'ombre d'un chêne séculaire. On ne repartirait que le surlendemain et, pendant que les valets poursuivaient le déchargement des charrettes, le roi se mit à bavarder avec l'évêque de Paris, Maurice de Sully. On disait que ce fils de serfs était envoyé par Dieu pour faire de grandes choses et mener à bien la construction de la plus grande et plus belle cathédrale consacrée à la Vierge. Il était né à Sully-sur-Loire. Son père façonnait des fagots avec les branches mortes récupérées dans la forêt, et sa mère fabriquait des balais en genêt. Un moine de Fleury avait reconnu dans ce jeune gardien d'oies des dons qui ne pouvaient être qu'un cadeau du ciel compte tenu de sa basse naissance. Il fut instruit dans l'abbaye dédiée à saint Benoît, y apprit le latin et la théologie, puis se rendit à Paris, où son éloquence lui attira de nombreux disciples.

Une véritable complicité existait entre le souverain et cet évêque sans rang. Louis lui demandait conseil à tout moment, ce qui n'était pas sans provoquer la jalousie d'autres membres de la cour, tous issus des plus grandes familles.

Maurice était surtout préoccupé par le chantier de la cathédrale, qui n'avançait pas.

— Sire, nous avons pris beaucoup de retard. L'épidémie de fièvres nous a privés de bons ouvriers. Les poutres de la charpente n'arrivent pas… Et la voûte s'est effondrée.

— Le pays ne manque pas de brassiers. Vous allez en trouver d'autres !

— Ce n'est pas si simple. Il faut mettre les récoltes à l'abri. Nos vilains redoutent les orages qui pourrissent les blés.

— Je sais cela, je le sais… dit le roi. Je vous fais confiance, faites au mieux ! Dieu ne vous en voudra pas pour quelques mois de retard…

— Quelques mois ? objecta l'évêque. Ce sera plusieurs années, sire, et je n'en verrai pas la fin.

Après l'étude, le jeune Philippe partit marcher avec frère Clément, un petit homme au regard triste, aux joues molles, dont les avis étaient toujours suivis. Il n'accordait pas grand soin à sa personne. Il sentait affreusement mauvais, mais en public il rayonnait, tant son intelligence était vive.

Le maître et l'élève se rapprochèrent du roi, qui, maintenant silencieux, écoutait la rumeur de la forêt.

— Me permettrez-vous d'aller chasser demain dans cette magnifique forêt ? demanda Philippe.

Le roi frotta son large front. Ses cheveux blonds découvraient la partie avant de son crâne et lui donnaient, ainsi assis sur un banc de bois, l'apparence d'un homme ordinaire. S'il n'avait été vêtu de brocart brodé de fils d'or, ses sourcils épais, ses joues grasses, son regard sous de lourdes paupières ne l'auraient en rien distingué d'un marchand de boutons. Aucune majesté chez ce prince d'une piété totale, parfois capable de décisions diaboliques. Combien de fois Louis le Pieux, comme on l'appelait souvent, avait-il lu le mépris dans le regard ardent de sa première épouse, l'infidèle Aliénor d'Aquitaine, répudiée au motif d'un lien de parenté, privant ainsi le royaume de la grande et riche province d'Aquitaine ?

Tout cela tournait dans sa tête. Louis aurait fait un bon moine ; il était plus à l'aise dans une conversation sur le temps, la saison, la pousse des blés ou la récolte du miel que dans les tractations diplomatiques. Il regarda longuement Philippe, debout devant lui, qui attendait sa réponse.

— Allons entendre la messe dans la chapelle, dit le roi en se levant lentement.

Il avait la démarche hésitante ; légèrement courbé vers l'avant, il suait abondamment et soufflait au bout de quelques pas. Maurice de Sully le suivit. Grand et maigre, toujours en mouvement, il attirait le respect. L'ancien gardien d'oies avait une majesté qui manquait au roi. L'intensité de son regard brûlait ceux sur qui il se posait. Il parlait peu, mais chacun de ses propos portait.

— Sire, permettez à ce jeune garçon d'aller prendre un peu d'exercice. Cela ne peut que renforcer son corps.

Ainsi, il fut admis que Philippe partirait à l'aube en forêt. Les ordres furent aussitôt donnés de tenir prêts piqueurs, chevaux et chiens au lever du soleil.

La nuit fut courte. Excité à la pensée de courir le cerf ou le sanglier, Philippe dormit très peu. Il aimait tout dans la chasse au lever au jour, les odeurs du petit matin, les chevaux qui s'ébrouaient, les chiens impatients de se lancer sur une piste et ce bonheur de l'incertitude, l'espoir de tuer l'animal prodigieux dont on parlerait encore des années plus tard.

Dans la cour du château régnait un grand désordre. Les valets s'interpellaient, les chiens jappaient, les chevaux hennissaient. On n'attendait que Philippe. Déjà le soleil levant incendiait l'horizon. Pas un nuage au ciel. La journée serait magnifique et le prince, qui avait expédié sa prière matinale, monta sur son cheval blanc. Le cortège se mit en route dans un vacarme considérable ; les chiens aboyaient, difficilement retenus par les piqueurs.

La chasse commença sous les frondaisons des chênes gigantesques de cette immense forêt où le gibier pullulait. Philippe lançait son cheval dans les sentiers, suivant la meute qui avait flairé un grand cerf.

Vers midi, on l'avertit que l'orage se préparait et qu'il faudrait rentrer avant la nuit. Il ne voulut pas l'entendre et poussa son cheval à l'avant, semant la troupe qui avait pour mission de ne pas le perdre de vue. Un énorme sanglier se leva devant lui, un vieux mâle aux longues défenses aussi tranchantes que des lames. L'animal attendit que Philippe fût à quelques brasses de lui avant de détaler.

La course dura longtemps. Le garçon s'était éloigné du restant de la chasse. Le tonnerre se mit à gronder au loin. Le sanglier s'était échappé. Philippe s'arrêta, regarda autour de lui, écouta le silence lourd entre les troncs immobiles. Il fit demi-tour, chercha sa suite, en vain. Le tonnerre éclata si près de lui que le cheval fit un écart. Désarçonné, le jeune garçon roula au sol. Il se dressa vivement, son cheval avait disparu. Il fit quelques pas hésitants, appela. Le son de sa voix lui parut étrange, comme menaçant. Pour la première fois de sa vie, personne ne répondait à son appel. Lui qui vivait constamment entouré de serviteurs dévoués était incapable de retrouver seul son chemin. La foudre claqua, Philippe vit l'éclair frapper devant lui, un arbre tomba si près qu'il manqua être écrasé. Une nuit de fin du monde l'entourait. Il ne voyait pas à deux pas de lui. La pluie redoublait, épaisse et froide.

Le jeune homme s'abrita sous un tronc qui penchait d'un côté, il tendait l'oreille pour percevoir les appels de sa suite dans le bruit des gouttes. Trempé et gelé, tremblant de tous ses membres, il n'avait d'autre recours que se confier à Dieu. A mesure que les heures passaient, le prince avait la certitude de ne plus être dans la forêt de Compiègne mais quelque part en enfer, et il s'attendait à voir surgir devant lui des démons menaçants. Il grelottait, car il n'était vêtu que d'un léger surcot, claquait des dents. Il appela encore, son cheval et sa suite. Il ne possédait aucune arme pour se défendre, ayant perdu son pieu de chasseur.

Le vent se leva de nouveau, hurlant dans les hautes branches, et le jeune prince entendait nettement des voix lugubres qui lui annonçaient sa mort prochaine. Soudain, il distingua une jeune fille qui marchait à sa rencontre. Il la trouva si belle qu'il en oublia un instant sa peur. Elle s'approcha de lui, si près qu'il vit sur le coin de son menton un très discret grain de beauté, grain de poivre pour agrémenter ce visage angélique qui lui souriait.

— Ne t'en fais pas, fit-elle d'une voix pleine de musique, je suis là pour te sauver. Viens, je vais t'emmener dans un paradis où tout sera plaisir et facilité.

Le regard de la jeune fille s'alluma d'une lueur étrange, aveuglante. Pris de panique, le prince voulut s'échapper mais il ne pouvait bouger. La belle tendait ses bras nus vers lui.

— Viens, je suis la Mort ; on raconte bien des bêtises à mon sujet. Je suis là pour le bonheur de ceux qui me font confiance…

— Non, je ne veux pas ! hurla Philippe.

Un éclair le fouetta. Une vive douleur éclata dans sa poitrine. L'apparition leva les bras vers les nuages menaçants.

— Je ne te quitterai jamais. Rappelle-toi mon visage, je t'apparaîtrai souvent et je serai à toi. Si tu me veux, tu n'auras qu'à me serrer dans tes bras et je t'emmènerai au paradis…

Un nouvel éclair. La belle avait disparu. Philippe, retrouvant l'usage de ses jambes, partit en courant, le visage fouetté par les branches basses. Les ronces s'accrochaient à ses mollets, il tomba. Sa tête heurta un rocher qui affleurait sur un tapis de mousse. Le garçon resta un long moment inconscient, sous la pluie froide qui redoublait. La foudre déracina un arbre, qui s'abattit à quelques pouces de sa tête. Le bruit le réveilla, il comprit combien il avait eu de la chance. Tremblant, il se remit sur ses jambes, voulut faire un pas, trébucha. Il s'appuya contre un rocher.

L'orage s'éloignait, les rayons du soleil réchauffèrent le jeune homme, qui reprit sa marche. Il tendait l'oreille aux rumeurs de la forêt, ne percevait que le bruit des gouttes. Il marcha ainsi pendant des heures sur des sentiers qui se perdaient dans les taillis. Tout se ressemblait, les troncs moussus succédaient aux troncs moussus, les champs de hautes fougères n'en finissaient pas. Il surprit une laie avec ses marcassins. Poussant un grognement sourd, l'animal détala dans un bruit de branches cassées. La nuit tombait, des chouettes hululaient autour de lui, comme pour lui rappeler son étrange vision. Ses vêtements étaient secs, mais il entendait le tonnerre gronder, annonçant un autre déluge. Une lourde fatigue plombait ses jambes, qui peinaient à avancer.

Il s'assit, désespéré. Où était sa suite ? Reverrait-il un jour le château où il faisait si bon vivre ? A mesure que l'ombre s'épaississait, il n'osait plus poursuivre sa marche de peur de tomber dans un précipice ouvert sous les feuilles mortes, une porte de l'enfer. Il s'agenouilla afin de prier avec ferveur, mais Dieu restait sourd à ses lamentations. Il se prit la tête entre les bras et se mit à pleurer.

Il sombra dans une sorte de sommeil lourd. Quand il se réveilla en sursaut, il appela son chambrier. Personne ne lui répondit. Le soleil se levait, illuminait la cime des arbres. Philippe avait faim. Des douleurs couraient dans sa poitrine. Il prit un sentier au hasard, appela de nouveau, espérant que ceux qui forcément le cherchaient l'entendraient. Il eut peur de sa propre voix. Un animal se mit à hurler quelque part dans les profondeurs de la forêt. Sûrement un loup qui avait trouvé sa proie. Il avait froid malgré le soleil brûlant. Ses pieds butaient contre les cailloux. Il tendait l'oreille, espérant un appel lointain qui lui redonnerait espoir, mais les seuls bruits étaient ceux des branches qui se frottaient et des feuilles qu'un petit vent agitait mollement.

Les heures défilaient, le soleil était maintenant à son zénith. Philippe avait si mal à l'estomac qu'il n'arrivait plus à marcher. Il s'approcha d'un ruisselet limpide entre de hautes herbes, se pencha puis recula vivement. Une vipère se dressait devant lui, menaçante. Il recula, se prit les pieds dans une racine et tomba sur l'arrière. Il se recroquevilla, les yeux rivés sur le serpent qui s'éloignait dans les herbes. N'allait-elle pas faire un détour pour l'approcher par surprise ? Le futur roi bondit et mobilisant ses dernières forces courut au hasard, jusqu'à ce qu'exténué il se laisse tomber sur un tapis de mousse fraîche. Sa prison était sans fin. Il se découvrait plus vulnérable qu'un jeune berger de son âge.

Le ciel s'était couvert. Quelle heure était-il ? Le matin ou l'après-midi ? La nuit allait-elle tomber tout à coup ? Et si le soleil disparaissait à jamais dans cette immensité d'enfer ? Déjà le tonnerre grondait quelque part sur la forêt, roulait ses tonneaux. Philippe n'en pouvait plus. Dieu le laissait glisser lentement vers la mort.

Jamais il ne serait roi de France, son destin était de mourir dans cette étendue végétale, comme un daguet abandonné par sa harde. Philippe Dieudonné, venu au monde après moult prières de son père, après les sacrifices de sa mère, était voué à être dévoré par les loups.

Le vent s'était levé. Le prince s'assit contre un énorme tronc de chêne. Le tonnerre claqua de nouveau, le vent se mit à hurler ; Philippe ferma les yeux, se concentra sur sa prière. La pluie ruisselait sur son visage ; le tonnerre n'en finissait pas.

Quand, enfin, la tourmente s'éloigna il ouvrit les yeux, la nuit était tombée, l'orage s'éloignait. Du ciel étoilé, la lune semblait le regarder. Alors, une lumière intense illumina le sous-bois. La jeune fille était là, qui le regardait. Elle était si belle ! Il crut voir sa demi-sœur, Alix, qui vivait à la cour de Blois et dont il se croyait amoureux. Elle s'approcha de lui avec une légèreté de fumée. Ses cheveux blonds tombaient sur ses épaules que couvrait une légère chemise blanche. Elle lui souriait et ses yeux d'un bleu de ciel fascinaient Philippe. Il aurait voulu arrêter le temps, conserver cette apparition qui le remplissait de bonheur.

— Tu vois bien que j'ai raison ! Viens danser avec moi et tu n'auras plus froid, ni faim.

Philippe la repoussa de la main, mais ses doigts se refermèrent sur le vide.

— Partez, je ne veux plus vous voir !

Elle éclata d'un rire sonore, tellement harmonieux, semblable à la musique de vielle que les ménestrels jouaient pendant les repas au château. Le regard fixé sur le petit grain de poivre au coin du menton, il se sentait tout à coup bien près de lui céder.

— Je ne te quitterai jamais. Tu m'appartiens et, quoi que tu fasses, tu reviendras toujours vers moi, dit-elle en se fondant dans les fumerolles qui montaient du sol détrempé.

Il voulut se lever, mais ses jambes étaient de nouveau lourdes et inertes.

— Je reviendrai, ajouta-t-elle avant de disparaître.

Un bruit tout près de lui le fit sursauter.

— Que faites-vous ici ?

Il se tourna vivement. Un homme marchait vers lui, vêtu d'un sarrau grossier, portant capuche qui ne laissait voir que son visage sombre.

— Je suis perdu ! s'écria Philippe, espérant enfin être secouru. Nous chassions… Et je me suis égaré. Je vous en prie, ramenez-moi au château…

— Au château ? Mais il y a le roi et toute sa suite en ce moment !

— Je suis Philippe, le fils du roi !

L'homme écarquilla les yeux, s'agenouilla en joignant ses mains sales, puis fit signe au jeune prince de le suivre.

Ils partirent dans un sentier. Mais Philippe ne pouvait plus marcher. Tremblant de fièvre, affaibli par deux journées sans manger ni boire, il roula bientôt au sol. L'autre hésita un instant, puis le prit dans ses bras puissants et le porta jusqu'au château. Le jeune prince avait tourné en rond tout près du palais alors qu'on le cherchait au milieu de la forêt.

L'homme, charbonnier de son état, fut accueilli par Louis VII en personne, qui lui donna une bourse de pièces d'or. Philippe était malade mais vivant. Ses médecins le saignèrent pour faire tomber sa fièvre, lui firent avaler des tas de décoctions recommandées par les auteurs latins. Rien n'y faisait. Louis se tenait à son chevet et priait le ciel de lui conserver son seul héritier. Les médecins allaient et venaient, se parlaient à voix basse, échangeaient des avis en latin, opinaient. On administra au malade un mélange de mercure et de soufre réputé pour son pouvoir de guérir toutes sortes d'affections liées à un refroidissement. Le prince délira toute une nuit et la journée suivante. Il repoussait les assauts d'une femme tellement belle qu'il brûlait de lui céder ; des valets de chambre changeaient ses vêtements et les couvertures toutes les deux heures. Personne ne dormit à la cour et le jour d'après, comme l'état du jeune homme empirait, le roi fit appeler Maurice de Sully.

Sur le visage osseux et rasé de l'évêque, on ne voyait que le nez, long et maigre, légèrement incliné sur la gauche. Le prélat était chauve depuis longtemps. Il n'était pas particulièrement propre et sentait aussi mauvais que Léon Clément, mais personne ne s'en offusquait. Sa longue robe de velours gris était constellée de taches sombres. Il avait perdu toutes ses dents et se nourrissait de bouillies, de pain trempé dans du vin. Il passait la plus grande partie de ses journées à dessiner les plans de la cathédrale qui était l'œuvre de sa vie. Dévoré par le doute, il demandait à Dieu de l'aider, puis prenait l'avis de ses clercs. Cet homme ascétique déployait une incroyable énergie. On disait qu'il avait perdu l'habitude de dormir et dépensait beaucoup en chandelles. Il entretenait une correspondance régulière avec le théologien Abélard ; leur sujet favori de discussion concernait l'existence de l'enfer. Pour Abélard, l'enfer était une évidence, pour Maurice de Sully, l'enfer ne pourrait exister qu'au jugement dernier, quand les âmes des damnés y seraient précipitées. De même, la nature du diable le préoccupait. Dieu, étant amour, n'avait pas pu créer le diable, qui était haine ! Alors le Dieu du mal serait-il indépendant, une puissance contre laquelle le Dieu du bien ne pouvait rien ?

Sully arriva à sa manière discrète, ses chaussures glissant sur les dalles sans le moindre froissement de sa longue robe. Il s'inclina devant le roi, contempla le malade pendant un long moment, tâta son pouls, posa sa main sur le front moite et tourna vers Louis un regard inquiet.

— Seul Dieu peut le sauver ! l'informa-t-il en joignant les mains. Je vais passer l'ordre dans tous les monastères et les paroisses du royaume de faire une chaîne ininterrompue de prières...

Louis se rendit à sa chapelle et s'agenouilla en face de l'autel. Malgré son âge, ses douleurs, son bras droit qui refusait parfois de lui obéir, il devait faire face à ses responsabilités. Si Philippe venait à mourir, tout ce qu'il avait bâti patiemment au fil des années serait à jamais perdu.

Il ferma les yeux et, la tête baissée, se laissa remplir par l'amour de Dieu qui avait conduit sa vie. Il avait fait des erreurs, il avait répudié Aliénor et le regrettait. Son divorce avait apporté l'Aquitaine à son pire ennemi. Et puis il avait épousé Constance de Castille, si belle, si douce, si religieuse. Constance lui avait donné une première fille, puis, le diable s'en mêlant, était morte en donnant naissance à sa deuxième fille. Il avait ensuite épousé Adèle de Champagne, s'unissant ainsi à la puissante maison capétienne. Leur mariage était resté stérile pendant des années, preuve que Dieu lui en voulait. A force de prières et de pèlerinages, Philippe était né. Cadeau du ciel, et ce Dieudonné allait peut-être mourir à la suite d'une stupide partie de chasse. Il ne pouvait s'y résoudre.

Il eut tout à coup la certitude que Dieu lui parlait, lui soufflait une solution au fond de son âme. Il se dressa, rassuré, et sortit de la chapelle.

— Faites atteler, ordonna-t-il. Nous partons sur-le-champ prier sur le tombeau de Thomas Becket.

— Mais, sire, osa Guillaume de Champagne, vous n'êtes pas en état de faire un aussi long et périlleux voyage.

En effet, depuis sa paralysie, Louis marchait difficilement. Il avait tellement grossi qu'il ne pouvait plus se hisser seul sur son cheval. Ses médecins lui avaient conseillé de ne pas faire de longs déplacements, mais il n'en avait cure.

— La guérison de Philippe passe avant mon confort ! trancha le roi, qui d'un geste du bras ordonna à sa suite de transmettre ses ordres.

Aussitôt, les appels des domestiques retentirent dans les différentes pièces du château. Le roi voyagerait en petit accompagnement, des émissaires partaient déjà pour préparer haltes et nuitées. On attelait les chevaux dans la précipitation. Dans la pièce où était alité Philippe, on entretenait un grand feu comme l'avait demandé Conrad de Massy, le chef médecin qui avait rapporté de nombreux secrets de ses lointains voyages en Orient. Il y régnait une chaleur de four, mais les servantes continuaient d'attiser le foyer avec des fagots. La sueur roulait sur le visage du malade, qui ne cessait de délirer. Il réclamait constamment à boire, mais Brunsky considérait que trop de liquide pouvait activer la fièvre.

Louis VII ne prit pas le temps de déjeuner. Quand les chevaux furent prêts, il partit devant sans se préoccuper de sa suite. Pour ménager ses forces, il fut convenu qu'il descendrait la Seine sur une barge et traverserait la Manche à partir du Havre. Il avait demandé aux moines de Compiègne de prier pour que Dieu lui donne de bons vents et recommandé la discrétion à son entourage, le Plantagenêt devant ignorer la visite sur ses terres de son cousin français.

Le roi partit le 19 août, accompagné par le chancelier Hugues du Puiset, Philippe d'Alsace, Baudouin de Guignes, et frère Leguin, un moine de Compiègne, tous déguisés en simples voyageurs, ce qui les amusait, malgré la gravité de la mission. Ils descendirent la Seine en louant Dieu, puis Leguin décida que s'embarquer au Havre n'était pas favorable. Ils se rendirent à cheval à Wissant. Le roi voyagerait sous les traits d'un marchand de laine comme il y en avait beaucoup entre les deux pays, escorté seulement par quelques gardes déguisés en valets. Les vents lui furent favorables, il y vit là une bonne disposition de Dieu, ce qui lui redonna espoir. Pendant toute la traversée, il resta à genoux sous le crucifix en compagnie de frère Leguin, qui avait connu Thomas Becket et prétendait rester en communication avec lui par la prière. Il menait une vie ascétique, se nourrissait uniquement de plantes crues ; sa maigreur de squelette terrorisait les enfants. Quand on le voyait, on pensait à la mort. Seul son regard intense montrait une âme profonde et généreuse.

Ils arrivèrent en Angleterre le 22 août au soir. Le 23, ils étaient à Canterbury, où le tombeau du saint mort depuis neuf ans était devenu un haut lieu de pèlerinage.

Après avoir été assassiné, Thomas Becket multipliait les miracles et Louis, toujours déguisé en marchand, se prosterna une journée entière sans manger ni boire devant son tombeau. Le soir, frère Leguin lui annonça :

— Sire, Thomas m'a assuré que votre fils allait guérir !

Malgré ce bon présage, Louis VII avait hâte de retourner à Compiègne. Dieu l'accompagnait toujours puisque le vent souffla dans le bon sens. Après Wissant, le bateau royal chargé de ballots de laine fut restitué au marchand qui l'avait prêté. Louis décida de poursuivre à cheval, moyen de déplacement plus rapide mais aussi plus dangereux, les routes étant infestées de brigands. Il arriva au palais deux jours plus tard, éreinté. Il sentait la paralysie s'emparer de son côté droit mais n'y prêtait pas attention. Une bonne nouvelle l'attendait : Philippe était guéri. La fièvre était tombée la veille, et après une nuit de sommeil calme il avait réclamé à manger. Le roi s'agenouilla à même la cour, joignit ses mains dans une prière intense et ordonna deux jours de jeûne.

La vie reprit son cours. Philippe II fut couronné à Reims le 1er novembre 1179, jour de la Toussaint, et veille de la fête des morts. Le jeune roi vit là un funeste présage. La belle jeune femme de la forêt de Compiègne ne quittait pas ses pensées.

PREMIÈRE PARTIE

L'innocence condamnée

Ce 14 août 1193, la ville d'Amiens était en liesse. Les rues avaient été décorées d'énormes bouquets de fleurs, les murs des maisons couverts de tentures colorées ; on avait accroché des rameaux de saule autour de chaque fontaine, d'où coulait du vin. Jongleurs et cracheurs de feu s'exhibaient sur les estrades où les bourreaux préparaient leurs ustensiles car on ne pouvait imaginer de fêtes publiques sans exécutions de voleurs ou de criminels. Les tavernes étaient bondées de gens venus des alentours pour assister à l'événement, unique dans cette ville depuis plusieurs siècles : le roi Philippe, dit Auguste, allait épouser Ingeburge de Danemark, une princesse venue d'un lointain pays dont on ne savait pas grand-chose. Les badauds espéraient apercevoir la future reine que l'on disait éblouissante de beauté.

Les tire-bourses allaient d'un groupe à l'autre, glissaient les mains sous les manteaux et dérobaient pièces de monnaie, broches et bourses. Devant la cathédrale, malades, culs-de-jatte, bossus et autres contrefaits tendaient la main aux passants. Lors d'un mariage royal, les princes et grands seigneurs se montraient toujours généreux.

Surtout, pas un de ces miséreux ne voulait manquer le merveilleux spectacle coloré. Le mariage aurait lieu dans la toute nouvelle cathédrale, toujours inachevée, mais dont on avait aménagé la nef pour les offices. L'édifice peint en bleu et rose avait été décoré avec des branches de pin, des bouquets de roses que le soleil ardent fanait. La foule se tassait sur le parvis, attendant que le couple royal et sa suite arrivent du château situé en bordure de la cité, à l'endroit où le comte d'Amiens avait décidé de construire des fortifications comme Philippe II était en train de le faire à Paris.

Tout à coup, un cavalier vêtu d'une cape violette fit irruption au milieu de la foule. Un géant qui écrasait le dos d'un cheval picard destiné à tirer les charges les plus lourdes. Il allait la tête nue, ce qui était rare, les chevaliers ayant un goût prononcé pour les chapeaux ornés de plumes. Ses abondants cheveux noirs moussaient en boucles luisantes qui tombaient sur ses épaules. Il agitait son épée.

— Holà, manants, cédez la place ou je vous fais sentir le plat de cette épée qui a pourfendu toute une armée de Sarrasins !

Guilhem de Ventadour n'était à Amiens que depuis quatre jours et déjà toute la ville le connaissait. Il avait écumé la plupart des tavernes de la ville, avait provoqué une cinquantaine de bagarres et mis à sac plusieurs bordeaux[1] dont les belles ne s'étaient pas montrées suffisamment empressées à le servir. Il avait tenu tête aux

1. Les bordels du Moyen Age.

gardes de l'évêque de Melun un soir de beuverie où il chantait des chansons coquines sur le parvis d'une église. Il n'avait pas été poursuivi parce que le roi le protégeait.

De sa voix tonitruante, il répéta ses menaces et fit place nette en quelques minutes, les badauds s'égaillant par les petites rues qui donnaient sur la grande place. Paniqués, les culs-de-jatte qu'on avait posés devant le portail se traînaient dans la boue pour échapper aux moulinets de l'énorme épée qui sifflait au-dessus de leurs têtes. La force du chevalier de Ventadour impressionnait. Les femmes frissonnaient quand il s'approchait d'elles, autant par plaisir que par répulsion. Il sentait fort le cuir de cheval, la sueur sèche et la venaison.

Le cortège, parti du palais épiscopal, arrivait sur la place. Guilhem mit pied à terre, confia son cheval à Fouillade, son fidèle valet et compagnon, et se mit en marche, d'une manière un peu empruntée. Ce grand vantard était timide et mal à l'aise quand il se savait regardé. Le son aigre des trompes dominait le tumulte de la ville en liesse. On se battait pour être au premier rang, des curieux étaient grimpés sur les toits, sur les arbres, où ils se tassaient et se disputaient les meilleures places.

Entourée des barons danois, la jeune Ingeburge s'arrêta sur le côté droit du parvis. Guilhem, qui avait pris sa place auprès des familiers du roi Philippe II, la trouva plus belle que jamais. Avec Etienne, l'évêque de Noyon et Gautier Garcin, il avait fait partie de la délégation qui s'était rendue au Danemark pour négocier le mariage. Il avait vu cette jeune princesse de dix-huit ans, blonde comme un champ de blé sous le soleil de juillet, légère au point que le chevalier n'aurait osé imaginer poser ses grosses mains maladroites sur sa taille. Il avait été pris de frissons, lui le bagarreur, le guerrier qui ne reculait devant aucune menace. Celui qui avait combattu sous les murs de Saint-Jean-d'Acre s'était tout à coup senti aussi faible qu'un enfantelet. Il tremblait, son cœur battait si fort que sa respiration en était hachée. La tête lui tournait au point qu'il n'entendait plus ce qu'on disait autour de lui. Il s'était senti trébucher, avait dû demander la permission de s'asseoir. Tous s'étaient étonnés de ce brutal accès de fièvre qui faisait perler la sueur à son front. On lui avait apporté du vin et un linge humide pour se rafraîchir. Enfin, il avait pu reprendre sa place dans la délégation et participer aux négociations. On oublia son malaise, mais lui y pensait tout le temps. Il avait la tête lourde, comme après une nuit de beuverie chez les filles follieuses. Trois jours plus tard, après que Valdemar Ier, père d'Ingeburge, eut refusé de s'allier au roi de France contre l'Angleterre mais eut accepté en compensation de verser une dot de dix mille livres, les délégations française et danoise partaient pour la France avec Ingeburge, future épouse de Philippe II.

Ce départ des lointaines côtes danoises, Ingeburge y pensait à l'instant de franchir le parvis de la cathédrale où elle allait s'unir pour la vie à un inconnu, le roi Philippe Auguste. Tout était allé si vite ! En moins de trois journées, la jeune princesse insouciante était devenue la future reine de France, ce grand pays si riche qu'on disait qu'il ne comptait point d'affamés. Elle tremblait, malgré la chaleur, elle regardait s'avancer le cortège du roi, précédé par des évêques qui chantaient, et elle ne pouvait contenir le tremblement de tout son corps.

Sa vie avait basculé en quelques heures. Son père, Valdemar Ier, l'avait fait appeler dans la grande salle de réception où se trouvait la délégation française. Tous les barons, les dignitaires, étaient là. La jeune fille avait surtout remarqué un chevalier géant aux épaules couvertes d'une cape violette. Son père, assis sur son trône à côté de sa mère, Sophie de Polock, semblait satisfait, ce qui était rare. La jeune fille y avait vu un signe funeste car elle avait bien compris que les Français n'étaient pas là pour négocier autre chose qu'un mariage. Elle avait parcouru du regard la foule des courtisans. Bjorg, le jeune et superbe comte d'Aarhus, lui sourit discrètement. Cela n'échappa pas au roi, qu'on avait tenu au courant de l'idylle nouée entre les deux jeunes gens. Il avait décidé d'y mettre fin : il était en pourparlers secrets avec le roi de Suède à cet effet quand la délégation française avait été annoncée. Son astrologue ne lui avait-il pas dit qu'Ingeburge serait une grande reine ? L'affaire avait été vite conclue. Valdemar, dans un silence total, s'était tourné vers sa fille.

« Vous allez partir en France pour épouser le roi Philippe le Deuxième. Vous serez la reine d'un très grand royaume ! »

Elle s'était efforcée de sourire, mais les larmes roulaient sur ses joues. On put croire qu'elle exprimait sa joie, mais la certitude qu'elle ne serait jamais plus heureuse lui lacérait l'estomac. Le plus grand des royaumes ne valait pas le château où elle avait grandi, sa famille, son frère, ses sœurs, sa mère, la douce Sophie, et surtout le beau Bjorg.

Trois jours plus tard, Ingeburge quittait la cour de Danemark pour un lointain pays dont elle ne savait rien.

Son père l'avait prise dans ses bras et lui avait murmuré : « Une reine ne recule jamais devant son devoir ! » Elle avait embrassé sa mère et était montée dans la voiture qui l'emmenait au port. Elle ne reverrait jamais ce doux pays, pas davantage Bjorg d'Aarhus, qui lui écrivait de si beaux poèmes et avec lequel elle faisait de longues randonnées à cheval, Bjorg qu'elle aimait et qu'elle aurait voulu épouser… Avant d'embarquer, un cavalier lui tendit une lettre. Elle attendit d'être sur le bateau pour la lire.

Mon cœur vous accompagne. Sachez que je ne vis que pour vous, mon épée est à votre service, n'hésitez pas à la solliciter. En apprenant que vous alliez épouser le roi de France, j'ai eu l'intention de me jeter du haut de la falaise, mais mon astrologue m'a dit que vous auriez besoin de moi, que vous alliez au-devant de grandes souffrances.

Je vous aime plus que tout.

Bjorg

Ingeburge avait beaucoup pleuré. Kathinca, sa dame de compagnie, qui parlait le français, l'avait assurée qu'elle partait pour le plus beau pays du monde, que le roi était un magnifique chevalier, qu'elle serait adulée dans toutes les cours d'Europe. Pourtant, un sombre pressentiment occupait l'esprit d'Ingeburge.

La lourdeur des vêtements l'accablait. Elle avait mal aux jambes, mal aux épaules, elle aurait voulu mourir alors que le cortège du roi s'approchait. Le roi ! Elle l'avait vu la veille, à son arrivée… Le funeste présage se précisait.

Guilhem de Ventadour avait repris sa place auprès des familiers du roi, à côté de Barthélemy de Roye, homme austère qui ne souriait jamais, drapé dans sa robe noir et rouge, jetant autour de lui, sous son chapeau à pointe, un regard froid auquel rien n'échappait. Il y avait aussi Guillaume des Barres, jeune et fringant chevalier, toujours prêt à dégainer son épée, le moine Pierre de Mesnil, gras et mou, et le bellâtre Raoul de Nesle. Guilhem détestait cet enrubanné, grand et bien fait, qui empestait le parfum. Ses cheveux blonds tombaient sur ses épaules, et son visage presque imberbe aux courbes parfaites était illuminé par son sourire car à trente ans il avait gardé des dents blanches bien rangées. Le roi lui passait tous ses caprices. Pourtant Raoul de Nesle ne brillait pas par son courage ; Guilhem s'était promis, à la première occasion, de lui faire mordre la poussière.

Près de frère Clément se tenait Adèle de Champagne, la mère de Philippe, qui donnait la main à Louis, son petit-fils âgé de huit ans, né du premier mariage de Philippe avec Isabelle de Hainaut et futur roi de France. Philippe avait autorisé la vieille femme, avec qui il ne s'entendait pas, à quitter sa retraite forcée de Pontivy pour assister aux festivités.

Le roi, au centre, marchait dignement. Ingeburge ne pouvait détacher son regard de cet homme ni grand, ni robuste, écrasé par la lourde robe bleue fleurdelisée. Une douleur aiguë pinçait sa poitrine. L'image du beau Bjorg la hantait. Que n'avait-elle fui avec lui ? A vingt-huit ans, Philippe II, son futur époux qu'on lui avait présenté comme un grand et beau seigneur, avait la démarche incertaine d'un vieil homme. Pourtant, il ne serait pourtant venu à l'idée de personne de s'opposer à sa volonté. Sa force n'était pas dans ses muscles, mais dans son silence, dans la fixité de son regard, dans sa manière de prendre son temps pour s'exprimer. Il parlait peu, mais juste et droit.

Les deux groupes, d'un côté les Danois avec Ingeburge, de l'autre la cour avec Philippe II, se faisaient face. Les trompes se turent et le silence se fit dans la foule.

D'un naturel impatient, Philippe s'énervait à la pensée que la cérémonie allait durer de longues heures. Il ne cachait pas sa mauvaise humeur, en ce jour où il aurait dû être le plus heureux des hommes. Il ne quittait pas du regard la blonde Ingeburge, au milieu des siens, et il lui semblait la connaître, l'avoir déjà rencontrée, ce qui était impossible. Cela le tracassait.

La jeune fille donnait le bras à Karl, son oncle et le frère de son père. Elle tremblait, comme prise de fièvre dans la chaleur de ce mois d'août qui allait tourner à l'orage. Elle claquait des dents comme une condamnée que l'on conduit à l'échafaud. Elle ne pouvait détacher ses beaux yeux bleus de celui qui allait devenir son époux et faire d'elle la reine du plus puissant royaume d'Europe. Les présentations avaient été faites la veille. Elle s'était méprise et avait cru que le roi était le beau Raoul de Nesle, mais quand son futur époux s'était approché elle n'avait pu s'empêcher de blêmir. Son léger geste de recul échappa-t-il à Philippe ? Il n'en avait rien montré. Puis elle avait vu son visage, sous son chapeau. Il n'était pas beau, anguleux, avec une barbe irrégulière qui formait comme des bourrelets, et son œil droit à la paupière lourde abaissée ! C'était donc vrai : le plus grand des rois était borgne ! N'était-ce pas pour cette raison qu'on était venu la chercher, elle, dans un minuscule et lointain pays, parce que aucune princesse n'avait voulu de lui ?

Philippe se détacha de ses barons, et marcha gravement vers elle. Ecrasé par sa longue robe bleue décorée de fleurs de lys en or, il gardait la tête légèrement enfoncée dans les épaules, tellement ordinaire pour un roi. Il esquissa un sourire, maladroit car il ne riait jamais. Son visage toujours impassible ne traduisait pas ses sentiments et encore moins ses pensées. Personne, pas même Barthélemy de Roye, qui vivait dans son entourage depuis des années, ne pouvait prévoir la moindre de ses réactions.

Ingeburge le rejoignit et le couple s'avança sur le parvis, où les attendait l'oncle de Philippe, le comte de Champagne, qui était aussi archevêque de Reims, souriant au milieu d'une pléiade d'évêques, d'archiprêtres et de moines. Guilhem ne pouvait retenir les tremblements qui agitaient ses membres. Ce jour de liesse était jour de malheur pour lui. Il pensait à ce que lui avait dit la vieille Ursuline avant son départ pour la croisade. On la disait folle, mais elle voyait l'avenir dans les volutes noires d'une goutte d'encre tombée dans une écuelle d'eau claire. Guilhem était allé la voir car il voulait savoir à quoi s'attendre dans ces pays d'infidèles au-delà des mers. « Un homme fera ton bonheur, une femme fera ton malheur. » Et quand il lui avait demandé s'il allait mourir dans les combats contre les Maures, elle avait aussitôt répondu : « Tu es trop fort pour mourir sur le champ de bataille. Ta perte viendra d'une femme si élevée que tu ne pourras que ramper devant elle ! » Ursuline ne s'était pas trompée : Guilhem ne survivrait pas au démon qui le faisait rival du roi de France, son bienfaiteur.

Quelques curieux montés sur un tilleul dont les branches avançaient sur le parvis se disputaient la meilleure place. Tout à coup, la branche céda et trois jeunes effrontés roulèrent sur les dalles, qu'on avait nettoyées la veille de la boue et du crottin. Les gardes s'emparèrent d'eux puis les chassèrent à coups de bâton. Des ordres de clémence avaient été donnés, heureusement pour eux.

En toute autre circonstance, Guilhem aurait éclaté d'un rire tonitruant. Le roi tolérait ses excès. Sa familiarité naturelle le faisait détester par la plupart des courtisans. Il était trop grand, trop fort, trop en tout, et puis il venait de terres lointaines dont on racontait les pires choses : des hérétiques y mangeaient les petits enfants et vouaient un culte au diable ! Redoutable en tournoi, le chevalier occitan jouait merveilleusement de la vielle à archet et chantait des airs pleins de grâce que le roi appréciait.

— Que vient faire ici ce gros lourdaud qui entache la cour de notre roi ? s'emporta le beau Raoul de Nesle. Tout le monde sait qu'il est le bâtard du comte de Ventadour, dit le Cantador, et d'une lingère !

— Il a sauvé le roi de la suette pendant la croisade et cela suffit ! répondit rudement Barthélemy de Roye, qui, lui, avait de la sympathie pour Guilhem.

Le couple entra dans la cathédrale sous les chants de centaines de choristes ecclésiastiques, suivi par un cortège coloré. On avait enlevé les tas de pierres, les énormes troncs de chêne destinés à la charpente en cours de construction, mais il restait des blocs taillés, trop lourds pour les faire rouler sans risquer de les écorner. La chaleur était accablante et les premiers nuages de l'orage assombrissaient le ciel. Des chants de joie entonnés par des meneurs payés par l'entourage du roi étaient repris par la foule qui se pressait près des fontaines d'où coulait un petit vin bien agréable. C'était jour de liesse, ces misérables en profitaient pour ne pas penser aux lendemains incertains. La mort était là, tout près d'eux, prête à les engloutir par les fièvres ou la dysenterie, alors ils s'enivraient pour égayer leur cœur, tant pis si ce plaisir volé, interdit aux serfs, serait ensuite payé en souffrances. Ils en avaient l'habitude.

Guilhem ne pouvait détacher son regard de la fine silhouette toute blanche d'Ingeburge. Comme elle devait être heureuse d'épouser le plus grand roi de la chrétienté ! A cet instant, elle ne pensait sûrement pas au joueur de vielle qui l'avait distraite et consolée quand elle avait quitté sa famille. Guilhem savait ce qui lui restait à faire : « Je mourrai en héros ! » se promit-il.

Cet amour stupide, né spontanément dès le premier regard, était sa pénitence. Il pensa à son oncle, Bernart de Ventadour, grand ami et probablement amant d'Aliénor d'Aquitaine, devenu moine en l'abbaye de Dalon après avoir fréquenté les plus grandes cours d'Europe.

Pourquoi avait-il accepté de suivre le roi au retour de la croisade ? Par vanité, parce qu'il savait que rien ni personne ne l'attendait sur les terres de Ventadour, lui qui appartenait à l'Anglais. Sa mère était morte trois ans après sa naissance et il avait grandi au château, parmi les chiens du comte à qui on donnait des croûtons de pain sec. Très vite, il devint si fort que le Cantador le remarqua et lui fit apprendre le maniement de l'épée en même temps que le jeu de la vielle. Ebles II reconnaissait en lui un véritable fils, mais ne pouvait l'inscrire dans sa haute lignée. Ainsi Guilhem était-il parti à la croisade comme piéton parce qu'il n'avait pas les moyens de s'acheter un cheval et une armure. Sous la bannière de son roi Plantagenêt, il ne se sentait ni anglais, ni français, il était Ventadour, de ses collines abruptes peuplées de loups et de brigands. Il avait appris le secret des plantes et les prières qui soignent auprès d'une guérisseuse du château. Cela lui avait permis de sauver le roi Philippe, atteint de la suette sous les murs de Saint-Jean-d'Acre.

Au retour de Palestine, il était resté avec Philippe, qui l'avait pris à son service. Le roi lui était reconnaissant et avait de l'amitié pour lui. Très rapidement, il l'avait intégré à son cercle fermé de proches conseillers.

Quand le roi et Ingeburge apparurent sur le parvis après la cérémonie, la foule se mit à crier sa joie. Les gardes avaient beaucoup de mal à contenir les curieux. Le cortège bariolé des chevaliers et des dames aux longues robes chatoyantes mettait de la couleur dans la vie terne des manants, des misérables assemblés là, qui se remplissaient le regard de cette vision de paradis d'un monde qu'ils ne pouvaient que rêver. Ils allaient repartir vers leurs ateliers ou leurs charrues, l'esprit illuminé par tant de luxe, tant de beaux visages qui ne souffraient ni de la faim ni de la fatigue. Ils ignoraient l'orage qui montait, les nuages lourds de pluie et de foudre qui pesaient au-dessus des toits. Ils auraient dû courir dans leurs champs et mettre à l'abri les récoltes que le printemps pluvieux avait épargnées. Ils auraient dû penser au lendemain, à l'hiver prochain, où le pain manquerait, mais ils restaient là, hurlant une joie qui cachait leurs angoisses, leurs peines, leurs souffrances. Dieu ne les avait-il pas créés pour être des serfs, des êtres à peine au-dessus des animaux et voués à servir ces hommes et ces femmes d'un autre monde à qui la vie ne donnait que plaisirs et bonheurs ?

Guilhem pestait. Le hasard l'avait placé entre Pierre de Fenil et Raoul de Nesle, qui dominait tout le monde par sa belle stature. Guilhem ne comprenait pas que le roi, pourtant si avisé, qui avait su éloigner les grands barons du gouvernement de son père pour attirer à lui des gens de petite noblesse mais talentueux, garde à la cour cet insupportable pédant dont il ne manquait pourtant pas de souligner l'incompétence.

La cérémonie avait duré plusieurs heures. Les invités sortaient lentement de la cathédrale, assoiffés et suant. L'orage grondait au loin, épargnant Amiens, preuve que Dieu bénissait cette union. Les badauds purent enfin voir la jeune épouse à côté du roi à qui on apporta un chapeau pour protéger son crâne dégarni. Qu'elle était belle ! Une apparition ! Elle ressemblait à la Vierge Marie. Elle souriait, montrant un bonheur qu'ils imaginaient immense. Le sacre aurait lieu le lendemain. Des envoyés de l'archevêque étaient partis à Reims chercher l'huile sainte pour l'onction royale. Il ne restait qu'une croûte séchée au fond de la fiole, dont on prélevait une infime poussière avec une aiguille en or.

Le cortège se rendit au château, où une multitude de marmitons, de cuisiniers, boulangers, pâtissiers s'affairaient depuis trois jours à préparer le banquet qui rassemblerait plus de cinq cents convives. On avait sacrifié trois bœufs, onze cochons gras, une multitude de poulardes, de chapons, de pigeonneaux, cailles, perdrix, et d'autres amuse-bouche. On avait vidé les étangs de leurs carpes, brochets et brèmes dont on fabriquait des pâtés tant appréciés sur les tables nobles. Les effluves de la cuisine, du pain et des pâtisseries en train de cuire embaumaient la ville entière. Les Amiénois, dont la plupart n'avaient qu'un morceau de pain sec pour leur dîner, participaient ainsi au banquet.

Les réjouissances devaient durer jusqu'au lendemain à vesprée. La ville était en liesse. On buvait en abondance le petit vin coupé d'eau qui coulait aux fontaines. Sur les places, les exécutions de condamnés agrémentaient la fête. Le supplice de la roue était le plus apprécié. Sur une roue de charrette, fixée à l'horizontale à trois pieds du sol, on attachait le condamné en croix, ses membres pendant hors de la roue. Les bourreaux en brisaient les os avec une masse d'arme. La foule s'esclaffait à chaque cri du malheureux.

Philippe semblait préoccupé mais se forçait à faire bonne figure à sa nouvelle épouse qui, ne comprenant pas un mot de français, ne pouvait communiquer qu'avec les gens de sa suite. Le roi s'aperçut que Guilhem était sombre. Lui, qui d'ordinaire ne ratait pas une occasion pour se goinfrer, se contentait de piquer du bout de sa dague un morceau de chapon et de le mastiquer longuement.

— Eh bien, messire de Ventadour, lui demanda-t-il, que nous vaut votre mauvaise humeur ?

— Rien, sire, vous savez que je ne suis pas un homme de foule, répondit Guilhem avec son accent occitan (il n'avait jamais maîtrisé la langue franque). Et puis, je me sens fiévreux...

— Allons, buvez de ce petit vin de Champagne, il vous remettra d'aplomb !

— Sire, si vous me le permettez, je vais me retirer. Demain, je ne veux surtout pas manquer le moindre instant du couronnement de la reine Ingeburge.

Celle-ci, assise à côté du roi, ne souriait pas. Nesle dit à son voisin que cette petite étrangère ne méritait pas l'honneur qu'on lui faisait. A quoi Roye, plus malin, répliqua :

— Qu'en savez-vous ? La voilà sous les regards curieux de tous, livrée à des remarques qu'elle ne comprend pas... Attendez un peu, et vous verrez qu'elle saura tenir sa place !

En parlant ainsi, Roye voulait surtout justifier ce mariage dont il était à l'origine. Si l'affaire venait à rater, cela signerait sa disgrâce.

Le vin coulait à flots et dès les premiers plats beaucoup de convives déjà saouls se laissaient aller. Comme certains avaient l'ivresse hargneuse, Philippe II avait donné ses consignes à des gardes déguisés en serviteurs qui devaient expulser tous les fauteurs de troubles quel que soit leur rang.

A la tombée de la nuit, un nouvel orage éclata. Des trombes d'eau rafraîchirent l'atmosphère. Philippe était fatigué. Au huitième plat, n'y tenant plus, il prit la parole :

— Mes bons sires, banquetez à satiété. Passez une nuit de liesse. La jeune reine est exténuée car la journée a été terriblement éprouvante pour elle. Elle va donc se retirer, et avec votre permission je vais l'accompagner.

Des bravos fusèrent dans un tintamarre assourdissant, doublés de remarques grivoises à peine retenues. Philippe laissa faire et murmura ses ordres à l'oreille de Guierot, le chef de sa garde. Le roi n'aimait pas les fêtes. Cet infatigable travailleur avait hâte de retrouver ses habitudes et d'exercer son métier de roi. Il avait la réflexion froide et, même s'il cédait facilement à la colère, il prenait toujours des décisions mûrement réfléchies. Roye, qui avait une oreille partout, entendait toutes les conversations à voix basse, savait glisser une pièce dans la main d'un garde ou d'un valet pour qu'on lui rapporte les moindres propos des uns et des autres.

Après le départ de Philippe et de son épouse, Guilhem ne cacha plus sa mauvaise humeur. Il ne pouvait s'empêcher d'imaginer le couple royal dans la chambre nuptiale, elle, dévêtue par ses femmes, lui dans son antichambre, parfumé par ses valets. Il voyait Ingeburge s'allonger sur le lit, attendant, ravie, les yeux mi-clos, celui qui allait la déflorer. Guilhem poussa un grognement qui étonna ses voisins, puis fit un signe à Fouillade, qui l'attendait en retrait de la table du banquet. Roye, qui l'observait depuis le début, l'interpella :

— Messire, voilà que vous partez déjà ? Ce n'est point dans vos habitudes.

— Je me sens fiévreux et tremblant, répondit le géant en prenant un air attristé. J'en suis navré, mais j'ai besoin d'aller me coucher.

— Messire, nous feriez-vous le plaisir de jouer de la vielle et de nous chanter un de vos airs occitans ?

— Nenni, monseigneur. Ce sera pour demain, puisque je crois qu'un nouveau banquet est prévu pour le couronnement de la reine.

La cause du dérangement de cet homme qu'on n'avait jamais vu malade, même pendant la pire période de la suette en Palestine, n'échappa pas à Roye. Entièrement dévoué à Philippe, le moine se méfiait de tout le monde, surtout des amis du souverain qu'il faisait surveiller. Il savait aller des uns aux autres et glisser les pensées les plus insidieuses dans les esprits influençables. Guilhem était généralement hermétique aux propos du moine. C'était un homme droit et tout d'une pièce. Sa force le mettait au-dessus des louvoiements feutrés des gens de cour. Roye, qui faisait partie de la délégation auprès du roi de Danemark, avait remarqué l'impression produite par la jeune Ingeburge sur cet inculte qu'il avait longtemps cru incapable de sentiments humains.

Guilhem quitta le palais en proie à un vif dérangement. Fouillade l'escorta en respectant son silence.

— Maître, ce n'est pas une soirée à aller vous enfermer seul ! finit-il par dire. Venez, j'ai repéré une auberge où les belles filles ne manquent pas...

Guilhem le suivit sans répondre. C'était peut-être là une manière d'oublier ce poids qui l'écrasait, qui gênait sa respiration. Les deux hommes se dirigèrent vers une taverne à porte basse, au fond d'une ruelle où les détrousseurs pullulaient. Mais personne ne s'en prit au superbe seigneur à la cape violette dont la stature incitait à la retenue.

La pièce sombre était pleine de citadins qui riaient et parlaient fort en caressant la croupe de filles peu farouches. Ça sentait la graisse brûlée et le crottin. L'entrée du seigneur de Ventadour fit brusquement cesser les rires et les plaisanteries. Tous savaient que les grands nobles qui venaient dans ces lieux du vice n'hésitaient pas à manier l'épée pour faire le vide. Et celui qui venait d'arriver n'avait pas une tête à ne pas prendre ses aises.

— Holà, tavernier, tonna Guilhem, donne-nous à boire, et de ton meilleur vin !

Le tavernier était vêtu d'un sarrau gris maculé de taches sombres ; le front couvert de charbon car il entretenait un feu où grillaient des pièces de viande, il s'empressa de remplir un pichet de vin et l'apporta à Guilhem, assis à une table dont il venait de chasser les occupants.

— Je t'ai dit du vin, beaucoup de vin ! Pas un gobelet ! Ensuite, tu apporteras ta meilleure viande et tu mettras tout le monde dehors, sauf les filles.

Beaucoup de clients n'avaient pas attendu et s'étaient enfuis, profitant de l'aubaine pour ne pas payer leur écot. Quand la place fut nette, Guilhem put se mettre à son aise. Fouillade souriait. Roux, des taches de rouille sur son visage peu fourni en barbe, il ressemblait à un renard et ses yeux ne perdaient rien, pas un détail de ce qui se tramait autour de lui.

Guilhem vidait hanap sur hanap, une fille sur chaque genou. Une profonde tristesse engluait son âme. Malgré lui, l'image d'Ingeburge gémissant de plaisir sous les caresses du roi occupait son esprit. Il fit signe à Fouillade et lui souffla à l'oreille :

— J'en crève !

Il n'avait pas besoin de préciser de quoi. Fouillade, qui avait souvent tenté de le ramener à la raison, chercha à le réconforter :

— Occupez-vous de ces deux garces et ne pensez pas au reste !

— Au diable ! explosa Guilhem en repoussant brutalement les filles, qui s'éloignèrent car elles avaient appris à se méfier des clients grincheux.

Il se leva, énorme, espérant un attardé pour lui chercher querelle. N'en trouvant pas, il marcha de son pas d'ours vers le cabaretier retiré derrière le comptoir où il préparait les boissons.

— Je ne sais pas ce qui me retient de te mettre la tête dans ton feu ! grogna Guilhem. Je passerai te payer demain ! ajouta-t-il en se dirigeant vers la porte.

Le cabaretier, homme d'une trentaine d'années, déjà édenté, la figure piquée d'une vérole ancienne, n'insista pas. Il savait ce qu'il en coûtait de réclamer son dû aux grands seigneurs. Il s'en tirait bien puisque ce géant en violet n'avait rien cassé.

Fouillade marchait de son petit pas rapide aux côtés de Guilhem.

— Je suis maudit ! lâcha ce dernier.

— Ecoutez, maître, vous êtes victime d'une sorcellerie. Cette femme va vous conduire en enfer.

— Je le sais, mais je n'y puis rien. Je suis comme le poisson qui ne peut se débarrasser de l'hameçon.

Guilhem erra une partie de la nuit dans les rues encore envahies de gens fêtant le mariage de leur roi. Il rentra au palais épiscopal, où résidait le roi. Des dépendances avaient été réservées pour la cour. Il enjamba plusieurs barons allongés à même le sol et tellement ivres qu'ils ne pouvaient pas rentrer chez eux. Il claqua la porte de sa chambre, se laissa tomber sur le lit. Jamais il n'avait été aussi triste. La douleur qu'il ressentait n'était pas celle d'une blessure ordinaire. Diffuse, impossible à localiser, elle était si intense que le moindre mouvement lui arrachait une grimace. Il frotta sa barbe noire tandis que des images insupportables continuaient de se heurter dans son esprit… Vivement la prochaine bataille, où il saurait mourir en héros !

Ingeburge était perdue. Dès que les membres de la délégation danoise se furent éloignés d'elle, l'aspect repoussant de la cour lui apparut. Les femmes aux tenues bariolées, les hommes au teint sombre qui baragouinaient une langue inconnue la rebutaient. Elle regrettait la cour de son père, où chacun était à sa place. Ce roi devenu son époux cet après-midi et qu'on lui avait présenté comme le plus bel homme de la chrétienté n'avait pas plus de prestance qu'un valet de pied. Rien ne l'attirait en lui.

Quand Philippe décida de quitter le banquet, qu'il lui tendit la main pour l'emmener à leurs appartements, elle eut l'impression de sombrer dans les profondeurs de l'océan. Il l'abandonna à ses servantes, qui se mirent à la préparer pour la nuit de noces. Des chambrières, sous le regard froid de Mme de Montoy, la conduisirent dans une pièce voisine de la chambre nuptiale et la déshabillèrent. Une fois entièrement nue, des mains expertes la baignèrent dans une eau trop chaude, puis étalèrent sur sa peau une crème froide et désagréable.

Elles la coiffèrent, la firent s'allonger, lui ouvrirent les jambes pour lui raser le pubis. Enfin prête, vêtue d'une robe de soie transparente, elle se laissa conduire par Mme de Montoy vers l'antichambre, où s'entassaient une troupe de courtisans. Des femmes lui lançaient des regards envieux, les hommes parcouraient des yeux les plis de sa robe transparente. Elle entra dans la chambre, la porte se referma derrière elle, elle monta sur le lit, attendit.

Le chambellan ouvrit une porte dorée et le roi s'approcha. Il lui sourit, mais Philippe ne souriait jamais vraiment : comme un chien prêt à mordre il retroussait ses lèvres, qui révélaient ses chicots noirs. Ingeburge sentit son haleine fétide. On avait allumé des lampes à huile au-dessus de leur couche. A travers la légère chemise blanche elle découvrait le corps maigre et mal fait de son époux. Le souvenir de Bjorg la brûlait. Sa répulsion se voyait-elle sur son visage ? Philippe n'en montra rien. Pourtant, il restait en retrait. Il avait connu beaucoup de femmes et avait toujours été entreprenant. Alors pourquoi demeurait-il ainsi, comme paralysé par cette jeune fille aux beaux yeux bleus ?

Elle s'efforça de lui sourire et lui, pour se donner une contenance, s'agenouilla un instant sous le crucifix. De la fenêtre ouverte, puisqu'on était en été, venaient les rires et les chants de la ville en liesse. Ces cris de joie rassurèrent le roi, qui osa revenir auprès d'Ingeburge. Elle resplendissait. Ses longs cheveux blonds luisaient, pleins de reflets d'or. Ce qui intriguait Philippe et qu'il n'arrivait pas à chasser, c'était cette impression de l'avoir déjà rencontrée. Or la jeune Danoise n'avait jamais quitté ses hautes contrées natales, où Philippe lui-même n'était jamais allé. Cette pensée s'imposait au point qu'il hésitait à la prendre dans ses bras. Une parole aurait suffi pour les rapprocher, mais comment se comprendre ? Le silence l'écrasait. Il avait bu beaucoup plus que d'habitude, pour se donner des forces, et vaincre son appréhension. Près de la princesse, ce guerrier, dont on reconnaissait le courage, se sentait terriblement faible et vulnérable.

Ingeburge baissait la tête. Elle savait vaguement ce qui allait se passer et se donnait à son destin, mais ses pensées étaient ailleurs, loin de ce palais où elle n'imaginait pas qu'il fût possible de trouver le bonheur. En face, le roi grelottait. La simple idée qu'il pût être inférieur à cette petite princesse lui donna l'audace de glisser sa main sous son menton pour la forcer à le regarder. De près, sous la lumière de la lampe à huile, le beau visage de sa jeune épouse lui apparaissait dans une vérité qui le blessait. Il devait agir, mais son aiguillette restait nouée. Alors, cet homme taiseux, qui redoutait d'être jugé par cette toute jeune femme, se mit à parler à tort et à travers :

— Je suis le roi de France. J'ai déjà été marié à Isabelle de Hainaut, qui m'a donné un fils, Louis, qui par la grâce de Dieu régnera après moi…

Il s'arrêta, comprenant que ce qu'il disait n'avait pas sa place à cet instant.

— Ai-je été ensorcelé ?

Ingeburge parla à son tour, quelques mots rapides, chuchotés, Philippe en entendit la musique. Il s'approcha d'elle, s'allongea. Elle ne bougea pas, toujours assise à côté de lui. Il avait beau se dire qu'elle était magnifique, son corps restait insensible. Ingeburge avait retenu la leçon d'une marâtre que son père avait mise à son service pour l'accompagner et lui expliquer les choses de l'amour. Consciente que de cet instant dépendait son avenir de reine de France, elle aurait pu prendre une initiative salvatrice, mais ses bras, ses mains, tout son corps, refusaient de lui obéir. Alors, le roi, habitué aux femmes dociles et empressées à le servir, explosa :

— Pourquoi tu ne bouges pas ? Je ne te plais pas ?

Il avait presque crié. Ingeburge releva le drap sur ses épaules. Philippe, pour la première fois, était en faiblesse face à une femme. La blessure d'amour-propre s'ouvrit sur une violente colère. Il se redressa brutalement, sauta du lit, renversa les chenets de la cheminée éteinte, lança au travers de la pièce un broc d'eau fraîche, puis la cruche de vin, qui éclata contre une tenture en longues langues de sang. Ingeburge avait poussé un cri et dit quelque chose dans une voix pleine de peur. Le roi s'arrêta net, puis, toujours furieux se jeta sur le lit, attirant contre lui la jeune fille.

Cette fois ! pensa-t-il en sentant son sexe durcir. L'embellie fut de courte durée. De nouveau impuissant à mener son action à son terme, il se laissa glisser sur le bord du lit, les yeux ouverts au plafond, où la lueur des lampes à huile formait des ombres changeantes.

A plusieurs reprises, son désir revenu, le roi étreignit la jeune fille avec fougue, la pensée rivée sur l'acte à accomplir, la chevauchant avec tant d'ardeur qu'elle crut plusieurs fois le grand moment arrivé. Mais Philippe retombait, sans forces. Alors, la colère prit encore une fois le dessus. Ingeburge était terrorisée.

— Mais faites quelque chose ! cria-t-il.

Elle lui adressa un regard soumis autant que terrifié, puis se mit à pleurer, ce qui finit de désarmer le roi. Consciente de ne pas être à la hauteur de ce que toutes les cours d'Europe attendaient d'elle, pensant à son père qui lui avait inculqué des principes rigides et un sens absolu du devoir, elle s'agenouilla sur le prie-Dieu.

— Vous ne voulez pas de moi ! Je vous déplais, je suis trop vieux, borgne, et aussi laid qu'un vilain ! Je n'en suis pas moins le roi le plus puissant de la chrétienté ! gronda Philippe.

Le plus puissant, certes, mais il était vaincu par une jeune fille innocente aux yeux bleus pleins d'une lumière profonde, dans lesquels Philippe lisait sa faiblesse et sa laideur.

Le jour se levait, éclairant l'horizon qu'il apercevait par la fenêtre. Déjà, dans la cour, les valets d'écurie s'activaient. Un chariot de légumes aux roues ferrées faisait sonner les dalles. On entendait les chevaux s'ébrouer dans les écuries et au loin des faucheurs qui battaient le fer de leur faux en cadence.

Philippe hésita à appeler son chambellan. Ingeburge priait toujours, la tête baissée dans un profond recueillement. Le roi voyait son corps magnifique à travers le léger tissu de sa robe.

Elle se tourna vers lui. Il pensa à Nesle, si grand, si bien fait, aux cheveux blonds abondants et magnifiquement ondulés. Sûrement qu'Ingeburge l'aurait aimé pour sa beauté. Puis il pensa à Guilhem, l'homme d'ailleurs, l'étranger d'Aquitaine. Ingeburge aurait trouvé refuge dans ses bras puissants. Elle se serait blottie, comme une toute petite fille, contre la poitrine du géant. Mais

Philippe n'était ni Nesle, ni Ventadour, il était un homme quelconque malgré sa couronne. Cette nuit, Dieu l'avait puni pour son orgueil.

Il frappa dans ses mains. Guierot, qui montait la garde à la porte, fit appeler le chambellan puis rangea les objets cassés avant de laisser entrer les nobles attachés à la personne du roi. Les femmes emmenèrent la reine à ses ablutions. Philippe remarqua une grande brune qui saluait les courtisans en français. Que n'était-elle sa reine ! Avec celle-ci, qu'Ingeburge appelait Kathinca, il n'aurait eu aucune faiblesse. Le roi reçut son oncle, Guillaume de Champagne, onctueux, très gras, au regard mouillé de vieux chien. Il n'osa le regarder en le saluant, redoutant que l'archevêque ne lise sa déconvenue sur ses traits. Mais le vieux prélat n'était pas dupe : pour ce qu'il lui semblait, la nuit de noces ne s'était pas bien déroulée.

Quand elles se furent éloignées, Kathinca lança un regard curieux et amusé à Ingeburge, dont le visage fatigué affichait tous les signes d'une nuit agitée.

— Alors ? lui demanda-t-elle. Comment cela s'est passé ? Nous avons entendu des cris… Le roi se serait-il mis en colère ?

Ingeburge éclata en sanglots. Kathinca la berça dans ses bras un long moment.

— Tout va s'arranger, ne vous en faites pas.

La journée serait bien remplie. Philippe devait déjà se préparer pour la très longue cérémonie du sacre d'Ingeburge. Beaucoup se méprirent sur les causes de son visage fermé. Les valets plaisantaient entre eux, multipliant les grivoiseries. Se moquer ainsi du roi à mots couverts était rassurant.

— On dit que les filles des contrées froides ont le feu où je pense ! lança Nesle en souriant.

Roye lui adressa un regard courroucé.

— C'est ainsi que vous respectez votre reine ?

Le soleil montait dans un ciel clair. Ingeburge s'était retirée avec ses femmes et les barons danois qui l'avaient accompagnée. Ils devaient assister au sacre avant de repartir dans leur pays, laissant la jeune femme seule avec ses servantes, Kathinca, sa dame de compagnie, et le moine Olaf, qui parlait un peu le français et avait pour mission de l'assister dans ses débuts à la cour de France.

La cérémonie du sacre commença vers midi. Le roi, vêtu de sa robe de velours bleu ornée de pierreries, tenait de la main droite son sceptre surmonté d'une fleur de lys en or. Il était entouré de ses proches, de son chambellan, Baudouin de Guignes, qui était bègue, et de son nouveau conseiller, Robert Clément, le neveu de son précepteur, qu'il avait fait venir à la cour. Quand tout le monde fut prêt, Philippe s'étonna :

— Où est Ventadour ?

Le roi avait sa tête des mauvais jours et chacun tentait de le servir au mieux, d'éviter la moindre remarque qui aurait pu lui déplaire : ses accès de colère étaient toujours violents et imprévisibles.

Nesle, qui avait toutes les audaces, haussa les épaules.

— Ivre mort dans quelque tripot ! dit-il sur le ton de la moquerie.

— Qu'on aille le chercher !

Ce ne fut pas nécessaire. On entendit un grand remue-ménage dans le couloir qui conduisait à la salle d'apparat. Des pas lourds firent vibrer les cloisons. Un léger sourire, qui n'échappa pas à Nesle, passa sur le visage las du roi. Une voix tonitruante s'en prit à un valet et, enfin, le chevalier à la cape violette entra dans la pièce, s'inclina devant Philippe avec toute la maladresse qu'on lui connaissait. Le roi sourit de nouveau, ce qui était rare et fut considéré par tous comme de bon augure.

— Où étiez-vous ? demanda-t-il sur le ton du reproche amical. On m'a dit que vous n'aviez pas banqueté, hier. Cela m'étonne beaucoup.

— J'étais un peu fatigué, sire. Je m'en suis allé me coucher.

Malgré la solennité de l'endroit, plusieurs rires fusèrent.

— Nous en reparlerons ? conclut le roi en se tournant vers le vieux Charles de Brienne, boiteux et bossu, à qui revenait l'organisation de la cérémonie.

Le cortège se rendit à la cathédrale, empruntant la grande rue où s'était amassée une foule considérable qui continuait de crier sa joie. Une fois de plus, les misérables profitaient du spectacle ; ils avaient l'impression de se rapprocher de Dieu.

La reine et sa suite empruntaient une rue voisine qui convergeait vers la place de la cathédrale dont une partie était entourée d'échafaudages en planches. Il faudrait bien encore une cinquantaine d'années avant qu'elle soit terminée, mais elle était en avance sur celle de Paris et les Picards en étaient très fiers, même si les impôts levés pour le bel édifice avaient affamé les plus pauvres.

Le roi rejoignit la reine à l'entrée de la cathédrale, accueillis par une foule d'ecclésiastiques dont l'archevêque Guillaume de Champagne, qui devait procéder au rite du sacre. Ingeburge était vêtue d'une longue robe de soie bleue, à la couleur du trône de France, et resplendissait sous ce beau soleil d'août. Ensemble ils marchèrent dans l'allée centrale jusqu'à l'autel où étaient disposés deux prie-Dieu en bois doré. La nef était trop petite pour accueillir tout le monde. Les premiers rangs étaient réservés aux membres de la famille. On y remarquait Adèle de Champagne, la mère du roi, le jeune Louis, sa demi-sœur, Alix, qui échangeait des sourires entendus avec la belle Marguerite de France. Ensuite venaient les proches, les princes du sang, les invités des cours voisines, puis les notables d'Amiens.

La cérémonie du sacre dura une partie de la journée. Guilhem avait remarqué combien le roi semblait fatigué. Tiendrait-il durant cette épreuve sous ses lourds vêtements d'apparat ? La lourde couronne d'or masquait sa calvitie, mais l'écrasait. Il gardait le regard baissé et sa paupière droite était boursouflée, plus lourde que d'habitude.

Les chevaliers attardaient surtout leur regard sur la jeune reine, son dos, ses magnifiques épaules, le profil de son visage. La douleur triturait l'estomac de Guilhem et ce n'était pas seulement d'avoir trop bu la nuit précédente. Roye, légèrement bossu dans sa robe grise de moine, Nesle, vêtu d'une somptueuse robe dorée, flatté par les regards qui s'attardaient sur lui, Guérin, dont la tête de félin penchait du côté de son épaule gauche, et tous les autres favoris étaient si fiers d'assister à l'événement en bonne place qu'ils supportaient sans se plaindre la chaleur étouffante. Mais Guilhem respirait difficilement. La nuit précédente, au plus fort de son ivresse, il avait eu envie de se passer son épée au travers de la poitrine. Il pensait à ce que lui avait dit Arrius, un astrologue établi près du Palais royal : « Les étoiles vous sont défavorables ! »

Roye l'observait sous ses épais sourcils noirs. Celui qui ne craignait personne en combat singulier, connu pour avoir toutes les audaces, baissait la tête, fuyant les regards curieux de ses voisins. Les mains tremblantes, il semblait peiner à se tenir debout.

La couronne de la reine, sur un coussin de tissu d'or, attendait que l'archevêque Guillaume de Champagne, oncle de Philippe et frère d'Adèle, la pose sur la tête de la jeune femme. Pour l'occasion, ses servantes avaient coiffé sa chevelure blonde en une multitude de petites tresses savamment ordonnées, découvrant son large front blanc et mettant en relief son beau visage régulier et si jeune.

Impassible, le roi gardait la tête baissée, comme absorbé dans une prière intense. Pourtant, ceux qui le connaissaient, comme Barthélemy de Roye et Robert Clément, savaient qu'il n'allait pas bien. Avait-il de la fièvre ? Que s'était-il passé pendant la nuit de noces ? Roye se posait la question depuis la première apparition matinale d'un Philippe aux traits tirés et aux lèvres contractées, cachant difficilement une colère profonde. Robert Clément grattait son menton imberbe et priait pour que tout aille pour le mieux.

Philippe frissonnait en proie à la même fièvre qui l'avait frappé lorsque, perdu dans la forêt de Compiègne, il errait seul à la recherche de son chemin. Il grelottait malgré l'épaisseur de sa robe tissée de fils d'or. Ses mains posées sur le velours du prie-Dieu tremblaient légèrement. Pourquoi pensait-il à cette mésaventure survenue quinze années auparavant ?

Par un vitrail tout neuf, le soleil inondait le couple royal d'une belle lumière colorée. Ingeburge restait impassible, comme on le lui avait appris à la cour de Danemark. Surtout ne pas montrer ses émotions, être digne de son rang !

L'air devenait irrespirable. Philippe sentait une sueur gelée rouler sur son visage et coller ses vêtements à la peau de son dos. Il bougea à peine et, en se déplaçant légèrement sur son siège, glissa furtivement un regard vers son épouse.

Alors, il comprit.

Sur le haut droit du menton, le minuscule grain de poivre, à peine visible, indiquait au roi la cause de son malaise croissant depuis l'arrivée d'Ingeburge. C'était bien elle, la femme de la forêt, elle revenait vers lui. Ne l'avait-elle pas averti qu'elle ne le quitterait jamais ? Ingeburge était la mort ; il était allé la chercher dans les lointaines contrées du Nord, où elle l'attendait depuis 1173, et il venait de l'épouser. Ce n'était pas un sortilège qui l'avait empêché de faire son devoir d'époux la nuit précédente. C'était Dieu lui-même qui l'avait retenu au bord du précipice.

Les tremblements de ses épaules firent craindre à ses proches qu'il ne s'écroule subitement. L'évêque s'en aperçut, accéléra la cérémonie. Enfin, Guillaume de Champagne posa la couronne sur la tête de la jeune reine. L'assistance était rassurée. Roye échangea un regard entendu avec Clément et Guérin. Le grand Nesle en profita pour sourire à l'assemblée et faire onduler sa chevelure aux boucles légères pleines de reflets. Enfin, le couple royal descendit dans l'allée, suivi par la curie qui chantait en bénissant l'assistance. Philippe marchait avec difficulté, trébuchait à chaque pas, près d'Ingeburge toujours impassible. Elle ne souriait pas. Quelle grâce, à côté de son époux de quinze ans son aîné ! La couronne ne cachait que partiellement la calvitie du roi, et son œil borgne le rabaissait au niveau des manants abîmés par la vie.

Sur le parvis les attendait une foule en liesse. Encore aujourd'hui, les fontaines publiques distribueraient du vin à volonté. La nuit prochaine, il y aurait beaucoup de monde dans les rues, des bagarres, et au matin les responsables de la voirie feraient ramasser les cadavres pour les entasser dans des fosses où ils pourriraient, mangés par les mouches et les vers.

Le cortège royal se dirigea vers le château que Louis VII avait fait ériger en cette bonne ville. On y avait préparé un banquet pour des centaines de convives. Le roi, délaissant son épouse au milieu des barons danois, fit signe à Clément.

— Faites quérir Gustave de Noisiel, c'est urgent. Je l'attends céans.

A la cour, tout le monde connaissait Gustave de Noisiel, qui faisait commerce d'herbes médicinales dans une ruelle à deux pas du palais. Ce petit noble, ordonné prêtre, avait jeté sa soutane aux orties pour s'adonner à l'alchimie et à la sorcellerie qu'il pratiquait sans se cacher, car il savait se faire redouter. Il fabriquait toutes sortes de poudres qui guérissaient de nombreuses maladies. Il vendait des talismans qui procuraient la richesse, l'amour, il pouvait éliminer définitivement un rival gênant. Il commerçait avec les astres et les forces sataniques qui lui accordaient leurs faveurs. Cet homme vêtu simplement d'un sarrau gris et vivant dans une minuscule échoppe savait fabriquer de l'or avec du plomb, et la rumeur disait qu'il prêtait des sommes considérables aux rois, au Saint Empire, et même au pape.

Il arriva au palais par une porte dérobée qui permettait, après un couloir secret, d'accéder à la salle du Conseil, où le roi passait la majeure partie de son temps en compagnie de son chien. Philippe demanda qu'on les laissât seuls. Il régnait une chaleur étouffante dans cette pièce confinée. Noisiel leva sa tête anguleuse à la verticale et renifla l'air à la manière d'un chien. Le roi lui lança un regard interrogateur.

— Je sens le soufre ! expliqua Noisiel. Celui de Satan et surtout de ses mauvais sujets. Car Satan est bon avec les grands de ce monde. Ce sont ses acolytes qui jettent des mauvais sorts. Et ils sont plusieurs céans à comploter contre vous.

— Cela ne m'étonne pas, fit Philippe.

Le roi partageait bien des secrets avec Noisiel, qui avait des oreilles dans toutes les grandes maisons parisiennes. Comme il se connaissait de nombreux ennemis, il entretenait une ribambelle d'espions qui lui rapportaient les faits et gestes de chacun. C'était un petit homme frêle, les épaules rentrées sur une poitrine creuse. Sa tête osseuse à la peau cirée lui donnait l'aspect d'un mort. Ses yeux profonds disparaissaient dans l'ombre des orbites. Il était imberbe et sa voix aiguë rappelait celle d'une femme acariâtre.

Il s'assit près de l'âtre éteint, en face du roi, sans y avoir été convié. Son sans-gêne faisait partie du personnage. Personne, pas même Philippe, n'y prêtait attention. Visiblement, Noisiel était préoccupé et se grattait le menton. On avait l'impression qu'il cherchait ses mots pour ne pas irriter son interlocuteur dont il redoutait les accès de violence.

— Si je vous ai fait venir, commença le souverain, c'est pour une question grave…

Le visage fatigué de Philippe intriguait Noisiel. Il était là, devant lui, soucieux alors que dans le palais on s'affairait à préparer un banquet qui allait réunir un millier de convives. Il aurait dû être avec la reine pour recevoir les compliments des courtisans et surtout être présent auprès de la délégation danoise, qui devait se sentir délaissée.

Philippe hésitait. Comment exprimer ce qui le hantait ? Noisiel, les mains ouvertes devant lui comme pour profiter de l'âtre éteint, osa le premier :

— J'ai consulté votre ciel avant de venir. Je me dois de vous dire qu'il n'est pas bon.

Le roi inspira un grand coup.

Noisiel le savait, pour survivre dans un commerce que dénonçaient les religieux il ne devait rien laisser au hasard. Naturellement il avait envoyé des espions au Danemark pour glaner tout ce qui pourrait le servir en cas de besoin. Et la moisson avait été bonne…

— Sire, vous tirerez le plus grand bénéfice de l'alliance avec Valdemar, qui est un fort honnête roi et soucieux du bonheur de sa fille.

La lourde paupière droite se souleva. Noisiel était des mieux informés sur la plupart des cours d'Europe et le roi avait eu souvent besoin de ses services. L'intouchable alchimiste aurait-il des informations qu'il ignorait ?

— Qu'est-ce à dire ?

— Que les batailles les plus difficiles ne sont pas celles que l'on conduit au grand jour !

Philippe serra les poings. Noisiel était-il au courant de ce qui s'était passé la nuit précédente ? Avait-il des espions cachés derrière les tentures de la chambre nuptiale ? Il réfléchit un instant puis se lança :

— La mort peut-elle prendre l'apparence d'un être humain ?

Noisiel sourit et toussota.

— Sire, la mort peut prendre toutes les apparences. Elle se montre à chacun d'entre nous sous une forme ou une autre, toujours la même pour se rappeler à notre souvenir…

Philippe pensa à la superbe jeune fille qui lui tendait les bras dans la forêt de Compiègne. Et cette image se confondait avec celle d'Ingeburge.

— En réalité, poursuivait Noisiel, la mort peut se servir d'une personne que l'on connaît. C'est sa manière à elle de tricher. Elle approche ainsi ses victimes et peut les prendre quand elles ne se méfient pas.

— Comment la reconnaît-on ?

— Par un détail, comme un tic que l'on découvre tout à coup, comme un mot qui revient souvent dans sa conversation alors qu'elle ne l'employait jamais auparavant, comme…

— Comme un grain de beauté ? demanda le roi d'une voix faible.

— Certes, comme un grain de beauté qui apparaît soudain à un endroit du visage alors qu'il n'y était pas la veille… Oui, la mort se montre à qui sait la reconnaître.

Il ouvrit son sac et en sortit une petite fiole remplie d'un liquide transparent. Philippe se demanda si cet homme qui était peut-être aussi le diable ne lisait pas dans ses pensées aussi facilement que sur un parchemin ouvert.

— Il suffit de quelques gouttes de cet élixir, que l'on verse à son insu dans la nourriture ou la boisson de la personne hantée, pour que la mort s'éloigne.

— Et le signe disparaît ?

— Oui, il disparaît.

— Ah ! fit le roi en prenant la fiole et en se levant, montrant par là que l'entretien était terminé.

Noisiel s'inclina sans quitter le roi de son regard sombre. Il sortit par le passage où l'attendait un valet pour le conduire hors du palais.

Philippe examina la fiole, en fit sauter le bouchon et en huma le liquide. Il n'avait pas plus d'odeur que de l'eau. Il décida de s'en remettre à Noisiel, dont il avait pu mesurer le pouvoir et la perspicacité en maintes occasions. Il frappa des mains. Un valet apparut à la porte.

— Appelez Roye. C'est urgent.

Quelques instants plus tard le moine arriva, les mains jointes, la tête baissée, comme pris par une intense prière. Ce personnage d'apparence si pieux était entièrement dévoué à son roi, qui le chargeait souvent de missions inavouables. Ainsi chacun de ses conseillers avait-il son domaine de prédilection. La discrétion de Roye lui valait la confiance totale de Philippe pour tout ce qui touchait à sa personne.

— Voilà ce que m'a donné Noisiel, dit le roi. Vous verserez le contenu de cette fiole dans le breuvage de la reine.

Roye se dressa, ouvrant grand ses yeux de batracien. Il inspira, laissa retomber ses mains le long de sa lourde robe grise.

— Mais, sire…

Le roi sourit.

— Ce n'est pas ce que vous croyez. C'est un philtre pour aiguiser les sens, vous comprenez… ?

— Oui, sire, fit Roye, rassuré. Comptez sur moi. Personne n'en saura rien.

Le moine rangea la fiole dans la profonde poche de sa robe et sortit de son pas feutré, reprenant son attitude de prière.

Le sacre terminé, les convives se pressaient dans les jardins du palais en attendant le banquet qui serait servi sur une immense table dressée sous les marronniers. On profitait de cette belle journée d'été qui allait se poursuivre par une nuit étoilée et douce pour donner à la fête un air de campagne. On avait expliqué aux Danois que la coutume voulait que les sacres des reines se poursuivent ainsi, par une grande réjouissance dans les jardins, où les valets disposaient d'énormes chandeliers qu'ils allumeraient à la nuit tombée. En réalité, on avait sous-estimé le nombre des convives et la place manquait à l'intérieur du palais. Comme Philippe avait voulu impressionner les étrangers par la magnificence de sa cour et la richesse de la France, il avait multiplié le nombre des invitations et on se demandait aux cuisines s'il y aurait suffisamment à manger.

Mais pourquoi Philippe II avait-il disparu à peine rentré au palais ? Quelle affaire pressante l'avait obligé à abandonner ses invités et surtout les Danois, qu'il souhaitait flatter dans l'espoir que le roi Valdemar reviendrait sur sa décision et accepterait de lui prêter ses navires pour vaincre les Anglais ?

Les rumeurs couraient, en tous sens. Les Danois s'étaient retirés dans un coin et parlaient une langue inconnue, tels des comploteurs. Parmi eux, Ingeburge regardait autour d'elle, en espérant l'arrivée de son époux. La reine Adèle pestait. Le roi s'était enfermé dans la salle du Conseil et avait donné l'ordre qu'on ne le dérangeât pas.

— Qu'on ne le dérange pas ? s'exclama la vieille reine. Comprend-il que nos hôtes considèrent cela comme la pire des offenses ?

C'était une grande femme, maigre et mal faite. Elle faisait tant de bruit que tous les regards étaient tournés vers elle.

— Je m'en vais aller le chercher ! s'écria-t-elle.

Elle traversa la première salle et arriva à l'entrée de la salle de réunion gardée par deux sentinelles, lance à la main.

— Laissez-moi passer. J'ai besoin de voir mon fils.

Les lances se croisèrent devant la porte.

— Nous avons ordre de ne laisser entrer personne.

— Même moi, la mère du roi, la reine Adèle ? s'écria-t-elle plus fort.

— Personne, répéta le garde, impassible.

— Ah, c'est comme ça qu'on me parle en ce palais ! Je quitte les lieux sur-le-champ !

La porte s'ouvrit alors et le roi se montra. Adèle, plus grande que lui, le toisait.

— Comment osez-vous ? s'emporta-t-elle.

— Certaines affaires n'attendent pas.

Adèle n'insista pas. Mais elle revint avec le roi à son bras. Elle fut acclamée par des invités qui commençaient à prendre leurs aises et en oubliaient la stricte ordonnance de la cour de France.

La nuit tombait. Les valets allumaient des centaines de cierges autour de la longue table réservée aux convives les plus importants et des tables secondaires, plus à l'écart. Le roi lui-même alla chercher la nouvelle reine et l'invita à prendre place près de lui. Ingeburge fut si touchée par cette marque d'attention que ses yeux se mouillèrent. Les Danois virent là un bon présage.

Durant le banquet, le roi se montra joyeux et enjoué. Lui qui était généralement taciturne plaisantait et écoutait le vieux comte de Blois raconter pour la centième fois la prise de Jérusalem, à laquelle il avait participé dans sa jeunesse.

Ce fut une belle fête de couronnement, dont on parlerait encore dans de nombreuses années. Robert Clément, chargé de négocier avec les Danois, leva son hanap à la belle reine que Dieu avait envoyée à la France. Enfin, le roi se leva.

— Messires, je vous prie de poursuivre ce banquet. La reine et moi allons nous retirer.

Un tonnerre d'applaudissements surgit dans la nuit pendant que Philippe prenait la main d'Ingeburge et se dirigeait vers la grande porte ouverte du palais. Le roi était de bonne humeur. Il échangea un regard rapide et entendu avec Roye avant d'entrer dans ses appartements.

Ingeburge s'éloigna avec ses dames. Les ablutions terminées, la jeune reine attendit qu'on vînt la chercher pour rejoindre son époux. L'anxiété l'écrasait. La respiration rapide, elle ne pouvait chasser son énorme appréhension. Comment serait cette nouvelle nuit de noces ? Elle avait conscience que c'était son avenir en France, dans son royaume, qui allait se jouer en quelques heures. Elle pensa à son père, si sage, et au conseil qu'il aurait pu lui donner, à sa mère, qui savait si bien la consoler quand elle avait du chagrin. Elle pensa aussi à Bjorg. La lettre qu'il lui avait fait parvenir juste avant l'embarquement pour la France était cachée dans le tiroir secret d'un coffre. A cet instant, elle s'en voulait de ne pas l'avoir fait brûler, d'avoir conservé cette trace d'un passé qu'elle voulait effacer à jamais pour n'être plus que la reine de France, l'épouse aimante de Philippe II.

Kathinca s'approcha, lui prit familièrement la main. Elle aussi voulait que tout aille pour le mieux. Ingeburge ne lui avait-elle pas promis de lui trouver un bon parti dans son nouveau pays ?

— J'ai fait ce qu'il convient en pareille occasion, lui glissa la belle brune. J'ai fait verser le philtre dans le vin du roi. Je vous assure, ma reine, qu'il ne manquera pas de vigueur.

C'était bien ce que redoutait Ingeburge, tout en le souhaitant à la fois. Cette union charnelle qui allait sceller sa place sur le trône de France lui faisait peur. Le roi était brutal, et elle ressentait un profond dégoût dès qu'il s'approchait d'elle. Tout cela, Kathinca le savait, aussi se crut-elle obligée d'insister :

— Il le faut, ma reine.

Kathinca conduisit Ingeburge à la porte du roi, qui l'attendait seulement vêtu de sa longue chemise blanche. Il la mena vers le lit. Ingeburge lui sourit en lui tendant les bras. Il s'allongea près d'elle et resta un instant ainsi, attendant que le désir se manifeste en lui. Il parcourut son visage de ses lèvres chaudes, puis son épaule, puis ses seins offerts. Elle gardait les yeux fermés, se forçait à penser à Bjorg pour échapper au dégoût qui lui retournait l'estomac. Comment dans cette condition pourrait-elle être la femme d'un homme que tout son être rejetait, le subir au quotidien et faire semblant d'éprouver du plaisir ? « Une reine doit faire son devoir sans jamais penser à être heureuse » ! Ce propos de son père ne quittait pas ses pensées. Elle se dit qu'avec le temps elle finirait par s'habituer.

Mais le roi avait beau s'agiter, souffler, il restait incapable d'honorer cette femme, probablement la plus belle qu'il ait jamais eue dans sa couche. Ingeburge voulut l'aider et lui prit le sexe à pleine main, avec une audace qui l'étonna elle-même. Et le miracle se produisit : une érection molle mais qu'il espérait suffisante redonna espoir à Philippe, qui fit rouler Ingeburge sous lui et entreprit de la pénétrer. Au moment où il y parvenait, sa verge se dégonfla d'un coup. Il eut beau insister, l'impuissance l'avait gagné de nouveau. C'était fini.

— Vous m'avez prise ! dit-elle en français, avec les mots que Kathinca lui avait enseignés.

Le roi recula vivement, comme mordu par un serpent. Il sauta au bas du lit et se mit à cogner la cloison de ses poings serrés en poussant des cris de dément. Aussitôt la porte s'ouvrit, Garchon demanda :

— Sire, que se passe-t-il ?

Philippe lança une chaise à travers la pièce. Il bousculait les coffres, frappait du pied les rebords du lit.

Ingeburge, terrorisée, se recroquevillait dans un coin du lit.

— Emmenez cette femme, hurla Philippe, je ne veux plus jamais la voir !

Entourée de ses femmes, la reine sortit en hâte de la chambre pendant que le roi se calmait. Ses accès de colère étaient ainsi toujours suivis d'un abattement intense. Il s'assit sur le rebord du lit et, la tête dans les mains, ordonna :

— Sortez tous, fermez les portes, je ne veux voir personne.

Le lendemain, le palais se réveilla dans un silence inhabituel en ce jour de liesse. Les valets d'écuries retenaient leurs cris, à l'intérieur du palais on parlait à voix basse. Il régnait une atmosphère lourde et difficile à supporter.

Philippe, debout plus tôt que d'habitude, faisait les cent pas dans la salle du Conseil où il s'était enfermé, ayant donné l'ordre à ses gardes de ne laisser entrer personne. Il en voulait à Noisiel, mais souhaitait le tenir en dehors de cette histoire qui le déshonorait. Car personne n'avait été dupe au palais. Des grands dignitaires aux plus humbles valets, on murmurait que le roi avait eu l'aiguillette nouée pour la deuxième nuit consécutive. Philippe imaginait déjà les regards amusés des uns et des autres. Il ne pouvait garder près de lui Ingeburge, qui lui rappellerait constamment sa faiblesse. Alors que faire ?

La reine Adèle se fit annoncer. Elle avait le travers de se mêler de tout. Cette ancienne reine considérait que son fils devait l'écouter car elle prétendait avoir une grande expérience de la politique, son époux, Louis VII, paralysé et diminué à la fin de sa vie, lui ayant laissé les rênes du pouvoir. Philippe ne l'aimait pas, mais par une de ces contradictions dont il était coutumier il accepta de la recevoir. Elle entra dans la pièce à grands pas, le regard dur.

— Vous entendez ce qui se dit dans le palais ? Ce n'est pas supportable.

— Ma mère, moi seul dois décider ce qui est supportable et ce qui ne l'est pas.

— Renvoyez ces étrangers en leur lointain pays. N'avez-vous pas compris qu'ils complotent contre vous ? Ils vous ont jeté un sort, c'est certain. Les hommes de ma lignée sont vaillants. Le roi de Danemark, que l'on dit si sage, agit pour le compte des Anglais. S'il a refusé de s'allier avec vous, de mettre sa flotte à votre disposition, ce n'est pas pour rien !

Philippe releva la tête et tourna son œil unique vers sa mère. Voilà qu'Adèle de Champagne exprimait une réalité qu'il avait pressentie sans oser s'y confronter. Tout s'éclairait enfin pour lui. Ingeburge était l'objet d'une vaste conspiration destinée à le mettre en infériorité face aux Anglais.

— Je vous remercie, ma mère !

— Alors, prenez vos dispositions ! insista Adèle en se dirigeant vers la porte.

Le palais et les jardins étaient encore envahis d'invités qui avaient dormi à la belle étoile ou couché sur le dallage froid des vastes pièces du palais. Un deuxième banquet était prévu pour cette journée bénie. Accompagné de quelques-uns de ses favoris, le roi longea un couloir où des hommes avachis tentaient de retrouver leurs esprits après leurs excès de vin et de mangeailles. Philippe fit appeler le comte de Marolles, chargé de rédiger et d'enregistrer les décrets royaux.

— Réunion du conseil ! lui dit-il. Prévenez tout le monde, et Ventadour aussi.

D'ordinaire, Guilhem ne participait pas aux conseils, il accompagnait le roi à la chasse avec les fauconniers car il connaissait bien la science des oiseaux, mais jamais il ne se mêlait des affaires politiques.

— Ventadour ? s'étonna Guérin en passant sa main potelée sur son large visage de chat.

— Oui, Ventadour.

Le roi attendit ses barons dans une salle voisine de celle du banquet. Cuisiniers et garçons de cour la traversaient sans cesse en portant qui des fagots, qui des pièces de viande, qui des panières de poissons. Philippe avait retrouvé son aplomb habituel. Les barons danois ne manquèrent pas de remarquer le peu de cas que le roi de France faisait de sa jeune épouse. Ils échangèrent dans leur langue des propos acides, mais firent bonne figure, bien décidés à aller au bout de la mission que leur avait confiée Valdemar Ier.

Une fois les conseillers habituels arrivés, le roi s'assit sur une simple chaise au milieu d'eux, sans la moindre distinction de rang. Il inspira profondément. Son visage maigre exprimait une volonté totale.

— Le mariage est annulé, annonça-t-il en appuyant sur les mots. Ingeburge va repartir au Danemark avec ses compatriotes.

— Mais, sire, Ingeburge est sacrée reine de France, vous ne pouvez pas la répudier ! répliqua vivement Guérin.

— Ce sera pourtant ainsi. Je ne suis pas un gibier que l'on accule sans qu'il se défende.

— Mais, sire… tenta à son tour Robert Clément, ce n'est pas possible ! Le lendemain du sacre, que vont penser de vous les autres cours et le pape ? N'oubliez pas le pape !

— Le pape Célestin est un vieillard qui ne pense qu'à ses potions et se laisse mener par les Anglais. Guilhem, prenez une escouade de chevaliers bien armés et reconduisez tout ce monde au bateau. Roye et Guérin, je vous charge d'en faire l'annonce aux Danois.

Clément fit une légère grimace qui rida son visage sombre. Dans les situations graves, Guérin ou Roye le supplantaient auprès du roi et il le supportait mal. Philippe sortit de la pièce, laissant Guillaume de Champagne aller des uns aux autres, sa robe pourpre volant autour de son corps massif :

— Ce mariage est une sordide affaire ! Un traquenard monté par les Anglais ! Le roi ne saurait l'admettre !

De retour dans la salle des festivités, Roye et Guérin se trouvèrent fort embarrassés. Comment annoncer la terrible nouvelle ? Roye, qui était le plus populaire, demanda le silence. Les maîtresses queux cessèrent de disposer les plats sur les tables. La foule des invités se tourna vers le moine bossu. Au premier rang, la reine, entourée de ses servantes et de ses compatriotes, semblait en peine et démunie.

— Mes Seigneurs, le roi vient de décider d'annuler le mariage, qui n'a pas été consommé, et prie Ingeburge et sa suite de repartir au Danemark…

— Cela ne se peut, répliqua aussitôt l'évêque de Roskilde, dans un français correct car il avait étudié à

Paris. Notre princesse a été sacrée reine de France. Cela suffit à rendre indéfectible son lien avec le roi...

— Que nenni ! répliqua Roye. Le roi est souverain en son royaume. Le mariage a été tronqué !

Ingeburge regardait tour à tour ses barons et ses femmes. Les larmes noyaient ses yeux. Elle comprenait la gravité et le déshonneur de sa situation. Ce qui arrivait était de sa faute.

— Et la dot ? demanda l'évêque.

— Elle sera restituée.

Les Danois se regroupèrent pour se concerter. L'affront était impardonnable. Ils devaient en rendre compte au plus vite à leur roi. Une décision fut rapidement prise :

— Ingeburge est reine de France. Nous ne pouvons l'arracher à son trône, annonça l'évêque de Roskilde. Nous repartirons dès l'aube, mais Ingeburge restera ici avec sa suite.

Les faits furent rapportés à Philippe II. Roye, les paupières papillonnantes, voulut faire comprendre au roi qu'il pouvait encore rattraper ce qui serait une grave faute diplomatique.

— Sire, il serait encore possible de se réconcilier avec les Danois. Nous n'agirions pas autrement si nous souhaitions qu'ils s'allient avec l'Anglais !

— Cela n'a pas d'importance.

Tel était Philippe II, incapable d'orienter sa réflexion sans l'avis de ses conseillers mais inflexible une fois sa décision arrêtée, surtout quand il se trompait. Il fit appeler Guilhem.

— Les Danois n'ont pas besoin de vous pour quitter le pays. Ils ont décidé qu'Ingeburge resterait ici en attendant que le mariage soit dissous puisqu'il n'a pas été consommé. Vous la conduirez au prieuré de Saint-Germain-en-Laye.

Guilhem était l'homme des missions délicates. Il savait garder des secrets. Sa manière de faire beaucoup de bruit, de ne jamais passer inaperçu, lui permettait de cacher les véritables raisons de sa présence. Et puis, sous l'apparence rustique, il cachait un esprit assez retors pour trouver les solutions les plus avantageuses. Le roi savait qu'il pouvait lui faire confiance, et le départ d'Ingeburge du palais d'Amiens devrait se faire dans la plus grande discrétion, tout comme le voyage vers Saint-Germain.

Le roi décida sur-le-champ de rentrer à Paris. Aussitôt les valets se mirent à charger les coffres et le mobilier du roi dans des chariots. Le banquet n'aurait pas lieu, et c'était mieux ainsi… Pourtant, beaucoup considéraient que c'était grand gâchis de laisser perdre autant de bonnes choses. Une multitude de serviteurs se pressaient et prenaient leurs aises. Les valets d'écurie se jetaient sur les poulardes et autres mets délicats. Le beau Nesle, qui n'avait de courage qu'en face des faibles, fit tinter son épée et chassa tout le monde en se donnant des airs de grand guerrier. Guilhem dut se contenir pour ne pas le chasser lui aussi. Tous les conseillers du roi étaient là, dont Guérin, qui ne cessait de maugréer et marchait de long en large, les mains jointes comme s'il priait. Il échangea quelques mots avec l'archevêque de Reims, fit appeler son ami l'évêque de Chartres. Ils se concertèrent rapidement et allèrent trouver l'évêque de Roskilde. Guérin lui fit comprendre que le roi n'était pas au mieux, que tout rentrerait dans l'ordre. Avec un peu de temps…

La nuit tombait, sereine. Le roi et sa suite partiraient le lendemain au lever du jour.

Guilhem n'était pas pressé de rentrer à Paris. Il s'éloigna dans la nuit des rues odorantes, la main sur la poignée de son épée. Avec la fraîcheur, les odeurs de fumier, de pourriture, épaississaient l'air. Il marchait dans une boue putride. Des chiens errants venaient flairer ses bottes. Fouillade l'accompagnait. Le renard, âgé d'une quarantaine d'années, n'avait plus de dents, ce qui ne l'empêchait pas de manger les morceaux les plus durs. Il était tout sauf costaud, sa force résidait dans sa réflexion, et Guilhem se fiait à ses avis. Vêtu d'une cape à haute capuche rousse, le valet, l'homme à tout faire, restait dans l'ombre de son maître. Les tire-bourses ne manquaient pas, mais personne ne s'attaquait au géant dont la cape violette prenait toute la place dans les rues. Ils s'avancèrent dans une ruelle encaissée entre de hauts murs couverts de mousse. Tout au fond, Guilhem frappa à une petite porte sombre.

— Holà, maquerelle, ouvre avant que j'enfonce ta porte !

Ingeburge regagna sa chambre, reliée à celle du roi par une porte cachée derrière une tenture. La pièce était assez grande, un lit à baldaquin aux ferrures ouvragées en occupait le centre. Des coffres ferrés étaient posés près des cloisons tendues de tissu doré. Une seconde pièce servait de vestibule. La reine y entra, suivie de ses dames, qui commencèrent à la dévêtir. Elles dénouèrent ses longs cheveux dorés, qui retombèrent en lourdes ondulations sur ses épaules. Ingeburge était grave ; autour d'elle, personne ne plaisantait. La belle Kathinca, qui commandait cette flopée de jeunes servantes toujours prêtes à s'amuser, donnait ses ordres par des gestes brefs.

Quand elle fut prête, vêtue d'une légère robe de soie blanche à travers laquelle on voyait son magnifique corps, Ingeburge revint dans la chambre, où étaient allumés des chandeliers, s'approcha du lit que deux filles ouvrirent. Elle s'agenouilla sur le prie-Dieu, se mit à prier en silence, imitée par les autres. Que faisait-elle dans cette chambre inconnue, au cœur de ce pays fermé qu'on lui avait présenté comme le paradis ?

— Demain, nous partons au couvent de Saint-Germain-en-Laye… Je ne le supporterai jamais ! lâcha-t-elle en agrippant l'épaule de Kathinca.

Elle retint un sanglot. La tentation de repartir avec la délégation danoise était forte.

— On pourrait dire, comme Philippe, qu'il n'y a pas eu union charnelle entre lui et moi, mais ce serait mensonge, poursuivit la reine.

Elle pensait à Bjorg. La vie aurait été si douce auprès de lui. Pourquoi rester reine d'un royaume dans lequel elle serait toujours une étrangère ? Alors elle se releva, face à sa dame de compagnie.

— Reste auprès de moi !

Kathinca avait le visage long, une large bouche, des dents qui noircissaient malgré son jeune âge. Elle avait grandi près de son père, qui lui avait fait enseigner l'art de l'épée, comme cela se pratiquait dans les grandes familles du Nord. Elle en avait acquis un corps musclé, des épaules robustes, un bassin étroit. Egalement musicienne, elle jouait divinement de la harpe. Elle avait appris le français au château familial avec son oncle, l'évêque de Roskilde, qui avait étudié la théologie, les mathématiques et l'astrologie à Paris. Son père, homme austère et violent, désolé de ne pas avoir d'héritier mâle, l'avait mariée à un baron efféminé qui avait eu la bonne idée de se faire tuer peu de temps après leur union.

Elle s'assit sur le lit près de la reine, qui ne put retenir ses larmes plus longtemps. N'était-elle pas la plus malheureuse des femmes ? Elle ne quittait pas des yeux la porte fermée qui la séparait de la couche de son époux.

— Tout cela est de ma faute. A moi de me racheter ! murmura Ingeburge.

Kathinca lui prit la main et la porta contre sa poitrine.

— Non, vous n'y êtes pour rien. Le roi a eu une défaillance, comme cela arrive parfois aux hommes les plus robustes. Il faut vous obstiner, il reviendra vite vers vous.

— Philippe a lu dans mon regard combien j'étais déçue quand il est entré dans la chambre, avec sa large chemise de nuit, sa tête sans cheveux, son œil borgne. J'avais l'impression d'accueillir un vieillard dans mon lit.

Kathinca resta un moment silencieuse, puis joignit les mains. Ce que venait de lui confier Ingeburge ne l'étonnait pas. Elle avait remarqué le petit pli au coin des lèvres de sa maîtresse quand Philippe était apparu devant elle pour la première fois, cette contraction du visage à peine visible en disait long.

— Beaucoup s'opposaient à ce mariage. Le roi a tant d'ennemis ! Mais vous l'aiderez à les vaincre, la rassura-t-elle.

Kathinca sourit, comme si elle pensait à quelque chose de ravissant, comme ces fruits mûrs qu'elle avait vus sur les arbres de France. Elle avait particulièrement apprécié le vin de Paris et de Champagne. Ce pays que le soleil d'août asséchait lui plaisait. Cette France qui se refusait à sa maîtresse, Kathinca voulait la faire sienne. Savoir en parler la langue lui donnait un avantage dont elle comptait bien profiter.

— Ce chevalier vêtu de violet, proche du roi, celui qui va vous conduire à Saint-Germain-en-Laye demain, a la force d'un taureau, mais je crois qu'il vous serait aisé de le faire manger dans le creux de votre main, ajouta la dame de compagnie.

— J'ai vu la manière dont tu le regardais, répondit la reine sur un ton mutin. Il est vraiment impressionnant et fait autant de bruit qu'un orage. Mais je suis d'accord avec toi, il n'y a pas de méchanceté en lui.

— On dit qu'il vient des lointaines terres d'Occitanie. Lui aussi parle le français avec un gros accent. Le roi l'apprécie. Moi aussi, et j'ai compris ce que signifient les longs regards qu'il vous porte, poursuivit Kathinca.

Ingeburge fit la moue. Ce que lui disait sa confidente ne lui avait pas échappé. Elle en avait été flattée mais elle ne put s'empêcher de lui rétorquer :

— Cesse de parler ainsi. Ce Ventadour n'a pas à me regarder comme tu le dis. Désormais, je suis la reine de France.

Un bruit sourd, puis des voix se firent entendre dans la pièce voisine. Les deux femmes se turent. Ingeburge se pinça la lèvre inférieure, comme elle le faisait parfois, en attendant l'arrivée inattendue d'un visiteur. Philippe marchait de long en large dans la chambre voisine, séparée de la sienne par une mince porte. Elle gardait les yeux rivés sur la lourde poignée, pour l'heure immobile. Allait-il enfin la tourner, prendre la main de son épouse pour la conduire dans le lit au fond de la pièce ? Le cœur battant, elle attendit. Kathinca se figea. Le silence retomba, aussi pesant qu'un sac de plomb, un silence désespéré. Ingeburge serra très fort la main de sa confidente, posa sa tête sur son épaule.

— Essayez de dormir. Cela ne sert à rien de vous faire du mal.

— Reste avec moi, je ne veux pas être seule !

Kathinca s'allongea sur le lit. Sa présence rassurait la jeune reine, qui ferma les yeux mais ne réussit pas à trouver le sommeil. Kathinca, elle, s'endormit rapidement. Un léger sifflement sortait de ses lèvres entrouvertes. Ingeburge la regarda un instant à la lumière de la lampe à huile qui donnait à sa peau une couleur cuivrée.

La nuit fit place à un jour qui blanchissait le ciel. Dans la cour, les valets s'activaient. Des charrettes de fourrage entraient au château et les charretiers invectivaient leurs bêtes à grands cris. Des pas retentirent dans la pièce voisine. Une fois encore, Ingeburge eut l'immense espoir que la porte allait s'ouvrir et réveilla Kathinca. Elle reconnut la voix du roi, qui devait s'adresser à son chambellan :

— Faites préparer les chevaux, le jour est là !

Ingeburge secoua de nouveau Kathinca.

— Réveille-toi. Le roi s'approche. N'entends-tu pas ?

Kathinca ouvrit les yeux, bâilla et repoussa ses cheveux à l'arrière de son front. Mais les pas s'éloignèrent, une porte claqua, et de nouveau le silence se fit. Ingeburge pleurait.

Ses servantes arrivèrent sans qu'elle les ait demandées. On l'avertit que Roye l'attendait dans la pièce voisine. Elle s'y rendit, le moine s'inclina devant la reine.

— Madame, vous devez rejoindre la délégation danoise, qui s'apprête à s'en retourner. Ou alors partir pour le couvent de Saint-Germain-en-Laye.

Il se tourna vers Kathinca, chargée de traduire cet ordre en danois. Ingeburge écouta son amie, fronça les sourcils, se dressa face à Roye.

— Comment cela, monseigneur ? Pour quelle raison devrais-je retourner au Danemark ou m'enfermer au couvent ?

Roye écouta la traduction répétée d'une voix uniforme par Kathinca puis répliqua :

— Le roi le veut !

— Alors dites au roi que la reine de France souhaite le voir ! s'emporta encore Ingeburge, qui se découvrait un tempérament ferme et décidé.

Roye s'inclina comme on le faisait devant une dame de la noblesse, mais ne se prosterna pas comme le voulait l'usage face à une reine. Preuve que lui non plus ne considérait pas Ingeburge comme l'épouse du roi. Quand il fut sorti, celle-ci martela la cloison de ses petits poings. La colère mettait dans son regard des éclats de lumière.

— Kathinca, tu dois m'enseigner le français au plus vite.

Elle s'assit à sa table. On lui apporta son déjeuner composé de soupe, de pain et de pâtés de poisson. Une carafe de vin était posée à côté d'un hanap. Une servante y versa un peu du précieux liquide d'un rouge lumineux. Ingeburge le porta à ses lèvres.

— Je ne m'habituerai jamais à ce breuvage ! dit-elle en faisant la grimace.

Chaque fois qu'elle entendait des pas dans le couloir, des voix qui se rapprochaient, la jeune fille espérait la visite du roi, mais la mi-journée arriva, puis les cloches de l'angélus sonnèrent à la chapelle.

Ingeburge décida de sortir. Elle se fit apporter sa robe de soie blanche brodée de fleurs d'or, et se dirigea vers la porte de sa chambre, accompagnée de sa suite. Deux gardes, lance au côté, l'arrêtèrent.

— Voilà que l'on m'empêche de sortir ! s'écria-t-elle dans sa langue maternelle.

Elle se tourna vers Kathinca après que le garde eut prononcé quelques mots.

— Il dit que nous devons rester ici. Le roi est parti à Paris avec toute sa suite.

Des pas ébranlèrent le plancher aux larges planches mal jointes. Une voix tonitruante s'exclama :

— Holà, mes gueux, que se passe-t-il ?

Guilhem de Ventadour arrivait, vêtu d'un surcot violet serré par une ceinture rouge. Un ours de foire peinturluré ! Son abondante barbe noire ne laissait paraître que ses yeux brillants et ses lèvres sensuelles. Ingeburge le regarda s'approcher avec satisfaction. De cet homme ne pouvait venir aucune menace. Il avait jusque-là eu pour elle des égards pleins de délicatesse. Sa taille, ses origines lointaines en faisaient une sorte de curiosité, un être différent des hommes d'ici, un étranger, comme elle. Lorsqu'il chantait, jouait de la vielle, la jeune fille frissonnait, tant ses notes, les intonations de sa voix, pénétraient en elle et éveillaient dans son âme un bonheur sans nom, qui n'attendait rien de personne.

— Que se passe-t-il, madame ? demanda Guilhem dans son français grossier.

— Vous venez me chercher pour me conduire à Saint-Germain-en-Laye ?

Guilhem attendit la traduction de Kathinca.

— Le roi a changé d'avis, répondit-il, en baissant le ton. Il me charge de votre sécurité.

Il fit un signe aux gardes, qui s'inclinèrent et reprirent leur place, debout de chaque côté de la porte ouverte.

— Vous souhaitez aller à la promenade ? Soit, mais ce sera en ma compagnie, car je dois veiller sur vous.

— Veiller sur moi ? s'étonna la reine. Mais qui pourrait m'en vouloir ?

— Des jaloux que votre présence dérange.

Il marchait lourdement sur le plancher qui craquait. Il ne savait pas retenir ses gestes ; le moindre de ses mouvements, en agitant sa cape, provoquait de tels déplacements d'air que ses voisins portaient la main à leur chapeau.

Ils partirent sur les sentiers du parc. La chaleur était accablante. Guilhem suait à grosses gouttes et sentait fort, Kathinca était au centre de la conversation. C'est à elle qu'Ingeburge et Guilhem s'adressaient. Celui-ci eut un mouvement d'humeur.

— Madame, s'écria-t-il de sa voix tonnante, il faut que vous m'appreniez le danois au plus vite ! Je ne supporte pas de ne pouvoir parler directement à la reine.

— Cela risque de prendre du temps, monseigneur, répondit Kathinca avec un sourire moqueur.

Ingeburge se plaignit de la chaleur et souhaita rentrer au château, où les murs épais entretenaient une fraîcheur agréable en cette saison. Devant la porte de sa chambre, Guilhem voulut s'éloigner, elle le retint :

— Venez, je vous prie. Je suis lasse, votre musique et vos chansons me remettront un peu de gaieté au cœur.

Il ne se fit pas prier et rejoignit la pièce réservée aux femmes, généralement interdite aux serviteurs. Le chevalier savait à quoi s'en tenir. Il avait vu Philippe II avant son départ. Le roi l'avait fait mander en sa chambre, alors qu'il était sur la chaise percée et qu'on préparait son déjeuner. Et il n'avait pas tergiversé : entre lui et la jeune Danoise, il n'y aurait jamais d'« accouplement » possible. Guilhem avait répliqué : « Mais pourquoi, par

Dieu ! C'est la plus belle femme que j'aie vue de ma vie de coureur de bordeaux ! »

Le roi avait souri devant tant de franchise. Guilhem parlait sans détour, et cela plaisait à Philippe, habitué aux courtisans qui cherchaient toujours à adoucir leurs propos.

« L'Anglais est derrière tout cela, avait expliqué Philippe. Il a manigancé avec le roi de Danemark. Ils m'ont lancé un sortilège pour se retourner contre moi. Je vais leur montrer qu'ils ne me font pas peur. Le mieux c'est d'en rester là. Il n'y a pas eu de mariage, elle doit donc retourner au Danemark, et nous n'en parlerons plus. »

Face à Ingeburge, Guilhem était moins direct. Cette femme l'impressionnait, autant par sa beauté que parce qu'il ne comprenait pas un mot de ses propos. Il se racla la gorge et commença :

— Madame, le roi assure que votre mariage n'a pas eu lieu et me charge de vous reconduire au Danemark.

En entendant la traduction de ces mots, la reine poussa un cri, frappa de nouveau le bord de son siège avec ses poings serrés. Elle ressemblait ainsi à une petite fille capricieuse, celle qu'elle avait cessé d'être quelques semaines auparavant, en quittant la cour de son père. Elle esquissa une grimace qui retroussait ses narines, ridait le coin de ses yeux. Ses longs cils papillonnaient.

— Le roi s'est uni à moi durant notre deuxième nuit ! cria-t-elle. Le mariage n'est pas nul !

— C'est le roi qui décide, répliqua Guilhem en regardant Kathinca, qui traduisait de son mieux.

— Monseigneur, dit celle-ci en baissant la tête, comme honteuse de ce qu'elle allait dire, l'union entre un homme et une femme n'est-elle pas la même en France qu'au Danemark ? Faut-il que l'on vous décrive par le menu ce qui s'est passé ?

Guilhem ne sut quoi répondre. Il soupçonnait la reine de mentir pour conserver son trône. Mais ce que soutenait le roi le remplissait de joie. Le diable venait ainsi de lui faire un magnifique cadeau. Il pensa à ce que lui avait dit la vieille Ursuline, se vit soudain posant sa tête sur le billot.

Ingeburge éclata en sanglots, ses mains cachant sa figure. Guilhem aurait voulu la consoler, caresser ses longs cheveux qui roulaient sur ses épaules. Elle semblait si fragile ! Que n'aurait-il pas accepté pour redonner un peu de lumière à ce visage fermé ? Maurice de Sully, qui aimait la plaisanterie, lui avait raconté qu'Abélard, le grand théologien, s'était fait châtrer pour ne pas céder à l'amour d'une de ses élèves. Etait-il prêt à subir le même traitement ?

Tout à coup Ingcburgc sc drcssa, résoluc.

— Je vais prier jour et nuit pour que le roi reconnaisse ce qui s'est passé et que je suis la reine de France ! annonça-t-elle.

Philippe II arriva à Paris sous un temps maussade et frais. Une foule considérable l'attendait pour acclamer la nouvelle reine. Quelle ne fut pas sa déception en apprenant que le roi revenait seul et que sa jeune épouse allait repartir dans son pays d'origine. Le roi était maussade et s'emportait facilement. Même Guillaume de Champagne, qui avait une certaine autorité sur lui, ne pouvait l'approcher. Lorsqu'il voulut, malgré tout, évoquer ce qui bouleversait la cour, le roi répondit :

— Qu'on ne me parle plus jamais de cette affaire !

Il était bien conscient qu'au contraire il en serait beaucoup question. Ses conseillers se concertaient à voix basse, cherchant le moyen d'éviter la brouille avec le roi de Danemark et l'ingérence du pape dans les affaires du royaume.

Au matin du 21 août, alors qu'on s'activait dans la cour du palais de la Cité à décharger les chariots, Philippe, seul dans la grande salle du Conseil, jouait avec son chien, Ikor, que lui avait offert son ancienne belle-mère, Aliénor d'Aquitaine. Un grand feu flambait dans la cheminée, car le roi avait toujours froid, conséquence de la maladie contractée dans sa jeunesse. On lui apporta le bouillon fumant de poireaux et de raves qu'il appréciait à cette heure.

— Dites à Guérin de venir au plus vite, je vous prie.

Philippe était toujours très poli avec ses serviteurs. En dehors de ses colères soudaines, il restait courtois envers chacun, quel que soit son rang. On l'aimait parce que son apparence d'homme ordinaire le rapprochait du commun. On sentait en lui l'être choisi par Dieu pour le bien-être de son peuple.

Guérin entra, glissa sur les dalles de son pas léger de chat. Il avait un peu le visage de ce félin, les pommettes larges, un menton étroit, de grands yeux pleins de lumière. Sa robe trop longue traînait par terre et se tachait des déchets divers, crottes de chiens ou de chevaux, boues de toutes sortes, ce qui faisait beaucoup rire la valetaille. Guérin allait toujours la tête baissée, les yeux mi-clos, comme si la lumière du jour le gênait. Cet insomniaque, qui brûlait plus de chandelles que tous les autres conseillers, dormait très peu et consacrait ses nuits à l'étude des textes sacrés et à la réflexion. Il notait ses raisonnements sur des parchemins qu'il gardait dans un coffre fermé avec une serrure à double fermeture qu'il avait fait fabriquer par Paulin, le serrurier du roi. Lui seul connaissait la manière de l'ouvrir, et c'était bien ainsi : les écrits du moine Guérin avaient une odeur de fagot.

Il s'approcha du roi, les mains jointes, attendit que son maître se décide à parler. La chaleur était insoutenable. Le moine s'absorba dans la contemplation des flammes.

— Qu'en pensez-vous ? demanda Philippe sans lever la tête après un long silence.

Il n'avait pas besoin de préciser l'objet de sa question. Au palais, on ne parlait que d'Ingeburge et du rejet de Philippe. Guérin se frotta les mains et repoussa discrètement le chien qui mordillait le bas de sa robe.

— Sire, personne ne comprend. Les Danois sont furieux.

— Je ne crois pas, bien au contraire. Tout cela est une manigance. Ingeburge est porteuse d'un maléfice pour me nouer l'aiguillette et faire en sorte que je la rejette...

Guérin secoua négativement la tête. Il ne croyait pas à ce qu'affirmait le roi. Ses espions n'avaient rien remarqué de particulier et il les payait suffisamment pour que lui soit rapportée une escroquerie de cette importance. Le moine pensa alors que le roi avait inventé cela pour cacher son déshonneur, son impuissance en face de cette jeune fille que sa candeur et sa beauté sublime rendaient inaccessible. Il releva lentement sa tête ronde, ouvrit ses yeux clairs. Le roi, qui sentait son regard ardent sur lui, ne dit mot.

— Sire, on vous égare. Il n'y a aucune entente entre l'Anglais et le roi de Danemark. Mais je redoute que le pape ne s'en mêle...

— Qu'en pense Guilhem ?

Sa façon de ne pas relever le propos de Guérin était bien la preuve qu'il admettait avoir inventé ces raisons pour sauver les apparences.

— Sire, tout le monde pense la même chose. La reine attire toutes les compassions.

C'était dire au roi qu'il serait seul contre la jeune princesse et qu'il ne pourrait pas compter sur ses proches les plus fidèles. Philippe pensait aux conséquences, au risque que Valdemar s'allie aux Anglais… Ce mariage, destiné à se concilier le roi de Danemark et surtout à profiter de sa flotte, risquait de produire l'effet inverse.

— Il faut que je réfléchisse, fit le roi toujours la tête baissée. Dites à Ventadour que je l'attends.

Le geste rapide des mains du moine n'échappa pas au roi, qui précisa :

— Oui, je lui ai demandé de veiller sur Ingeburge, que je ne veux plus voir. Le mariage n'a pas été consommé.

Tout cela pour une blessure d'amour-propre ! pensa Guérin. Les hommes puissants sont ainsi sensibles à des détails sans importance.

— Sire, répondit-il, Ventadour n'est pas encore rentré d'Amiens.

Puis il s'enquit :

— Qu'avez-vous décidé, pour la princesse Ingeburge ?

— Ventadour est l'homme de ce genre de situation. Qu'on le fasse appeler.

Guérin n'appréciait pas particulièrement Guilhem de Ventadour : sa gouaille, son manque de discrétion pouvaient se révéler dangereux. Le roi l'aimait parce qu'il était direct comme les gens du peuple. Le souverain donnait ainsi son affection à ses fauconniers, à des gens de petite noblesse, parce que cet homme replié sur lui-même, incapable de s'exprimer en public sans bredouiller, trouvait en eux des qualités qui lui manquaient.

Deux jours plus tard, alors qu'il s'apprêtait à recevoir les membres de son conseil, Philippe entendit les lourds pas de l'Occitan.

— Ventadour, fit-il en tournant vers lui sa figure maigre couverte d'une barbe hirsute, j'ai une mission à vous confier. Prenez place sur ce banc.

C'était un honneur immense. Rares étaient les conseillers à qui le roi permettait de s'asseoir près de l'âtre, mais avec Guilhem ces dispositions de préséance, de protocole, n'avaient pas cours et c'était rassurant.

Guilhem flatta le chien royal en faisant courir ses gros doigts dans le pelage feu. « Les animaux l'aiment, se dit le roi, cet homme est loyal et sans ambition, je peux lui faire confiance plus qu'à tout autre. »

En même temps il pensait à la prophétie de son astrologue lui annonçant la trahison d'un homme proche de lui, un homme « fort comme quatre chevaliers en armes ». Il secoua la tête, le traître ne pouvait être Guilhem.

— Dites-moi, Ventadour, demanda Philippe, qui n'allait jamais à l'essentiel au début d'une conversation. Le château de Ventadour est-il aussi bien défendu qu'on le prétend ?

— Sire, toute la paille du royaume de France et des terres voisines ne suffirait pas à combler les fossés de Ventadour ! Le roi Henri d'Angleterre l'a bien compris quand il en a abandonné le siège, en 1165.

Philippe resta un long moment silencieux, ne quittant pas des yeux les braises qui palpitaient. Il ajouta lui-même une bûche dans l'âtre. Puis il reprit :

— Le mariage entre Ingeburge et moi est nul. La princesse est libre de repartir dans son pays quand bon lui semblera. En attendant, vous allez la conduire à sa nouvelle résidence, l'abbaye de Cysoing. Vous serez son gardien pendant son séjour sur nos terres.

— Cysoing ? s'étonna Ventadour.

— Oui, j'avais pensé d'abord à Saint-Germain-en-Laye, mais c'est trop proche de Paris.

Guilhem baissa la tête, craignant de montrer sa joie. Il pourrait voir la princesse autant qu'il le désirait. Il n'en demandait pas plus pour l'instant.

— Quand dois-je partir ? demanda le chevalier.

— Le plus tôt possible.

Une semaine plus tard, Guilhem se présenta devant la reine et lui signifia l'ordre du roi. Elle fit un pas en arrière, son visage blêmit. Le léger voile de son hennin se figea. On aurait dit que la vie s'était retirée de son jeune corps, qu'elle devenait statue de plâtre. Puis elle inspira, ses yeux se mouillèrent mais elle garda la tête haute.

— Je ne partirai pas d'ici. Ma place est auprès du roi mon époux.

— Ce sont ses ordres ! répliqua Guilhem.

— Dites au roi que je n'obéirai à son ordre que lorsqu'il me l'aura signifié lui-même, fit-elle en regardant Kathinca pour qu'clle traduise mot pour mot. Je ne bougerai pas d'ici.

Guilhem envoya aussitôt un coursier rapporter au roi les propos de la reine, mais celui-ci ne les entendit pas. Il n'avait pas de temps à perdre, pour lui l'affaire était réglée. De son côté, Ingeburge lui envoya une délégation de prélats danois conduite par le moine Olaf, que Philippe refusa de recevoir.

Un grand désordre régnait au château. Philippe avait décidé de se rendre à Fontainebleau. Les chariots sur lesquels on chargeait une nouvelle fois les coffres et les meubles du roi envahissaient la grande cour, où il était impossible de circuler. Comme il n'y avait pas assez de place, les chevaliers de sa suite faisaient préparer leurs voitures en dehors de la forteresse. Des pillards, profitant de l'occasion, fouillaient sous les bâches pour emporter ce qu'ils pouvaient revendre facilement, vaisselle ou vêtements. Les gardes veillaient et passaient au fil de l'épée ceux qui se faisaient surprendre. Leurs corps étaient jetés sans manières dans les fossés peu profonds d'où montait une odeur fétide.

La délégation danoise revint à Amiens et quand Ingeburge apprit que le roi avait refusé de la recevoir elle se mit à geindre. Elle réclama une dague pour se crever elle-même le cœur. On fit appeler Olaf. Quand la reine l'aperçut, debout devant sa couche, elle se contracta, comme un chat qui s'apprête à bondir.

— Partez ! hurla-t-elle. Vous êtes le diable !

Olaf s'agenouilla près du lit et pencha vers la jeune femme sa tête plate.

— Cela ne sert à rien de vous mettre les sangs en feu, dit-il de sa voix aigre. Tournez la page et rentrez au Danemark. Votre père saura faire payer cet affront au roi de France.

Elle se détendit comme un ressort. Ses bras repoussèrent violemment le moine et elle hurla :

— Roma ! Roma !

Que signifiait ce cri ? Voulait-elle alerter le pape ? Kathinca, pour la calmer, lui tapota le front avec un linge humide. Ingeburge ordonna à Olaf de sortir. Le moine alla avertir Guilhem, qui se dit que tout cela n'était pas très grave.

Il fit atteler son énorme cheval et, en compagnie de Fouillade et de quelques valets, partit à la chasse pour la journée. La veille, ils avaient laissé s'échapper un gigantesque cerf, l'occasion était belle de refaire un peu d'exercice.

Ingeburge était malade. Les proches que le roi Valdemar avait désignés pour assister sa fille durant ses premières années de règne étaient présents. La plupart étaient des prélats, sous le commandement de frère Olaf, qui n'avait pas prévu que les événements tourneraient ainsi et se trouvait démuni dans ce pays si différent du sien. Il avait envoyé plusieurs courriers à son souverain pour l'aviser de la situation et, dans l'attente d'une réponse, était livré à lui-même.

La fièvre d'Ingeburge le préoccupait parce qu'il y voyait plus qu'une maladie ordinaire. Il demanda l'avis de frère Burk, également médecin. Burk était grand et très maigre, voûté, le nez pointu, il avait une silhouette de héron. Il prit le pouls de la malade, observa le blanc de ses yeux, posa la main sur son front bouillant et prescrivit :

— Décoction d'écorce de bouleau et de genièvre.

Frère Olaf ordonna à la délégation de se rendre à la chapelle pour prier. Le soir, l'état d'Ingeburge ne s'était pas amélioré et malgré les décoctions la fièvre avait empiré. La malade repoussait d'énormes serpents et autres monstres sortis de l'enfer. Olaf comprenait que le diable profitait de cette victime fragilisée et fit les signes du désenvoûtement. Il connaissait un peu l'alchimie pour l'avoir pratiquée malgré les interdits et fit brûler une poudre de sa composition dans une écuelle en terre. L'épaisse fumée qui s'en dégageait prenait à la gorge. Ingeburge suffoquait ; sa respiration se bloquait puis reprenait en une aspiration bruyante. Olaf demanda qu'on badigeonne la malade d'eau froide, puis qu'on l'expose aux flammes d'un foyer où l'on ferait brûler des fagots de bouleau. Il se retira avec les hommes pendant que les femmes couvraient le corps de la malade avec des tissus imbibés d'eau glacée.

Dans la nuit, un orage éclata, plein de foudre. Des trombes d'eau s'abattirent sur le palais pendant que des torrents nettoyaient les rues de la boue séchée partout présente. Après la pluie, une forte odeur de pourriture alourdit l'air.

Olaf décida une saignée, souvent efficace en de telles circonstances, mais après qu'on lui eut soutiré une pinte de sang la jeune femme délirait toujours. Une diarrhée intense la vidait, répandant une affreuse odeur que même Olaf, pourtant peu sensible, supportait difficilement. Il était surtout inquiété par les battements irréguliers du cœur de la souffrante. Alors il fit appeler Guilhem.

— Cette maladie est si rapide, si forte… je me demande si…

Il n'alla pas au bout de sa pensée, mais Guilhem avait compris. Philippe aurait-il demandé qu'on verse quelque poudre maléfique dans la nourriture de l'épouse répudiée ? Non, ce n'était pas possible : le roi était certes emporté, colérique, n'admettait aucune contradiction, pour autant il n'avait jamais eu recours à ce genre d'expédient pour se débarrasser d'un gêneur. Toutefois, l'entourage du roi aurait pu agir en son nom et sans sa permission. En supprimant Ingeburge, des diplomates pouvaient espérer une nouvelle alliance, plus favorable aux affaires du royaume.

Guilhem pensa à Roye, le sournois, capable du pire pour le bien de la couronne. Imaginer qu'Ingeburge dans son innocence pouvait ainsi être sacrifiée aux tractations des uns et des autres était intolérable au chevalier. Philippe la lui avait confiée, il devait donc se montrer à la hauteur. Il se dressa devant Olaf. Son énorme main serra la tunique du moine et le souleva comme il l'aurait fait d'un enfant.

— Il faut qu'elle vive ! tonna-t-il. Tu entends ? Qu'elle vive, fais ce qu'il faut pour cela, et si tes prières ne donnent rien, regarde si un autre que Dieu peut t'être secourable ! Souviens-toi de mes mots : si elle meurt, je t'écrase la tête, comme le cafard que tu es !

Olaf se signa et baissa ses gros yeux en murmurant une prière. Il avait conscience que le colosse ne plaisantait pas.

Guilhem s'agenouilla près de la couche où la reine délirait. L'air était irrespirable. Les servantes n'osaient plus la lever pour changer ses draps souillés. Olaf, qui se savait impuissant à guérir un mal aussi soudain, et convaincu qu'elle avait été empoisonnée, ordonna qu'on lui fasse boire du lait d'ânesse. Ce fut toute une expédition pour en trouver dans Amiens et ses environs. Peine perdue, le lait ne fit aucun effet ; le moine fit alors appeler les meilleurs médecins de la ville. Il en vint quatre, en robe sombre, la tête couverte du chapeau noir pointu à large bord de leur profession. Fiers de l'honneur qu'on leur faisait, ils se penchèrent dignement sur la couche de la malade, observèrent longuement les souillures des draps, en analysèrent l'infecte odeur, puis se retirèrent pour délibérer. Ils échangèrent pendant un certain temps en latin devant Guilhem, debout au milieu de la salle, les bras croisés. Quand ils furent d'accord, le plus âgé se tourna vers Guilhem et, tout en gardant une bonne distance, se racla la gorge avant de se lancer :

— La princesse Ingeburge ne souffre pas d'un mal ordinaire. Dieu la punit, comme si elle avait commis une grosse faute, un mensonge qu'il ne pardonne pas…

— Qu'est-ce que vous me racontez là ? s'emporta Guilhem avec son accent rocailleux. Je connais les pires des malfrats, Dieu ne les punit pas, alors pourquoi s'en prendrait-il à la reine ?

— Les volontés de Dieu sont impénétrables. La princesse a juré sur la Bible que son mariage était valide dans le seul désir de garder la couronne de France, que Dieu ne lui destinait pas !

La nouvelle de la répudiation d'Ingeburge avait fait le tour de la ville. Et les médecins, naturellement, se rangeaient du côté de leur roi en assurant que la jeune fille avait menti. La colère montait en Guilhem, comprimait sa poitrine. Il tonna :

— Dehors, bande de gueux ! Et que je ne vous voie plus jamais devant moi !

Ils ne se le firent pas dire deux fois. L'un d'eux perdit son chapeau, mais n'eut pas le courage de faire demi-tour pour le récupérer.

— Tout le monde dehors ! hurla encore Guilhem, sa voix faisant vibrer les cloisons.

Comme les Danois ne sortaient pas assez vite, il les poussa du plat de son épée. Il chassa Kathinca avec les autres et fit signe à Fouillade de quitter les lieux.

— Qu'on me laisse seul avec la reine ! hurla-t-il encore.

Une fois seul, il claqua la porte et s'approcha de la couche. La malade délirait en danois. Le chevalier s'agenouilla près d'elle et saisit sa main brûlante.

— Ma reine, calmez-vous, murmura-t-il.

Il parlait dans sa langue d'oc afin que personne ne puisse comprendre ses propos, personne sauf Dieu, qui sûrement lui prêtait une oreille attentive.

— Je vous aime d'amour fou. Je dois vous le confesser, votre malheur m'a rendu heureux. Le rejet du roi m'a fait un bien immense. J'en suis coupable. Aussi, je donne ma vie pour la vôtre. Que Dieu la prenne dans les pires souffrances s'il consent à vous épargner. Vous êtes si belle, si aimable, si douce que ce serait grande injustice que vous quittiez ce monde rempli de monstres, de laiderons et de gueux.

Il porta la main de la reine à ses lèvres et la garda ainsi un long moment. Ingeburge s'était calmée et reposait, la tête noyée dans le désordre de sa chevelure dorée. Elle ouvrit ses grands yeux pleins de lassitude, regarda le chevalier. Un léger sourire se dessina sur ses lèvres, le coin de ses yeux se plissa. La petite main, minuscule dans l'énorme pogne du chevalier, bougea, comme une souris prête à détaler.

— Ma reine, toute ma vie vous sera consacrée. Je ne vous demande rien en contrepartie, rien que le contentement de vous voir heureuse et à votre place de reine de France.

Elle s'endormit ; on crut qu'elle allait mieux mais, le lendemain, la fièvre avait repris. Un nom revenait souvent dans son délire, Bjorg. Guilhem voulut en savoir davantage auprès de Kathinca. Celle-ci ne voulut surtout pas dévoiler le secret de sa maîtresse, qui aurait pu servir d'argument pour la rejeter, alors elle répondit :

— C'est le nom d'un village où elle allait pendant son enfance. Son père y va chasser souvent.

Ingeburge délira deux journées entières. Guilhem ne la quitta pas et ne cessait de lui parler à l'oreille.

Le troisième jour, il s'adressa à Fouillade :

— Va chercher ma vielle. La musique est souvent le meilleur remède.

Quelques instants plus tard, Guilhem accordait son instrument puis jouait des airs de son enfance, pleins de lumière et de soleil.

Ingeburge sembla se calmer, mais la fièvre persista les jours suivants. On craignait toujours pour sa vie. Plusieurs coursiers étaient partis pour le Danemark. De son côté, le roi, tenu informé de la situation, prit une décision :

— Faites avertir Noisiel. Lui seul peut la sauver.

Il ne fallait surtout pas qu'Ingeburge meure. On aurait accusé Philippe de l'avoir empoisonnée. Il demanda à écrire une lettre à Noisiel pour qu'il soit bien conscient de l'importance de l'enjeu. Noisiel serait sensible à la renommée qu'il pouvait en tirer.

Deux jours plus tard, Noisiel se présenta au palais épiscopal à Amiens. Il observa la malade et demanda qu'on le laisse seul avec elle. Guilhem insista pour rester.

— Monseigneur, dit humblement Noisiel, mes médecines ne fonctionnent pas en présence d'un étranger.

Guilhem se retira en menaçant Noisiel du pire s'il arrivait malheur à Ingeburge. Deux heures plus tard, l'alchimiste sortait de la pièce en souriant. La jeune femme dormait paisiblement.

— Demain, elle ira mieux ! lui assura-t-il.

Le lendemain, elle était guérie. Cela ressemblait à un miracle, mais personne n'était dupe. Noisiel avait passé un pacte avec le diable. En cédant au roi des enfers, Dieu avait sûrement l'intention de faire payer les hommes par quelques catastrophes. Olaf en était tellement persuadé qu'il en parla à ses compagnons. Tous admirent que leur princesse était entre les mains du Mauvais, et que seules leurs prières, leurs sacrifices, pourraient la délivrer. Ils se rendirent à la chapelle.

Guilhem alla visiter l'alchimiste dans son échoppe. C'était si petit qu'il s'y sentit vite à l'étroit.

— Maître Noisiel, demanda Guilhem, j'ai un peu la science des plantes. J'aimerais comprendre comment votre médecine a réussi là où la mienne, qui a pourtant sauvé le roi de la suette, est restée sans effet…

Noisiel sourit, montrant une longue dent jaune qui dépassait de ses lèvres fines.

— Ce serait trop long à vous expliquer, monseigneur, mais je sens en vous le don de guérison. Dommage que vous soyez attaché au roi. Je pourrais vous apprendre de si bonnes choses !

Ingeburge dormit une journée entière. Le soir, elle réclama à manger. Son visage avait retrouvé des couleurs ; elle voulut une bassine d'eau pour se laver, se purifier des traces de la maladie. Elle resta en compagnie de ses femmes, refusant la visite d'Olaf et de ses compagnons. Elle n'appréciait pas beaucoup ce moine intransigeant aux gros yeux pleins de soupçons. Ce n'était pas un bon diplomate ; il n'avait d'autre recours que la prière en toutes choses car il voyait partout la main de Dieu.

La reine fit appeler Guilhem de Ventadour. Elle s'assit en face de la porte, dans un fauteuil de velours vert. Le chevalier marcha lourdement vers elle, plia le genou. Il découvrit une princesse avec sa belle apparence d'avant. La maladie semblait l'avoir mûrie. Ses mimiques de jeune fille gâtée avaient disparu. Elle gardait la tête droite et le sérieux de son visage lui conférait une hauteur, une majesté de reine. Elle rabroua deux de ses servantes, qui plaisantaient à voix basse et ricanaient.

— Madame, vous m'avez fait mander !

— Oui, faites préparer les chariots. Nous partons demain à prime.

— Ne pensez-vous pas qu'il vaudrait mieux vous reposer, après votre maladie ?

Elle le regardait fixement et Guilhem sentait le feu de son regard. Il pensait à ce qu'il lui avait confié quand elle délirait.

— Mon époux le roi l'a décidé ainsi. Nous partons donc à Cysoing.

Philippe II avait-il fait exprès de l'assigner à résidence dans cette localité proche de la frontière, d'où elle pourrait fuir si elle le décidait et trouver de l'aide auprès de Beaudoin, comte de Flandre... Malgré de grandes déclarations d'amitié, les deux hommes se détestaient. L'Artois, traditionnellement flamand, était revenu à Philippe à la mort d'Isabelle de Hainaut, ce qui avait considérablement renforcé la présence française au nord de Paris.

Philippe espérait-il qu'Ingeburge s'enfuirait, ce qui aurait résolu l'annulation de son mariage ? Cherchait-il à pousser le roi de Danemark, qui ne décolérait pas, à faire enlever sa fille pour répondre à l'affront du Français ?

Le lendemain matin, au lever du soleil, Ingeburge était prête. On lui apporta à manger ; la reine se contenta de grignoter une cuisse de faisan. Elle avait hâte de quitter Amiens et s'emporta contre ses valets, qui ne chargeaient pas ses bagages assez vite. Guilhem de Ventadour donna l'ordre à ses hommes de faire atteler les chevaux.

Dans la cour où régnait une forte odeur de crottin, Guilhem en personne lui présenta le tabouret sur lequel elle devait poser son pied pour monter dans le chariot où l'on avait aménagé des bancs recouverts de coussins. Kathinca prit place à côté d'elle. Deux autres suivantes françaises, désignées par Philippe, s'assirent face à elles. L'une avait une cinquantaine d'années et un peu de barbe au menton. Elle dardait sur la princesse danoise son regard sombre et sévère. L'autre était une religieuse du couvent voisin, une dame de Boncourt à qui le roi avait promis la place d'abbesse si elle le servait comme il le souhaitait. Elle était grasse, avec la peau très blanche. Son regard clair semblait bienveillant. Ingeburge lui sourit quand le cortège se mit en marche.

Guilhem allait des uns aux autres sur son cheval, envoyait des éclaireurs pour s'assurer qu'aucune embuscade ne risquait d'arrêter le convoi. Il passait beaucoup de temps près du chariot d'Ingeburge, laquelle gardait la tête baissée, insensible au paysage de forêts déployé autour elle. Les cahots du chemin secouaient le chariot, qui brinquebalait et faisait des embardées. Des hommes à pied couraient devant pour déblayer les branches cassées et les arbres couchés en travers de la piste.

Guilhem se rapprocha du chariot.

— Ce soir, nous dormirons à Gouy-en-Artois, où le château du sire Montret a été préparé pour vous accueillir. Ce sera la plus longue étape du voyage. Demain, nous regagnerons Liévin, puis le jour suivant Seclin et enfin Cysoing. Le voyage nous prendra quatre jours, en forçant l'allure, mais il ne faut pas oublier que ces routes ne sont pas sûres. Et plus tôt nous serons arrivés, plus vite vous serez en sécurité.

Il parlait d'une voix si puissante qu'il ne serait venu à personne l'idée de le contredire. Ingeburge lui adressa un sourire triste. Kathinca ne le quittait pas des yeux.

Elle avait toujours eu du goût pour les hommes de forte taille et celui-là était vraiment exceptionnel. Guilhem avait bien saisi le sens de ce regard, qui l'émoustillait, mais il n'en montra rien. A ses côtés, Fouillade, monté sur une mule, pestait contre la piétaille qui ne mettait pas suffisamment d'empressement à faire rouler les grosses pierres encombrant la voie. A cette vitesse, ils ne seraient pas à Gouy-en-Artois avant le lendemain. Or personne n'avait envie de passer la nuit dans cette forêt infestée de loups et de brigands.

Il fut décidé qu'on ne ferait qu'une halte en milieu de journée, près d'un point d'eau où pourraient boire les chevaux.

Irrespectueux comme il savait l'être, cédant à sa gouaille naturelle, Guilhem, volontiers grossier auprès des dames de grande noblesse, recommanda :

— Profitez-en pour faire vos petits besoins. Ensuite, sauf imprévu, nous ne ferons aucune halte.

Les serviteurs avaient emporté des victuailles, pain, pâtés divers et vin. C'était frugal, mais on se rattraperait au château, où des émissaires avaient été dépêchés pour annoncer la visite royale.

Ils arrivèrent à la nuit tombée au château de Gouy, où le vieux seigneur Arnold de Gouy, honoré de recevoir une reine de France, avait pressé ses valets et serfs pendant toute la journée. Complètement édenté, il dardait sur les visiteurs ses yeux profonds en allongeant son menton en bec de canard. Il courait dans tous les sens, houspillait les servantes qui perdaient leur temps en bavardages.

Une fois à table, Guilhem se mit à raconter des histoires dans un français approximatif qui fit rire la dame de Gouy, beaucoup plus jeune que son époux et qui semblait s'ennuyer dans ce château gris et froid. Il évoqua la croisade, le roi Philippe, et profita de l'occasion pour se mettre en avant :

— Avec son cousin l'Anglais, c'était toujours querelles et disputes. Il suffisait que l'un décidât quelque chose pour que l'autre fît le contraire. Le roi de France avait le calme et la force d'un roi, Henri était au contraire fougue et colère. Si on l'avait écouté, on se serait tous sacrifiés sous les murs de Saint-Jean-d'Acre. Et puis il y avait la suette, qui tuait plus de combattants que la guerre. Et cette garce venue des enfers n'a pas épargné notre roi. Il se trouve que j'ai quelque connaissance des plantes qui guérissent et des remèdes d'un certain Peire de Jouvenel, de la vicomté de Turenne. J'ai pu sauver le roi, mais pas ses cheveux, ni son œil droit, dont la paupière ne se relève pas complètement.

Pendant qu'il parlait, Ingeburge lui lançait des regards intrigués. Ce proche du roi de France agissait en tout avec une franchise déconcertante. Il n'était pas beau comme elle avait imaginé le prince de ses rêves, mais sa force, sa manière de manger en piquant d'énormes morceaux de viande au bout de sa dague et cette impression qu'il donnait d'être partout chez lui la changeaient agréablement d'un Olaf sirupeux et glissant.

A la fin du dîner le sire de Gouy s'excusa de n'avoir pas eu le temps de trouver de bons artistes. L'un d'eux tirait des sons aigres de sa vielle et chantait d'une voix rayée : Guilhem bâilla sans retenue, se leva, planta sa dague dans le bois de la table et demanda au musicien de lui prêter son instrument.

Il commença par jouer une mélodie occitane, et se mit à chanter d'une voix grave qui ne ressemblait en rien à sa manière de parler, lourde et rocailleuse. C'était pur prodige ; les grosses mains faites pour l'épée franque maniaient la vielle avec délicatesse. Ingeburge ferma les yeux pour s'abandonner à la mélodie ; si elle ne comprenait pas les paroles du troubadour elle reconnaissait les accents des parlers du Midi. Elle se souvint des ambassadeurs pontificaux au palais de son père qui s'exprimaient ainsi dans une langue cadencée, pleine de couleurs. La musique la pénétrait, répandait en elle une joie profonde, un bonheur sans explication. Elle oubliait que le roi l'avait rejetée, qu'elle était une reine perdue sur les chemins de France, son pays désormais, où elle n'avait pas sa place par décision injuste de son époux.

Quand Guilhem tendit la vielle au musicien et qu'il reprit place à table, le silence dura longtemps. Les convives n'osaient bouger, pour ne pas rompre le charme. La reine, les yeux toujours fermés, souriait, comme en proie à une vision divine. Les torches de résine accrochées aux murs diffusaient une lumière changeante, qui donnait aux visages des aspects inattendus. Enfin, Guilhem leva son hanap.

— Je bois à notre reine, qui nous fait l'honneur de sa présence.

Puis il parla en occitan à Fouillade, debout derrière lui. Celui-ci alla remplir le hanap de la reine et du sire de Gouy, qui aspirait très lentement les bouillies qu'on lui apportait.

Tard dans la nuit, on conduisit Ingeburge à son appartement. Gouy s'excusa de la modestie de sa demeure. Tout ici sentait le moisi, la pierre froide et le rat. Le lit était bancal, même si des menuisiers s'étaient affairés toute la journée à le remettre en état. On apporta de l'eau chaude dans une bassine et les femmes purent aider leur maîtresse à sa toilette. Comme on ne restait qu'une nuit, on n'avait pas déchargé les meubles et les coffres. Ingeburge dut se contenter du linge de la dame de Gouy, percé par les mites. Une fois apprêtée, elle demanda à Kathinca :

— Fais appeler le sire de Ventadour. J'aurai du plaisir à bavarder avec lui. Tu traduiras.

Guilhem entra dans la chambre, s'inclina, de façon si maladroite que la reine ne put s'empêcher de sourire.

— Vous parlez le latin… commença-t-elle en regardant Kathinca pour qu'elle traduise, tandis qu'il se dressait en face d'elle, imposant et tellement rassurant.

— Au château de Ventadour, il y avait des troubadours, des astrologues, des clercs qui parlaient en latin. Et j'ai pu apprendre quelques mots.

Il n'osait poser les yeux sur elle, de crainte qu'elle ne lise dans son regard le sentiment qui l'animait. C'était si fort qu'il en avait la respiration difficile et la parole hachée. Sa voix s'était voilée et il mesurait la médiocrité de ses propos.

— Parlez-moi de mon époux, le roi Philippe, qui vous tient en si grande estime.

— Le roi mon maître est un homme bon et généreux. Ses colères ne sont qu'une manière de cacher des sentiments que Dieu ordonne mais que les rois ne doivent pas montrer sous peine d'être considérés comme des faibles.

Elle se leva de son siège. Sa robe d'un autre âge au tissu jauni lui donnait l'aspect d'une servante. Mais son visage digne et droit était bien celui d'une reine. Depuis la maladie, les traits de son visage étaient plus fermes, ses joues s'étaient creusées et son regard avait la fixité et la force des regards des maîtres. Elle fit un pas dans un sens puis dans l'autre. Guilhem en remarqua l'élégance, la hauteur et la majesté. Elle s'approcha de lui, très près, sa figure à quelques pouces de celle du chevalier, qui n'osait plus respirer pour ne pas l'incommoder par son haleine que Fouillade lui-même disait forte et désagréable.

— Alors pourquoi m'a-t-il congédiée ? Qu'espère-t-il en m'assignant dans cette abbaye où je vais me morfondre ?

Guilhem baissa la tête, comme s'il était lui-même coupable. Il n'entendait rien à ce qui s'était passé. C'était tellement inattendu qu'il ne pouvait s'agir que d'un sortilège.

— Répondez-moi, Guilhem. Il faut que je sache ! Philippe et moi sommes mari et femme. Notre union est scellée devant Dieu.

— Je n'en doute pas, ma reine. Je pense qu'il a agi sur un coup de tête. Allez savoir quelle sorcellerie se cache derrière cela. L'Anglais Richard, toujours prisonnier du Saint Empire et qui déteste Philippe, est entouré d'une armée d'astrologues et de sorciers. Mais je connais mon roi ; il va vite retrouver la raison et vous fera appeler dans quelque temps.

Elle fit semblant de le croire et sourit, mais Ingeburge, bien que très jeune, avait côtoyé les plus grands du royaume de Danemark, les envoyés de l'étranger, et savait que leurs caprices devenaient souvent raison d'Etat, et que plus ils avaient tort plus ils s'obstinaient.

— M'en veut-il parce que mon père a refusé de s'allier avec lui contre l'Angleterre ? Ma dot devrait lui suffire.

— Mais elle lui suffit ! Je vous dis qu'il va vite vous faire mander auprès de lui…

— Cette journée m'a harassée, dit enfin Ingeburge en bâillant. Je vous prie de me laisser reposer.

Il s'inclina de nouveau. Avant de passer la porte, il osa un regard en direction du lit. Est-ce à cause de sa maladresse que la reine lui sourit ? Ce sourire l'illumina et il posa familièrement sa lourde main sur l'épaule de Fouillade, qui l'attendait.

Le lendemain, la pluie tombait. Le convoi se mit en route sur des chemins détrempés et boueux. Il faisait frais et la reine frissonnait sur son chariot bâché. Guilhem et ses hommes de troupe durent passer au fil de l'épée des détrousseurs qui avaient eu la mauvaise idée de les attaquer dans une forêt proche du mont Saint-Eloi. A Liévin, ils firent halte dans un château tout aussi délabré que celui du sire de Gouy. Le propriétaire, le sire de Putteau, était absent. On n'avait pas eu le temps de l'avertir et dans la précipitation la délégation chargée d'organiser l'hébergement d'Ingeburge n'avait pas trouvé d'autre lieu.

Ce fut une soirée lugubre dans une salle enfumée où brûlait un feu de bois vert qui crépitait sans procurer la moindre chaleur. Le repas fut rapide, à peine plus fourni que celui des laboureurs des environs. De la bouillie d'avoine, du pain de froment et du jambon moisi. Le pain contenait autant de son que de farine, mais il fallut s'en contenter. Exténuée, Ingeburge mangea très peu et demanda à aller se coucher. On lui proposa une sorte de paillasse dans une pièce où dormaient les servantes.

Ils partirent au jour. La pluie avait cessé et le soleil se levait, souverain au-dessus de la forêt, mais les fumerolles qui montaient du sol indiquaient qu'il allait encore pleuvoir dans la journée.

Ils atteignirent Cysoing en fin de matinée. Quelques maisons de chaumes rassemblées tout le long d'une rue boueuse formaient un bourg nouveau entouré de palissades en bois. Ici, les attaques incessantes des Flamands et des bandes de pillards qui infestaient les forêts voisines avaient conduit les moines de l'abbaye et le seigneur de Cysoing à unir leurs forces pour construire des murailles. Mais ils avaient vu trop petit. Une population chaque jour plus importante se pressait dans des baraquements derrière les douves. Ces gens étaient si démunis que les pillards ne les inquiétaient que pour violer leurs femmes et chaparder les quelques poules qu'ils élevaient à grand-peine.

Le village était en ébullition. C'était jour d'exécution. Le comte Arnaud de Cysoing avait la justice expéditive et préférait condamner un innocent que laisser courir un coupable. L'archevêque Pierre de Tance, homme rigide et d'une dévotion qui ne supportait aucune incartade, faisait une chasse active aux alchimistes et aux sorcières. Il luttait aussi contre l'hérésie de plus en plus présente, même chez certains prêtres qui remettaient en cause la virginité de Marie. La région était infestée de prêcheurs itinérants qui allaient de hameaux en villages, de maisons en châteaux répandant leurs paroles empoisonnées. Beaucoup de moines ayant renié leurs vœux remettaient en cause les dogmes sacrés et enseignaient leurs monstrueuses pensées à des êtres aussi stupides que leurs ânes et qui acceptaient tout ce qu'on leur disait pourvu qu'on leur donne l'impression d'être soi-même convaincu.

Le cortège royal entra dans le village, où il fut arrêté par une foule grouillante.

Guilhem voulut la disperser pour faire passer ses chariots, mais ce fut impossible. Plusieurs gardes l'empêchèrent d'avancer et lui parlèrent dans une langue qu'il ne comprit pas. On trouva enfin un prêtre qui connaissait le français de Paris. Il lui annonça que le supplice du moine Ponchut était imminent et qu'il fallait attendre. Guilhem eut beau expliquer que c'était le convoi de la reine, rien n'y fit.

— Le supplice de ce suppôt de Satan est une fête pour la populace et vous ne pouvez l'en priver. D'ailleurs, le passage jusqu'au prieuré est bouché.

Heureusement, le ciel couvert maintenait une température supportable dans le chariot de la reine. Soucieux de montrer son bon vouloir, le sire de Cysoing fit apporter du pain, des charcuteries et du vin. Il se présenta lui-même à Ingeburge. C'était un homme d'une quarantaine d'années, aux tempes grises, au visage anguleux, au regard fixe d'un aigle. Il s'excusa du désagrément et invita Ingeburge à assister au supplice dans sa tente couverte, où l'on avait installé des gradins et des sièges confortables. Elle accepta, suivie par Kathinca, la délégation danoise et Guilhem vers qui se tournaient tous les regards. On fit patienter les chevaux en les conduisant dans une pâture près des murs, sous la garde des valets d'écurie.

Le rassemblement offrait la possibilité aux marchands de vins, aux revendeurs d'amulettes et de billets porte-bonheur, de pratiquer leur commerce. Les tire-bourses allaient d'un groupe à l'autre, cherchant la bonne occasion. Les mendiants, dont certains étaient allongés à même le sol boueux, tendaient la main. C'était la fête, on profitait de ce temps de réjouissances pour échanger des plaisanteries et oublier le quotidien. L'exécution d'un moine montrait à ces misérables que la justice des hommes et de Dieu était la même pour tous.

Une ovation monta de la foule. Les pigeons effarouchés s'envolèrent des toitures en claquant des ailes. Les gardes amenaient le moine Ponchut et deux femmes vêtues de rouge. Echevelées, débraillées, elles dardaient sur la foule un regard haineux. Ponchut, très maigre, avançait, les mains jointes. Ses lèvres grasses bougeaient. La foule hurlait sa haine. Des enfants jetaient des pierres qui ricochaient sur les boucliers des gardes. Le condamné monta sur l'estrade, s'empêtra dans sa robe trop longue et tomba sur le côté. Un vaste éclat de rire retentit. Des remarques grivoises fusaient. Le bourreau et ses aides portant capuche noire restaient à l'écart, les bras croisés, imperturbables. Un prêtre se tenait devant les accusés, un crucifix dressé. L'exécuteur du jugement, un clerc portant tunique verte et chapeau à plumes de faisan, lut la sentence :

— Ponchut, moine hérétique, a été condamné par le tribunal de l'archevêque d'Arras pour propos contraires aux Saintes Ecritures. Dans ses prêches, Ponchut soutient aussi que les représentants de Dieu sur terre doivent vivre dans la pauvreté et incite les serfs à se révolter au prétexte que Dieu a fait tous les hommes égaux et qu'ils ne peuvent être la propriété d'un maître...

De cris de haine s'élevèrent de la foule. Les discours n'intéressaient personne. Que la fête commence !

— Ponchut est condamné à être brûlé vif sur ce bûcher en compagnie de ces deux sorcières, jeteuses de mauvais sorts...

— Ce n'est pas vrai ! cria l'une des deux femmes. Je n'ai jamais eu affaire à la sorcellerie ! Je cherchais des mélanges de plantes pour soigner mon petit Pierrot qui s'étouffe quand il s'approche d'un chat !

— Un chat ! s'emporta l'accusateur. Et un chat noir, surtout !

Les rires redoublèrent. Tout le monde savait que les chats étaient des animaux du diable et que c'était grand malheur quand l'un d'eux s'approchait d'une maison.

Le bourreau et ses aides s'emparèrent des deux femmes qu'ils maîtrisèrent sous les cris de la foule. La pauvre mère dont le crime avait été de fabriquer des tisanes avec des herbes sauvages se débattait en hurlant : « Qu'est-ce qu'il va faire mon petit Pierrot sans moi ? Il ne peut pas travailler ! » La seconde femme, une grande brune aux cheveux qui lui tombaient sur le visage, se taisait, sans chercher à échapper au supplice. Elle était ailleurs et, une fois attachée, baissa la tête pour ne pas voir les visages haineux braqués sur elle.

Le supplice le plus répandu était celui de l'épouillage, qui ne demandait pas de matériel particulier. Ponchut n'y échappa pas. Le bourreau lui arracha sa robe d'un geste rapide. Le tissu de mauvaise qualité se déchira sans effort et chacun put voir le moine, entièrement nu, ses maigres jambes en arc de cercle, son torse d'où saillaient les os. La foule délirait. Son sexe semblable à un fruit pourrissant provoqua l'hilarité. La souffrance de ce moine faisait tant de bien ! Le prêtre approcha le crucifix.

— Fais repentance, Dieu te pardonnera !

Dans un geste plein de dignité, Ponchut repoussa le crucifix. L'assistance hurla de plus belle. Des enfants se faufilaient entre les jambes des adultes pour accéder aux premières places. Un aveugle aux yeux fermés, appuyé contre le mur d'une fontaine, se faisait expliquer la scène par un jeune homme qu'il avait dû payer pour cela.

Les aides prirent le moine à bras-le-corps. Muni d'une pince à long manche, le bourreau attrapa un coin de peau sur sa poitrine et l'arracha dans un geste régulier. Ponchut poussa un cri strident ; tout son corps se contracta, du sang éclaboussa les gens du premier rang. Le prêtre s'évertuait à maintenir le crucifix devant le visage grimaçant du supplicié. Le bourreau, très consciencieux, arracha d'autres lambeaux de peau sur le ventre puis sur les côtes. Ponchut ne criait plus. Il avait perdu connaissance, sa tête avait roulé sur le côté. Il fut enfin attaché au poteau central entre les deux femmes, qui lançaient à la foule des regards effarés.

Alors l'un des bourreaux mit le feu à la paille, qui s'embrasa d'un coup. Une épaisse fumée masquait les condamnés dont on entendait les cris aigus. Les spectateurs applaudissaient et riaient encore. Une horrible odeur de chair grillée se répandit dans l'air. Une fumée noire montait au-dessus des toits ; les suppliciés ne criaient plus. Il y avait un peu de vent, heureusement pour les échoppes en planches situées au bord de la place. La foule était déçue et s'en prenait au bourreau, qui avait expédié la besogne. Nouveau dans la ville, il n'avait pas voulu suivre les conseils de son prédécesseur, qui savait préparer un feu convenable pour faire durer le spectacle des cris et de la souffrance. On applaudit mollement quand les corps noircis des suppliciés s'effondrèrent dans une explosion d'étincelles.

Ingeburge s'impatientait. Guilhem, debout à côté de sa voiture, demanda qu'on ramène les chevaux et qu'on ouvre un chemin au milieu des manants qui commençaient à se disperser.

Le cortège de la reine traversa enfin la place, passa à côté du brasier qui terminait de se consumer sous la surveillance des gardes afin d'éviter la propagation du feu aux maisons voisines.

Le prieuré se trouvait sur une colline. Ses bâtiments dominaient le reste du village. Dans ses jardins, des serfs encapuchonnés travaillaient à récolter les premiers fruits, prunes noires, pommes, et les légumes cultivés près d'une petite rivière. Le chemin cahoteux conduisait à un large porche par lequel on accédait à une vaste cour pavée. Au centre, une fontaine coulait dans un bac en pierre où venaient s'abreuver les chevaux.

Le maître des lieux, frère Benoît de Sompière, s'avança vers la voiture d'Ingeburge. C'était un gros homme qui suait abondamment. Quand il bougeait, son énorme bedaine se soulevait à la façon d'un sac de farine qu'on aurait dissimulé sous sa soutane. Il s'inclina devant Ingeburge, dont la robe verte semblait vivante autour de son corps léger. Elle sourit à Benoît de Sompière, qui lui souhaita la bienvenue.

— Quel honneur pour nous de recevoir la reine de France !

Il s'arrêta, s'apercevant tout à coup qu'Ingeburge ne comprenait pas un mot de son parler. Il se tourna vers Kathinca, qui s'était approchée et l'avait salué dans le français de Paris, qu'il comprenait approximativement. Puis il s'adressa à Guilhem, qui l'impressionnait :

— Monseigneur de Ventadour, je suppose.

Guilhem acquiesça.

— Le roi a envoyé un messager et vous demande de le rejoindre à Paris au plus vite.

Guilhem lança un regard étonné à Olaf, Ingeburge et enfin au sieur de Sompière.

— A-t-il donné des précisions ?

— Que nenni ! Le messager était très fatigué d'avoir chevauché sans relâche. On lui a servi à manger, il s'est reposé un peu, puis est reparti juste avant votre arrivée. Vous avez dû le croiser.

— Bon, fit Guilhem, je repartirai demain au lever du soleil.

Sompière conduisit lui-même la reine à ses appartements. On lui avait réservé une aile entière du bâtiment. Des moines s'activaient à nettoyer les dalles du sol souillées par des traces de boue sèche. Ils tendaient des tissus colorés aux murs, débouchaient les latrines, simples ouvertures dans le mur qu'on avait obstruées pour empêcher le froid de pénétrer. On apporta les coffres et les meubles de la reine, son lit et son nécessaire de toilette. Les fenêtres étaient de simples ouvertures dans le mur.

Une fois Guilhem sorti, Olaf scruta l'horizon. La forêt s'étendait à perte de vue. Il se tourna vers Ingeburge, assise en retrait, qui regardait ses valets mettre en ordre la pièce, selon l'agencement auquel la jeune reine était habituée. Ainsi, d'une résidence à l'autre, elle retrouvait ses meubles aux mêmes endroits, ce qui diminuait l'impression de dépaysement.

— Princesse, dit Olaf, qui se permettait quelques familiarités puisqu'il connaissait Ingeburge depuis son plus jeune âge, vous voilà bien isolée du monde. Je ne comprends toujours pas les intentions du roi de France.

Ingeburge se leva lentement de son siège, fit quelques pas en direction d'une ouverture. Elle était très droite, son pas régulier avait beaucoup de majesté. De son être d'apparence fragile émanait une force calme et sûre. Quelle grande reine elle aurait faite, auprès d'un roi qui aurait su la regarder et l'aimer. Car c'était surtout d'amour qu'elle avait besoin.

Elle resta un long moment silencieuse, contemplant l'horizon bosselé de petites collines. La forêt s'ouvrait sur une clairière ponctuée de champs et de quelques maisons de serfs. Olaf reprit :

— Avez-vous remarqué qu'il existe une sortie indépendante, à l'écart du prieuré et qui donne sur le village ?

Elle fit volte-face lentement. Ses cheveux étaient retenus légèrement à l'arrière de ses tempes par de fines tresses blondes qui se rejoignaient à l'arrière de sa tête sans qu'il fût possible de voir où s'arrêtait l'une et où commençait l'autre. Ses grands yeux bleus pleins de lumière se posèrent sur Olaf, qui n'avait pas besoin de sa réponse pour la comprendre. Il était confus d'avoir parlé de la sorte, montrant ainsi des intentions qui manquaient de noblesse.

— Non, Olaf, nous ne partirons pas d'ici, trancha Ingeburge. Je sais que la Flandre est au bout de cette forêt, qu'il serait facile de s'échapper et de rejoindre mon père. Mais cela ne se peut. Une reine ne quitte pas son pays.

— Oui, princesse.

Il avait pris l'habitude de l'appeler ainsi quand il lui enseignait le latin. La fillette réservée était devenue cette magnifique femme mais il ne changerait rien à ses habitudes, qui montraient une affection quasi paternelle.

— Le roi a ses raisons. Je me soumets à sa volonté.

Olaf avait remarqué que sa voix s'était embrumée, qu'elle parlait ainsi pour cacher le fond de sa pensée.

— Voulez-vous que j'appelle des musiciens pour vous distraire ou que je vous fasse de la lecture ?

Elle hésita. Sa main se leva, les doigts écartés, comme pour se protéger d'un insecte. D'en bas leur parvenaient les cris des charretiers qui s'en prenaient à leurs mules. Un rire d'enfant monta dans la cour.

— Faites appeler le sieur de Ventadour. Qu'il apporte sa vielle.

Elle abaissa ses paupières comme pour cacher sa pensée. Olaf comprit qu'elle exprimait là un penchant qu'il avait déjà décelé, une proximité avec ce chevalier dont elle appréciait la musique et les chansons, jusqu'à sa langue dont elle aimait les accents.

Guilhem arriva, portant son instrument, si petit dans ses mains de bûcheron. Il s'inclina devant la reine et resta en retrait, attendant qu'elle l'invite à s'approcher. Il pensait encore à ce qu'il avait osé lui dire pendant qu'elle délirait. A cet instant, il regrettait de s'être laissé aller aussi librement. Avait-elle entendu ? Certains sentiments se comprennent dans toutes les langues, même celle de Ventadour. Enfin elle leva ses yeux sur lui. Il garda la tête baissée, conscient d'être indigne d'autant de finesse, de délicatesse, lui qui pesait bien plus de deux cents livres.

Elle le regarda un instant ; il se sentait très mal à l'aise, persuadé qu'elle ne voyait que sa vulgarité, sa médiocrité de fils de servante. Sa vielle au bout de ses doigts lui semblait tout à coup très lourde. Ingeburge dit quelques mots à Kathinca, qui s'approcha du chevalier.

— La reine souhaite que vous chantiez dans votre langue.

Ingeburge s'était assise sur son fauteuil préféré, tendu de velours rouge. Il ne restait que les femmes à son service qui préparaient sa couche et disposaient des vêtements sur des portemanteaux en bois, protégés de la poussière par des draps de lin blanc. Kathinca et ses autres suivantes, dames de la haute noblesse danoise, s'assirent à même le sol à côté de la reine, qui ne perdait pas un geste du musicien poète.

Guilhem posa délicatement sa vielle sur ses genoux. Ingeburge remarqua une fois de plus la transformation radicale du guerrier tout à coup devenu troubadour. Son visage s'éclairait, un léger sourire fleurit sur ses lèvres, ses yeux se remplirent de lumière.

Il plaça la vielle sous son menton, l'archet commença à courir sur les cordes, une musique se mêla aux chants des oiseaux posés sur l'arbre derrière la fenêtre. Les notes s'égrenaient, s'emmêlaient, cabriolaient, et Ingeburge retrouvait la joie de son enfance. Elle marchait au bord d'un lac en été, elle suivait du regard les cygnes blancs. Elle souriait, oubliant tout à coup sa triste condition de prisonnière, d'épouse bafouée au lendemain même de son mariage. Et dans sa tête revenait sans cesse cette phrase, tranchante comme la lame d'une épée : « Je suis reine de France. » La fièvre au lendemain de son mariage avait effacé ses faiblesses de princesse pour qui tout était facile. Elle éprouvait au contraire le besoin de se battre, et, pendant que la vielle coulait ses notes aussi légères que des bulles, derrière son léger sourire une volonté d'acier prenait forme.

— Chantez, monseigneur, dit Ingeburge quand la musique s'arrêta.

Guilhem avait une voix grave qui rassurait. Une voix mâle qui touchait la jeune femme d'une manière qu'elle ne voulait pas reconnaître. Elle ne pouvait s'empêcher de comparer la silhouette du chevalier occitan à celle de Philippe. Son cœur battait fort en imaginant la poitrine solide et musclée du musicien en comparaison avec celle du roi de France, rentrée et osseuse. Et que dire de ses abondants cheveux bouclés, à côté de la tête chauve de Philippe ? Des sensations toujours refoulées montaient en elle, la preuve qu'elle pouvait être aussi faible qu'une femme ordinaire. Elle grimaça, mais sur ce visage de dix-huit ans le pli dû à la contraction des lèvres, des paupières, l'abaissement des sourcils, le durcissement des joues, tout ce qui enlaidissait une femme du commun devenait grâce et beauté chez elle.

— Laissez-moi, je vous prie ! dit-elle d'une voix ferme, interrompant la musique.

Guilhem s'arrêta net. Il posa un genou au sol.

— Ma chanson ne vous plaît pas ?

— Sortez, je ne veux plus vous entendre !

Guilhem obéit, visiblement affecté. Ingeburge n'ajouta rien. Dire à ce chevalier que sa musique la touchait revenait à avouer son indignité.

Le soir, au souper préparé en son honneur, Ingeburge fit bonne figure, malgré la fatigue qui cernait ses yeux. Sompière parla de sa jeunesse, de ses chasses au loup, de son désir d'armer des soldats pour se mettre au service du roi lorsque Dieu l'avait appelé. Du jour au lendemain, il avait quitté sa famille, ses rêves de gloire, pour devenir modeste moine.

Le lendemain, un grand remue-ménage réveilla la reine alors que l'aube blanchissait le ciel au loin. Dans la cour, on avait accroché des torches de résine aux murs et les valets d'écurie préparaient les chevaux, dont l'un d'eux était si grand, au dos si large qu'il ne pouvait être destiné qu'à un cavalier de taille exceptionnelle. Ingeburge s'approcha de la fenêtre et regarda longuement les préparatifs. Au-dessus de la forêt, la lune descendait vers l'horizon, annonçant une belle journée de fin d'été.

Enfin, celui qu'elle attendait arriva. Sa voix tonna à l'encontre des valets qui n'avaient pas bien brossé son cheval. Il allait et venait ; la lueur changeante des torches animait sa cape violette. Il salua ceux qui allaient l'accompagner, plusieurs chevaliers, et bien sûr son fidèle Fouillade. Les jambes arquées de ce dernier, sa poitrine rentrée, sa capuche lui donnaient l'allure d'une sorte de gros insecte roux, tant sa silhouette était déformée par la lumière. Il échangea quelques mots en langue d'oc avec son maître, qui donna l'ordre de monter à cheval. Dans la chapelle voisine, les moines entonnaient les premiers chants de la journée et leurs voix sourdes remplissaient l'air d'une monotonie ennuyeuse.

Quand tout le monde fut à cheval, Guilhem, resté à terre, tenant son cheval par la bride, donna l'ordre du départ. Alors, tourné vers la fenêtre, il resta ainsi un long moment, les yeux levés. Ingeburge tressaillit. Pourquoi l'avait-elle chassé aussi brutalement la veille ? Puis, quand les cavaliers de sa suite atteignirent le porche, il enfourcha sa monture avec une agilité étonnante pour son poids. Elle attendait qu'il lui envoie un dernier regard, mais il ne le fit pas.

Elle s'allongea sur sa couche et se mit à pleurer. Puis elle ravala un dernier sanglot et se dressa, face à la fenêtre. La frontière avec la Flandre n'était qu'à un jet de flèche. Elle pouvait envoyer un émissaire au duc de Flandre, qui entretenait des relations amicales avec son père. Elle allait écrire à Bjorg pour qu'il vienne la chercher. Son cœur se mit à battre très fort en imaginant la fuite avec le beau chevalier, leur première nuit dans une auberge comme des voyageurs ordinaires. Elle frémit de plaisir en imaginant le corps du jeune homme plaqué contre le sien. Ingeburge ne connaissait de l'amour que ses deux nuits ratées avec Philippe.

Quitter à jamais cet enfer, s'échapper de l'enfermement où le roi allait la retenir toute sa vie, oublier enfin qu'elle était fille de roi et se laisser aller à la vie ordinaire, comme une servante ! Elle secoua la tête, s'approcha de la fenêtre. « Une reine n'est pas née pour être heureuse ! » Cette phrase de son père tournait dans sa tête dans un manège de feu. La pensée de Philippe la serrant contre lui et le souvenir de son odeur lui soulevèrent l'estomac.

Elle s'agenouilla à même le sol, s'absorba dans une prière intense, puis se dressa de nouveau, face à la lune.

— Je suis la reine de France devant Dieu. Rien d'autre ne comptera pour moi !

Philippe II arpentait de long en large la salle du Conseil. Au centre, autour d'une table massive, des sièges tendus de velours rouge étaient rangés dans un ordre immuable mais, en ce matin du 10 septembre 1193, le roi était trop énervé pour penser au protocole.

Ses conseillers attendaient près de la porte, silencieux. Il y avait là l'archevêque Guillaume de Champagne, énorme, suant et soufflant. Ses joues couperosées pendaient sur le pli de son col, molles comme des gourdes. Agé d'une cinquantaine d'années, il était presque impotent. La bonne chère et les sauces dont il abusait lui avaient donné cette lourde corpulence et son pas hésitant de vieillard. A côté, frère Guérin dardait sur lui son regard de chat. Frère Roye, dont les grandes oreilles dépassaient de ses cheveux filasse, soupira. Venaient ensuite le beau Raoul de Nesle, puis Beaumont et Robert Clément.

Tous attendaient que le roi donne l'ordre de prendre place, mais celui-ci se contentait de marcher de la fenêtre, qui donnait sur la Seine, à la cheminée, où flambait un grand feu. Telle était la consigne au palais : quand le roi se rendait dans une salle, le feu devait être allumé, quelles que soient la saison et la température.

— On vient de m'annoncer que cet immonde Richard va être libéré par l'empereur, qui le retenait en otage depuis son retour de croisade, dit enfin le roi en poussant du pied Ikor, qui grogna.

— Je crois que oui, fit Roye. Les oreilles que j'ai auprès d'Othon me l'ont confirmé. Il semblerait que ce petit roitelet de duc de Vienne, qui l'a capturé alors qu'il se trouvait sur son territoire, déguisé en marchand, ait ravalé sa colère et accepté sa libération contre rançon…

Le roi tourna un œil curieux vers son conseiller.

— Quarante mille livres d'or, annonça Nesle.

Philippe siffla entre ses dents devenues noires à la suite de sa maladie en Palestine.

— Oui, insista Roye. Le peuple s'est saigné pour payer la rançon.

Le roi inspira, se dirigea vers la fenêtre. Le temps était magnifique, une lumière déjà automnale ruisselait sur les toits de Paris, la Seine scintillait. C'était un temps à courir le cerf. Il pensa qu'après avoir expédié les affaires courantes il pourrait se rendre à Vincennes, puis se ravisa. Sa place était ici, au palais, pour s'occuper de son ennemi Richard, dit Cœur de Lion, et de cet écervelé de Jean sans Terre, à qui on ne pouvait accorder aucune confiance.

Richard ! Un chevalier si courageux sous les fortifications de Saint-Jean-d'Acre ! Il aimait la guerre et sombrait comme lui dans de violentes colères. La belle amitié qui avait lié les deux cousins lorsqu'ils étaient enfants avait volé en éclats depuis longtemps.

— Nous aviserons le moment venu ! conclut le roi après une longue réflexion qui l'avait conduit loin du duché de Normandie. Une chose est sûre, Richard va vouloir récupérer son duché.

Il parcourut l'assemblée du regard.

— Mais Ventadour ? Ou se trouve Ventadour ? s'étonna le roi comme s'il venait tout à coup de s'apercevoir de l'absence de son ami.

— Sire, il n'est pas du Conseil ! lâcha Clément.

— Qu'on le fasse appeler.

Roye sortit rapidement et revint quelques instants plus tard en compagnie du chevalier occitan, qui s'étonnait d'être convié à unc réunion politique.

— Quelles sont les nouvelles de la Danoise ? demanda le roi.

— Mes espies restés sur place m'ont indiqué que la reine Ingeburge ne se plaint pas. Elle assiste à la messe tous les matins, puis, quand le temps s'y prête, s'adonne à de longues promenades avec sa suite.

Le roi fronça les sourcils, montrant sa surprise. Il s'arrêta devant Roye, qui baissa la tête, mais il continuait de s'adresser à Guilhem :

— N'a-t-elle rien tenté pour s'enfuir, pour rejoindre son père au Danemark ?

— Non, sire. Elle affirme que la France est désormais son pays, qu'elle en est la reine et qu'elle se battra pour retrouver sa place auprès de vous !

L'archevêque Guillaume de Champagne balançait son gros corps d'un pied sur l'autre.

— Par Dieu ! jura le roi. Elle n'est pas la reine et nous allons le prouver !

— Il me semble, sire, que vous devriez taper du poing sur la table !

— Taisez-vous, Nesle !

Ce n'était pas la première fois que le roi rembarrait le bellâtre devant le Conseil. Clément se demandait pourquoi il le gardait parmi ses proches, malgré son manque de réflexion et ses propos toujours mal venus.

Guérin attendait le moment propice pour prendre part à la conversation. Sa rivalité avec Roye était connue. Ces deux moines, issus du même ordre chevalier, qu'on commençait à appeler les Templiers, se détestaient. Mais auprès du roi Guérin était le plus malin, celui qui savait employer les bons mots pour le convaincre. Il s'apprêtait à parler quand le roi demanda :

— Votre avis, Roye ?

— Je pense que le pape, qui est un très vieil homme perclus de douleurs, ne fera pas la différence entre votre parole et celle de la princesse. Ses conseillers, dont je connais la fourberie, sauront mettre en avant que ce mariage, arrangé pour vous servir contre l'Anglais, ne vous étant plus utile, vous cherchez à le dissoudre. Le roi de Danemark a refusé de s'allier à vous contre les Plantagenêt, et tous vont penser que vous cherchez à vous venger. Il faut trouver une parade.

Puis Roye se tourna vers Guérin, qui décida d'abattre sa carte maîtresse afin de prendre l'avantage :

— J'ai fait faire quelques recherches… commença-t-il d'une voix assurée. Comme vous l'a précisé frère Roye, la non-consommation du mariage ne sera pas retenue par Sa Sainteté. Il faut donc mettre en avant un autre argument irréfutable. Et je crois l'avoir trouvé…

Il faisait traîner ses mots en regardant tour à tour les membres de l'assemblée.

— Venez-en aux faits ! s'impatienta le roi.

— La parenté, sire ! La princesse Ingeburge est cousine de votre première épouse Isabelle de Hainaut au cinquième degré.

— Tiens donc ? fit le roi. Je n'en ai jamais entendu parler !

— Oui, triompha Guérin, la reine Isabelle et la princesse Ingeburge descendent toutes les deux du comte de Flandre, Charles, mort en 1127 !

— Ah, ah ! s'esclaffa le roi, en plissant son œil gauche, voilà qu'on m'avait caché ça ! Le roi de Danemark le savait sûrement, mais il n'en a rien dit, trop fier de donner sa fille au roi de France !

Guérin triomphait, une fois de plus. C'était la meilleure manière de renvoyer Roye aux comptes du royaume, domaine dans lequel il excellait, et de garder les mains libres dans le domaine politique.

— Bon, fit le roi. Faites rédiger un rapport dans ce sens et envoyez des émissaires au pape. Pressez-vous car il est, dit-on, très gravement malade. Quant à vous, mon oncle, réunissez un concile d'évêques pour procéder à l'annulation officielle de ce mariage.

Philippe avait retrouvé confiance et se sentait libre pour se lancer dans l'affaire de Normandie et la guerre contre Richard. Ingeburge, cette incarnation de la mort, serait bientôt loin de lui, ou enfermée dans un couvent d'où il ne la laisserait jamais sortir.

On annonça M. de Sully et le roi donna l'ordre qu'on le fasse entrer. Cette sorte d'échassier au nez pointu s'inclina devant Philippe, qui lui sourit.

— Sully, qu'est-ce qui justifie votre présence ici à une heure où vous devriez être au chantier de Notre-Dame ?

— Justement, sire, j'ai une bien mauvaise nouvelle. La voûte de la grande nef s'est écroulée, tuant une vingtaine de manouvriers.

— Il faut la reconstruire dès maintenant, fit Philippe avec détermination. Les ouvriers ne manquent pas, trouvez-en d'autres.

Pour que Paris soit une véritable capitale et s'impose dans le monde, le roi savait qu'il devait avoir les plus grands et les plus beaux monuments. Il avait lancé plusieurs chantiers, qui mettaient à mal les finances publiques, la construction du Louvre et les remparts de la ville, qui offriraient une protection totale à Paris. Sully avait participé à la préparation de cet immense chantier. Il avait imaginé qu'aux endroits où le fleuve entrait et sortait de la cité on tendrait d'énormes chaînes pour arrêter les bateaux. Un dispositif fort astucieux, utilisant la force du courant pour soulever les chaînes, permettrait de laisser passer les barques des commerçants. C'était Philippe Auguste aussi qui avait pensé à faire paver les rues, à disposer des égouts et à chasser la boue omniprésente. Mais tout cela coûtait très cher. Alors qu'on ne vienne plus lui parler d'une nouvelle croisade, il avait assez à faire chez lui !

Quand Sully se fut éloigné, Philippe resta seul. La présence des conseillers l'empêchait de réfléchir. Il ne leur avait pas exposé ce qui le rendait irritable et peu présent aux distractions de la cour. Il avait caché à ses plus proches les courriers du roi de Danemark, qui annonçait vouloir laver de la pire des manières l'affront subi. Le pape, bien que vieux et souffrant, menaçait de se ranger du côté de Richard. Ainsi Ingeburge devenait-elle le centre d'un complot qui pouvait l'écraser. Comment s'en sortir ? Il n'imaginait pas reprendre la reine à ses côtés, cette seule pensée le faisait trembler. Inviter la mort à partager sa vie revenait à la laisser décider de l'heure fatidique. N'était-ce pas pour cette raison qu'Arrius, le grand astrologue, n'avait pas voulu lui dire quand s'effacerait son ciel, à quel moment il ne serait plus qu'un corps sans cœur et sans cerveau remisé dans le caveau royal à Saint-Denis ?

A cet instant, le comte de Penthièvre, qui, en charge de la correspondance du roi, entretenait une brigade de jeunes coursiers capables de chevaucher des journées entières sur toutes les routes d'Europe, se fit annoncer. Philippe eut un mauvais pressentiment, comme l'assurance qu'une nouvelle qu'il redoutait était enfin arrivée.

Penthièvre était un vieil homme un peu sourd. Un coup d'épée dans sa jeunesse tumultueuse lui avait tranché le bras droit au coude. Il avait une haute idée de sa personne et ne manquait jamais une occasion de chercher querelle : « Si j'avais mes deux bras, je vous ferais mordre la poussière ! »

Il s'inclina devant le roi, ôtant son chapeau noir et découvrant son crâne chauve.

— Un courrier de la cour de Danemark ! annonça-t-il de sa voix chevrotante de vieillard.

— Lisez ! dit Philippe, pour qui la lecture était devenue difficile depuis qu'il avait perdu son œil droit.

Penthièvre fit sauter le sceau de cire et déplia le parchemin, qu'il approcha de son visage car lui aussi avait la vue basse. C'était en latin, langue que les différentes cours européennes utilisaient pour ne pas avoir à faire appel à un traducteur soupçonné de manipuler les mots à sa guise. Valdemar Ier annonçait à Philippe la visite d'une délégation conduite par son fils Knut, appelé à lui succéder prochainement. Il était temps de régler leur malentendu et de collaborer de nouveau comme deux pays unis par le plus fort des liens.

Philippe, tout en grattant la barbe de son menton, réfléchit un instant, puis dit à Penthièvre, qui patientait, son parchemin à la main.

— Dites au roi que j'attends sa délégation et qu'elle sera reçue avec tous les honneurs, car il est en effet temps de régler cette affaire.

— Le courrier partira avant midi ! répondit Penthièvre en s'inclinant une nouvelle fois et en se dirigeant vers la porte.

— Surtout, soyez aimable dans votre propos. Je tiens à ce que cette entrevue se déroule au mieux.

La fin du mois de septembre fut ensoleillée. Les forêts prenaient une belle couleur ocre. Les vols d'oies et de grues traversaient le ciel, en route vers le sud. Ingeburge les suivait des yeux en se disant qu'elles avaient beaucoup de chance d'être libres.

Philippe n'avait répondu à aucune de ses lettres, mais elle refusait d'admettre la réalité. Répudiée sans raison, elle voulait se battre contre l'injustice.

— Qu'ai-je fait ? demanda-t-elle une fois de plus à Kathinca. Je ne suis pas bossue, on me dit même assez jolie. Pourquoi ce mépris, ce rejet ? Pourquoi le roi a-t-il été pris de tremblements quand il s'est approché de moi ? Pourquoi m'en veut-il alors que je suis prête à l'aimer de toute mon âme ?

— Je ne sais pas, soupira la sage Kathinca, qui s'ennuyait dans ce prieuré où il n'y avait que des moines silencieux occupés à la prière.

La dame de compagnie s'échappait. Sous n'importe quel prétexte, souvent pour prier seule, elle sortait de cet endroit où le silence l'empêchait de vivre. Déguisée en lingère, elle se rendait au village, marchait dans les rues, soutenant les regards insistants des hommes. N'ayant pas eu d'enfant, elle avait gardé un corps fin et désirable. Le sang bouillonnait en elle, lui donnait la tentation de s'offrir au premier venu. Le grand et fort Guilhem de Ventadour hantait ses pensées. Comme il devait être doux de se laisser prendre par ce robuste chevalier, à coup sûr inépuisable au jeu du manche à balai…

Ingeburge entretenait une importante correspondance avec les différentes cours d'Europe. Le soutien que les souverains et le pape lui témoignaient lui laissait un peu d'espoir. Elle écrivait de longues lettres à sa mère, qui l'encourageait dans son combat. Elle écrivait aussi à son frère, Knut, avec qui elle était très liée. Bjorg aussi lui avait écrit, mais elle ne lui avait pas répondu.

Malgré cette intense correspondance, le temps ne passait pas, ponctué par les offices et les prières. Elle devenait irritable et s'en prenait souvent à Olaf, qui rentrait sa tête dans ses épaules et laissait passer l'orage. La colère durcissait son visage, faisant naître des petites rides au coin de ses yeux. Cette jeune fille de dix-huit ans, à peine sortie de l'enfance, semblait désormais femme mûre, forte de la détermination qui caractérise les grandes dames.

— Vous êtes libre ! lui fit alors remarquer Kathinca en lui adressant un sourire plein de sous-entendus. Les portes de ce prieuré ne sont pas fermées…

— Ah, je suis libre ? Dès que je veux aller en promenade, j'ai une bataille de serviteurs pressés de tenir mon cheval, d'assurer ma sécurité. Je suis tellement libre que cela ne me sert à rien. Ma prison est immense, mais c'est toujours une prison.

— Le monde est une prison, répondit Kathinca en lui prenant les mains, il existe des jeux, des passe-temps plus excitants qu'une promenade au milieu de vingt chevaliers armés. Croyez-moi…

— Que veux-tu dire ?

— Je saurai vous le montrer, fit Kathinca, sur un ton énigmatique.

Le lendemain, Kathinca vint la voir, vêtue d'une robe grise de tissu grossier. Ses chaussures à semelle de bois nouées aux chevilles claquaient sur les dalles.

— Que fais-tu ainsi vêtue ? demanda Ingeburge, surprise.

— Nous allons nous promener, nous allons nous fondre dans le peuple, rire et plaisanter avec lui, danser dans les bras d'un boucher, ou d'un forgeron, mais d'un homme…

— Je ne comprends pas… s'étonna la reine. Comment t'est venue cette folle idée ?

— L'ennui, madame, cet ennui qui vous ronge. Ici, nous vivons parmi des morts au son des prières. Le peuple a des chansons qui rendent le cœur léger.

— Mais sais-tu que c'est un péché très grave ?

— Non, ce n'est pas un péché, c'est une manière de ne pas mourir. Dieu n'a jamais demandé aux gens de ne pas être heureux.

— Tu vas te faire tuer. Le peuple n'a pas plus de jugement que les animaux !

Kathinca éclata d'un rire clair plein de vie. Elle pirouetta et sa robe se gonfla découvrant ses mollets.

Cette femme n'avait ni la grâce, ni la finesse d'Ingeburge. Mais parce qu'elle était plus ordinaire, justement, on la regardait avec envie.

— Ma reine, nous serons accompagnées par des valets d'écurie qui savent manier le bâton et nous protégeront. Je vous en prie, joignez-vous à nous, personne ne vous reconnaîtra. Descendez de ce trône qu'on vous refuse et qui vous accable. Vivez, venez danser, rire aux éclats, vous laisser caresser par des hommes qui ne sont pas de haute noblesse mais qui ont tout ce qu'il faut pour rendre une femme heureuse.

— Jamais, tu m'entends ! Jamais.

Elle avait parlé avec fermeté, mais le jeu de Kathinca ne la laissait pas indifférente. Elle sortit et se dirigea vers la chapelle. Olaf l'attendait à la porte. Elle savait qu'elle pouvait tout lui demander. Pourtant, ce soir, peut-être parce que la silhouette de Kathinca vêtue en lingère ne la quittait pas, elle lui adressa un regard courroucé.

— Voilà que vous m'espionnez ? demanda-t-elle. Que vous vous assurez que je récite bien mes prières à la bonne heure ?

— Je voulais vous mettre en garde. Il n'est pas bon qu'une reine déguisée en lingère ou en paysanne aille se faire complimenter par des hommes grossiers pas plus malins que leurs bœufs…

— C'est bien ce que je disais : vous m'espionnez et écoutez aux portes !

Olaf baissa la voix et s'approcha de la reine, qui sentit son odeur de vin. Il buvait en cachette mais ne trébuchait jamais. Ingeburge fit une petite grimace qui n'échappa pas au moine.

— Je veux surtout vous protéger contre la tentation qui pousse toujours à faire des bêtises dont on se repent ensuite !

— Et alors ? s'emporta Ingeburge, vous croyez que c'est plaisant de passer sa vie avec des moines aussi mous que des limaces ?

— Ne blasphémez pas ! Vous devez rester sur vos gardes !

— Merci, Olaf, mais je suis assez grande pour savoir ce que je dois faire !

Le lendemain, Kathinca lui rendit visite déguisée en servante. Ingeburge tâta le tissu grossier de sa robe et demanda :

— Cela doit beaucoup gratter, ce tissu de chanvre…

— En effet, répondit la belle brune avec un sourire coquin, mais ce n'est pas désagréable. Voulez-vous essayer ?

Ingeburge, prise au jeu, enfila une robe lourde et mal coupée sur son corps de princesse qui n'avait connu que la soie et la laine fine. Elle marcha dans la pièce, mima un pas de danse. Le tissu râpait sa peau, mais elle en éprouvait une sensation bizarre, comme si, dans cette robe, elle devenait une autre femme, une personne plus ordinaire, elle qui n'avait connu que le château de son père, les cours des princes et les vêtements de luxe. Il lui sembla qu'elle passait à côté de quelque chose d'essentiel à toujours se surveiller, mesurer ses paroles et ses gestes, à ne jamais se laisser aller à la vie profonde de son être, à ne rien connaître du peuple, à ne le voir qu'à travers ses yeux de princesse.

— Alors, nous y allons ? fit Ingeburge.

— Allons-y ! dit en riant Kathinca. Ce lourdaud d'Olaf nous surveille, mais nous allons lui échapper, faites-moi confiance.

Elle souriait, heureuse de la farce. Olaf, le sérieux moine, allait s'arracher les derniers cheveux qui formaient une couronne blanche d'une tempe à l'autre. Ingeburge découvrait tout à coup le goût des femmes de son âge pour la promenade dans les rues d'un village où grouillait une populace répugnante mais qui à cet instant l'attirait.

Elles sortirent par la petite porte qu'utilisaient valets et porteurs de bois. Ingeburge découvrait un nouveau monde. Comme ils étaient curieux, ces gens du peuple, avec leurs visages gris, leurs regards sombres et leurs sourires édentés. La rue principale était pleine de marchands de vin, de chiffonniers, de colporteurs qui proposaient des amulettes sorties d'un panier. On vendait des œufs à même le trottoir, un forgeron frappait son enclume, un boucher aidé par ses commis dépeçait une carcasse. Tout sentait terriblement mauvais, la bouse, la pourriture, mais ce n'était pas désagréable.

Elles n'allèrent pas très loin. Sur une place, en face d'échoppes et de diseuses de bonne aventure, elles furent entourées par des hommes, la tête couverte d'un capuchon noir. On ne voyait de leurs visages que des yeux brillants.

— Voilà que les dames du château se promènent, qu'elles viennent voir de près la misère…

Ingeburge regarda autour d'elle. Aucune fuite n'était possible. Elle commençait à regretter sa petite escapade.

— Bon, les belles vous devez avoir une bourse bien cachée dans les plis de votre chemise… Faut nous la donner, sinon, ça ira mal.

Tout à coup, des cavaliers firent irruption, bousculant les passants. L'épée au clair, ils mirent les voleurs en fuite.

— Au château ! lança Olaf, qui était à la tête des gardes. Vous avez fait assez de bêtises !

Elles reprirent la direction du prieuré sous la garde des hommes d'armes, qui ne laissaient approcher personne. Sur le chemin du prieuré, juste avant les lourdes portes de chêne, un enfant gisait dans la boue. Il était terriblement maigre. Seuls ses yeux noirs vivaient encore dans son visage osseux, couleur de plâtre.

— Laisse-nous passer, misérable vermine ! cria Olaf en le bousculant du bout de son épée.

Trop faible pour opposer le moindre mouvement, l'enfant se laissa pousser comme un ballot.

— Demande-lui ce qu'il a, s'enquit Ingeburge à Kathinca.

— Il est malade. Il va mourir. Il n'a pas de parents.

— Emmenez-le ! fit Ingeburge.

— Vous n'y pensez pas, princesse ! s'emporta Olaf du haut de son cheval, qui transformait son apparence. C'est de la vermine, de la fripouille. Il n'est pas plus malade que moi…

— Emmenez-le, insista la reine. Je veux qu'on le soigne.

L'enfant était terriblement sale. Ses cheveux en mèches collées grouillaient de poux. Ses vêtements en lambeaux sentaient la vomissure. Ses pieds nus étaient couverts d'une épaisse couche de crasse craquelée de crevasses sanguinolentes.

Au prieuré, Ingeburge ordonna qu'on prépare un lit pour son protégé. Il grelottait malgré la chaleur ambiante. Des servantes se mirent à le laver à l'eau chaude, il retrouva lentement allure humaine. Il était beau, avec son petit visage maigre, ses grands yeux noirs. Ses dents n'étaient pas gâtées, ce qui était si rare qu'Ingeburge comprit que Dieu le reconnaissait comme sien. Elle aida ses femmes à l'essuyer.

Elles le couchèrent dans un lit avec des draps de lin. L'enfant, malgré son délire, s'étonnait de tant de bonté dans une langue que personne ne comprenait. Ingeburge fit venir ses médecins, qui examinèrent le corps décharné. Ils se concertèrent comme s'ils avaient affaire à un prince. L'enfant dardait autour de lui un regard apeuré. Pourquoi l'avait-on aussi bien traité ? On disait au village que des moines du prieuré raflaient les enfants et qu'on ne les revoyait plus jamais.

— Je veux m'en aller, dit-il à une servante, qui comprenait sa langue du peuple.

Ingeburge lui caressait le front de sa petite main si fine et si douce. Jamais le gamin n'avait éprouvé une sensation aussi agréable.

— Comment t'appelles-tu ? demanda la reine.

— Il s'appelle Janot, répondit la servante.

Les médecins, considérant qu'ils n'avaient pas à user de leur science pour un petit malheureux, se contentèrent de lui faire boire un liquide bleuâtre destiné à le purger, puis sortirent en bavardant.

— Qu'on le laisse dormir, demanda la reine.

Le lendemain, le malade délirait si fort, poussant par instants des cris stridents, qu'il gênait toute la communauté. Olaf, qui n'avait pas dormi de la nuit, n'en pouvait plus.

— Madame, jetez-moi cet animal nocif hors de nos murs. Vous allez en souffrir. Il va vous apporter la malédiction, j'en suis certain.

Ingeburge faisait-elle la différence entre cet enfant de serf et un chiot recueilli au hasard d'une promenade ? Pour la première fois, la jeune reine voyait de près un de ces misérables et s'étonnait de s'y intéresser. Pourquoi avait-elle voulu le recueillir ? Avait-elle vu dans son regard désespéré comme un signe de Dieu ?

— Je vous en prie, madame, insista Olaf, c'est vous qui allez en souffrir. Il vous a apporté la malédiction, j'en suis certain.

— Conduisez-le aux écuries, céda Ingeburge. Et que les valets s'en occupent.

Elle rejoignit Kathinca, qui bavardait et riait dans une pièce voisine avec d'autres femmes de sa suite.

— Nous avons décidé de ressortir cet après-midi !

— Kathinca, c'est dangereux, vous l'avez vu !

— Non, nous étions faciles à repérer avec nos robes trop riches pour des lingères. Nous étions trop propres, notre peau est trop lisse, pas assez tannée par le soleil. Nous devons nous déguiser en femmes de serfs. Nous partirons avec trois valets qui sauront nous protéger.

— Mais vous n'y pensez pas ? fit Ingeburge, qui souriait car la nouvelle aventure la tentait.

— On a choisi trois jeunes valets d'écurie aux larges épaules. Ils sont très heureux de nous accompagner, et un peu de bagarre leur conviendra très bien !

Philippe II frappa du poing la table de chêne et donna un vif coup de pied à Ikor, qui poussa un cri rauque et alla se cacher à l'autre bout de la pièce sombre. La fenêtre sans carreaux déversait une lumière grise. Des objets sans relief semblaient flotter dans un air épais, éclairés seulement par les flammes vives de l'âtre. Le roi se planta devant l'émissaire du pape, qui baissait la tête, gêné par ce regard borgne, un œil grand ouvert et froid, l'autre fermé par la lourde paupière plissée. Philippe portait un chapeau de velours rouge qui cachait sa calvitie. Sa barbe blonde peu épaisse salissait son menton assez fort et fendu en son milieu d'une fossette prononcée, comme si un coup de sabre en avait entaillé l'os.

— Que lui faut-il de plus, au pape ? N'est-il pas lassé à son âge d'empêcher le bon déroulement des choses ?

L'émissaire du pape, qui avait chevauché pendant quatre longues journées, changeant de cheval à chaque arrêt, n'avait plus la force de se tenir debout en face du roi.

— Sa Sainteté Célestin III a pris connaissance de votre requête et a chargé des clercs de vérifier le lien de parenté entre la reine Ingeburge et la reine Isabelle de Hainaut…

Le coursier chancela ; le roi lui présenta lui-même un siège.

— Pardonnez-moi, sire, je n'ai pas dormi depuis trois longues journées…

— Vous irez aux cuisines. On vous servira un bon repas, fit le roi, soudain compatissant.

C'était là un trait de son caractère. Il pouvait passer de la colère la plus violente à la compassion. Mais à mesure qu'il prenait de l'âge, qu'il essuyait des revers, Philippe avait compris que ses emportements ne pouvaient que se retourner contre lui. Pour autant il avait du mal à trouver le juste milieu et son attitude auprès de cet envoyé papal n'était plus celle d'un roi mais d'un sergent du palais.

— Que me dit Sa Sainteté ?

— Il n'y a point de consanguinité entre la reine Ingeburge et votre première épouse, Isabelle de Hainaut…

— Mes généalogistes seraient-ils si incompétents ? s'emporta Philippe. Qu'est-ce qui me prouve que ceux du pape ont raison ?

Il congédia le coursier et ouvrit la lettre du pape. C'était en latin, il fit venir Penthièvre, qui approcha la lettre très près de son visage et lut rapidement à voix basse.

— Qu'en dites-vous ? demanda le roi.

— J'en dis que Sa Sainteté est très vieille et percluse de douleurs. Ce n'est pas bon lorsqu'il s'agit de juger une affaire comme celle-ci.

Le roi s'emporta de nouveau, jura comme il savait le faire, puis fit connaître sa décision :

— Organisez le concile. Je veux les principaux évêques du royaume sous les ordres de mon oncle Guillaume de Champagne. A eux reviendra la charge de prononcer l'annulation du mariage. Faites ordonner à Ventadour de partir à Cysoing chercher la princesse Ingeburge. Vous la ramènerez ici, à Paris. Je reçois dans quelques jours une délégation du Danemark. Je veux qu'elle soit présente.

Pour Guilhem, c'était une aubaine. Il allait enfin revoir la dame de son cœur et partager plusieurs journées en sa compagnie. L'annulation du mariage le rendait heureux. Si la reine ne consentirait jamais à l'aimer, savoir qu'elle ne serait plus l'épouse du roi lui convenait. Il avait passé ces longues journées loin d'elle à errer d'auberges en tavernes, buvant plus que de raison et écrivant inlassablement des poèmes qu'il oubliait dès que les vapeurs du vin s'estompaient. L'inaction lui pesait. Il espérait quelque guerre à la saison prochaine pour y trouver l'occasion de mourir.

Le jour même, en compagnie de son fidèle Fouillade, et d'une dizaine de gardes, il quittait Paris en direction du nord.

Ils firent étape dans une auberge proche de Chantilly, mirent à sac la cave de l'aubergiste, qui n'avait pas les moyens de jeter dehors cette bande tapageuse. Le lendemain, au lever du soleil, frais et dispos, Guilhem secoua les gens de sa suite, en peine de sortir d'un lourd sommeil. Tous allèrent se mouiller le visage à la fontaine de la cour pendant que les valets d'écurie préparaient leurs chevaux.

Il faisait très frais en ce début d'automne. Guilhem et ses compagnons s'enfoncèrent dans une forêt où le chemin de pierre disparut rapidement. Ils suivirent un sentier entre de grands arbres. C'était un endroit propice à une attaque de soldats devant se débrouiller pour survivre jusqu'au printemps suivant. Guilhem n'aurait pas été contrarié d'en rencontrer quelques-uns et de faire un peu d'exercice...

Trois jours plus tard, ils arrivèrent à Cysoing. C'était au milieu de l'après-midi. Guilhem, qui n'était plus pressé, décida de s'arrêter dans une auberge à l'entrée du village. De là, il voyait le prieuré où se trouvait Ingeburge. Cela lui suffisait.

Ils empruntèrent une ruelle et furent arrêtés par un attroupement devant une auberge à l'enseigne de La Pie qui rit. Trois jeunes hommes tentaient de protéger un groupe de femmes terrorisées. Guilhem s'approcha, fit virevolter son énorme épée et mit les malandrins en fuite.

— Mesdames, dit Guilhem dans son français approximatif, vous avez eu bien de la chance !

Au centre, une de ces dames vêtues misérablement regardait Guilhem avec ses grands yeux bleus. De sa coiffe fripée dépassaient des mèches de cheveux blonds.

— Est-ce possible ? fit-il en se tournant vers Fouillade.

— Je pense comme vous !

La femme s'approcha. C'était bien Ingeburge, la reine de France, qui allait ainsi par les rues, déguisée en servante.

— Nous rentrons au prieuré ! dit-elle, reprenant l'initiative. Messire Guilhem, votre arrivée me comble. Il faut que je vous parle.

Guilhem ne posa pas de questions.

La reine marchait à côté de Kathinca, la tête basse, sans un mot, telle une fillette prise en faute.

Au prieuré, les cavaliers laissèrent leurs montures à de jeunes valets. L'un d'eux, très brun, lança un regard insistant à Ingeburge. C'était Janot, guéri de sa fièvre. Comme il aimait beaucoup s'occuper des chevaux, Ponthieux, qui dirigeait les écuries, l'avait gardé là pour faire plaisir à Ingeburge. Son regard s'attarda sur Guilhem.

Quand elle fut changée, la reine fit appeler Guilhem, qui se restaurait aux cuisines. Il avait très peu mangé pendant la chevauchée de trois jours et surtout si peu dormi que le géant en avait la vue trouble. Il se rendit à l'appartement d'Ingeburge, qui décida d'ignorer leur rencontre fortuite.

— Monseigneur, que me vaut le plaisir de votre visite ? Venez-vous m'annoncer que je vais enfin quitter ce lieu sinistre ?

— Je suis venu vous chercher ! l'informa Guilhem en regardant Kathinca qui traduisait. Le roi vous fait mander à Paris.

— Quelle bonne nouvelle vous m'apportez là ! fit la jeune reine. Aurait-il changé d'avis ?

— Une délégation du Danemark conduite par votre frère Knut va arriver. Elle assistera au concile des évêques chargés de juger de la validité du mariage.

Ingeburge ne manifesta pas sa joie : son frère faisait route vers Paris ! Une longue lettre de sa mère l'en avait avertie. Elle espérait que cela signerait la fin de ses tourments.

— Nous partons demain ! annonça Guilhem.

— Très bien. Je fais préparer les malles pour que tout soit prêt au lever du soleil, qui tarde de plus en plus ! s'exclama-t-elle en se tournant vers Kathinca.

Elle pensait aux automnes du Danemark, si lumineux, si colorés ! Les hêtres, les bouleaux teintaient les forêts de couleurs vives. Le soleil se levait sur une campagne givrée qui étincelait. Elle aimait marcher dans les allées du château, écouter les bruits de la vie voisine qu'elle ne connaissait pas, les appels des bergers, les meuglements des troupeaux…

— Il faut se reposer maintenant, poursuivit-elle avec appréhension, car le silence subit de Guilhem ne lui disait rien de bon. Faites dire à Janot qu'il vient avec nous ! ajouta-t-elle en se retirant dans sa chambre.

Il y eut tellement de bruit pendant la nuit que Guilhem et ses hommes, à qui on avait donné un pavillon proche des écuries, ne purent trouver le repos. Appels des valets, bruit des coffres que l'on déplace, que l'on cogne aux cloisons, hennissements des chevaux dérangés. Le vacarme était tel que Guilhem, après avoir somnolé, se leva, la tête lourde, le pas hésitant. Il se trempa la tête dans le bassin où s'abreuvaient les animaux. Le froid le remit sur pied. Il s'assura que son cheval avait eu sa ration de foin et d'avoine. Fouillade se traînait derrière lui.

Vers quatre heures du matin, Olaf réveilla la reine et ses femmes ; les valets de chambre emportèrent aussitôt son lit, ses coffres de vêtements, ses parures rapportées du Danemark qu'elle avait eu si peu l'occasion de porter.

Ingeburge et ses suivantes montèrent sur les chariots qui leur étaient réservés et le convoi démarra. Au loin, une meute de loups hurlait sous une lourde lune posée sur les arbres. Ingeburge frissonna. Des paillettes de gel scintillaient sous la lumière changeante des torches. Guilhem chevauchait à côté de son chariot, et sa présence la rassurait.

Ils s'arrêtèrent le temps de faire boire et manger les chevaux puis repartirent sur ce qui n'était plus qu'un sentier entre de grandes herbes lourdes de gel.

Ils s'arrêtèrent à la nuit dans un vieux château délabré en rase campagne. Des émissaires avaient précédé le cortège pour faire préparer la place, mais tout manquait. Le seigneur de Brinville, très pauvre, partageait sa vie avec ses serfs et n'hésitait pas à pousser l'araire dans ses champs qui suffisaient à peine à le nourrir. Pour recevoir la reine, il vida son grenier et ses saloirs. Il se condamnait à ne pas manger à sa faim pendant l'hiver, mais l'honneur de son nom serait sauf.

La reine et sa suite partirent le lendemain avant le jour. Guilhem, qui avait remarqué l'état de misère du seigneur de Brinville, lui glissa discrètement une bourse d'or dans la main. L'homme la refusa avec hauteur :

— Point de cela, monseigneur. Il ne sera pas dit que le sire de Brinville manque à l'honneur de son rang !

Guilhem n'insista pas, laissant le vieil homme à son dénuement mais si heureux d'avoir offert l'hospitalité à une reine de France. Par cette visite, il remontait un peu dans la hiérarchie nobiliaire et pourrait s'en vanter auprès des seigneurs voisins plus puissants et surtout contracter des emprunts auprès des usuriers juifs.

Après une nouvelle étape dans un prieuré où Guilhem fit scandale en chantant des airs occitans, puis chez un riche marchand de draps (on n'avait pas trouvé de maison noble digne d'Ingeburge, qui ne gardait pas un bon souvenir de son séjour chez le seigneur de Brinville), le convoi atteignit enfin Paris en fin d'après-midi. Ingeburge s'étonna que Guilhem fasse arrêter le cortège au prieuré du Pré-Saint-Gervais.

— Que se passe-t-il ? finit-elle demander par Kathinca. Mon frère nous attendrait-il là ?

— Les ordres sont que vous allez dormir ici cette nuit. Demain, vous verrez votre frère et le roi ! répondit Guilhem sans plus de précisions.

Ingeburge ne posa pas d'autres questions. C'était la première fois qu'elle avait une réponse favorable à ses nombreuses demandes d'audience auprès de Philippe. Elle se retira dans ses appartements, qui sentaient le rat. On lui avait réservé une chambre fort ordinaire, aux murs nus, où régnait un froid saisissant. Elle demanda qu'on fasse du feu dans la cheminée. Un moine désigné pour la servir lui répondit que la cheminée était bouchée et que le moindre feu rendrait l'air irrespirable. Ses servantes et sa suite furent logées à plusieurs par pièce. Olaf lui-même, pourtant si tolérant, alla s'en plaindre au père Chambellin, qui dirigeait le prieuré d'une main de fer. Cet homme, devenu ecclésiastique par opportunité et qui choisissait toujours le camp de son intérêt, lui répondit qu'il n'avait pas d'autre endroit pour loger la reine.

Le lendemain, Ingeburge attendit Guilhem une partie de la matinée. Il arriva enfin alors que les cloches du prieuré appelaient les moines à l'office de la mi-journée. Ingeburge entendit son pas lourd et sa voix qui traversait les murs les plus épais. Il se fit annoncer à la reine qui le reçut dans l'appartement humide qui lui était réservé. Il s'étonna du peu de cas qu'on avait fait d'elle et s'en plaignit auprès de Chambellin. Celui-ci lui répondit que le prieuré était conçu pour accueillir des moines et des pénitents, et non les membres de la famille royale. Guilhem n'insista pas. Trop préoccupé par le sort de la jeune Danoise, il ne trouvait pas les mots dans ce français qu'il continuait de parler de travers après une dizaine d'années de pratique.

Au palais régnait une intense agitation. C'était la première fois que la jeune femme pénétrait dans ce lieu de pouvoir. Elle fut reçue par le chambellan de Brienne, qui multiplia les politesses et invita la délégation à se rendre dans la grande salle des banquets, où le roi attendait. Ingeburge crut rêver. Enfin, Philippe avait cédé aux injonctions du pape ! Enfin, elle avait trouvé sa place dans ce royaume qui était désormais le sien ! Elle joignit les mains pour remercier Dieu.

Brienne conduisit la reine et sa suite dans une première pièce attenante à la salle des banquets. Les courtisans s'inclinèrent à son arrivée. Le grand Nesle se plaça bien en vue pour ne pas échapper à son regard. Mais elle ne le vit pas : toute son attention était accaparée par six hommes isolés du reste des invités. On annonça le roi, qui s'arrêta à la porte et parcourut l'assistance de son œil ouvert. Ingeburge le voyait enfin dans son rôle de roi et découvrait sa majesté. Il se dirigea vers elle d'un pas assuré. Il lui tendit la main et se tourna vers le groupe d'étrangers.

— Je vous prie, mes seigneurs, de passer dans la salle du banquet.

Le maître de cérémonie plaçait les gens selon un ordre strict. Quand elle vit son frère Knut s'approcher, Ingeburge poussa un petit cri de joie et se jeta dans ses bras. Ils s'étreignirent sous le regard amusé du roi. Comme ils sont beaux, tous les deux, pensa Philippe. Quel beau couple ils feraient ! Puis il entra dans la salle du banquet, tenant toujours la main de la reine. Ingeburge, assise aux côtés de son époux, se crut heureuse. Elle parcourut du regard les membres de la délégation danoise autour de son frère. Elle se mordit la lèvre en voyant Bjorg qui lui souriait. Il était superbe dans sa robe pourpre, avec son chapeau à large bord et sa barbe blonde qui moussait, pleine de reflets d'or ! Elle ne répondit pas à son sourire et se tourna vers le roi, qui ne la quittait pas du regard, comme s'il la découvrait enfin.

Le dîner fut joyeux. On ne parla pas de la situation. Le roi se montra très courtois envers Ingeburge. Il lui fit raconter son enfance, les immenses forêts de son pays, son père, le sage Valdemar. Kathinca traduisait.

A la fin du repas, Philippe convia les membres de la délégation à une réunion dans la salle du Conseil. Il prit de nouveau la main d'Ingeburge et la conduisit jusqu'à un fauteuil proche du sien. Quand les Danois furent placés, le souverain les remercia d'être venus jusqu'à Paris. Ingeburge avait les yeux rivés sur son frère et sur Bjorg, à ses côtés. Une lourde appréhension montait en elle.

— Mes seigneurs, commença le roi, j'espère que votre séjour en notre capitale est heureux. Si vous avez la moindre remarque, le moindre désir, n'hésitez pas à en parler au comte de Pussay, qui a ordre de vous satisfaire en tout.

Une chasse était prévue pour le lendemain en forêt de Vincennes et Knut assura le roi que tout se passait pour le mieux. Il ajouta qu'il était temps de régler une fois pour toutes le différend entre eux afin de ne laisser aucune ombre entre les deux cours. L'œil droit du roi se referma entièrement. Il se gratta le menton comme il le faisait souvent quand il réfléchissait.

— Il n'y a pas de différend, poursuivit le roi. C'était pour moi un grand honneur d'épouser Ingeburge, fille du grand Valdemar. Tout aurait pu être pour le mieux si le diable ne s'en était mêlé. Ne voyez là aucun affront, aucun ressentiment de ma part, mais ce mariage bien que célébré ne peut être. Je vous prie d'en accepter la nullité.

Ingeburge flancha un instant, terrassée. Elle se força à garder une attitude digne. Knut prit le temps de la réflexion :

— Ce n'est pas acceptable, répliqua-t-il en regardant Philippe en face. Ma famille règne sur un tout petit pays mais n'en a pas moins un grand sens de l'honneur. J'en appellerai au pape, à l'empereur…

Philippe s'attendait à cette réponse. Ses espions lui avaient appris que le roi de Danemark, malgré ses prétendus mille navires, avait eu beaucoup de mal à payer la dot de sa fille. Il n'avait plus de quoi entretenir une armée destinée à défendre ses frontières contre les Suédois au nord et les Flamands à l'est.

— La dot sera restituée, à laquelle j'ajouterai dix mille écus pour le préjudice.

Knut regarda tour à tour ses voisins. On le sentait proche de céder. Ingeburge n'en pouvait plus d'être ainsi l'objet d'un immonde marchandage.

— Je me porterai garant pour négocier un mariage fort avantageux pour Ingeburge. Le fils de l'empereur est en âge de prendre femme. J'interviendrai auprès du pape.

Knut eut un très léger sourire montrant qu'il ne tombait pas dans le piège du roi de France. Le pape, bien que très diminué, détestait l'arrogant Philippe II. Mais Knut savait aussi qu'il n'était pas de taille. L'appui du pape et des autres cours d'Europe cesserait dès que leurs intérêts les pousseraient vers la France. De plus, il savait Philippe suffisamment malin pour faire pencher la balance de son côté. Il voulut gagner du temps :

— Sire, nous discutons ainsi, mais c'est à ma sœur de dire ce qu'elle souhaite. Si elle est d'accord avec cet arrangement, alors nous serons d'accord et Ingeburge repartira avec nous au Danemark. Elle épousera le duc Bjorg d'Aarhus, ici présent, neveu de l'empereur et descendant en ligne directe de Sven Estridsen…

Ingeburge frémit. Bjorg ne la quittait pas du regard. Repartir à la cour de son père, reprendre sa vie de princesse insouciante en attendant son mariage avec l'homme le plus agréable qu'elle connaissait, la tentation était grande… Mais n'était-ce pas le démon qui la poussait sur une pente indigne de son sang ? Elle lança un regard à Kathinca, comme pour s'accrocher à une réalité qui l'oppressait.

Le silence pesait sur l'assemblée. Ingeburge ne bougeait pas plus qu'une statue. Les lèvres entrouvertes, elle semblait manquer d'air. Enfin, elle inspira et fit face à cette assemblée d'hommes.

— Je suis reine en ce pays, unie à lui par le sacre divin. Je ne faillirai pas à ma mission.

Un éclair d'admiration traversa les yeux de Knut. Il reconnaissait bien là sa sœur et le sang de Valdemar. Philippe restait impassible. Enfin il se leva, sombre, lança à la cantonade :

— Mes seigneurs, je vous souhaite le bon après-midi !

Il quitta les lieux. Son insolence choqua Knut, mais également Brienne, qui se tenait à la porte et dont le dévouement à la couronne était sans limite. Knut se dirigea lentement vers sa sœur, la prit dans ses bras. Ce geste avait plus de sens que toutes les conversations. Ils sortirent à leur tour. Ingeburge rejoignit ses femmes. Elle ne regrettait rien. Son refus avait fait d'elle la reine de France, bien davantage que l'interminable sacre dans la cathédrale d'Amiens et l'onction des saintes huiles.

Le lendemain matin, à prime, Kathinca se présenta à sa porte et lui annonça une visite. Elle croyait recevoir son frère, ce fut Bjorg, vêtu d'un surcot de velours vert qui mettait en valeur les belles proportions de son corps. Il salua Ingeburge et demanda qu'on le laisse seul avec elle. Ce qu'il avait à dire ne pouvait être entendu des Français. La délégation se préparait à partir, il alla directement au but de sa visite :

— Madame, je suis venu vous chercher. Avez-vous entendu votre frère annoncer notre mariage ?

— J'ai bien entendu, répondit Ingeburge, mais je suis la reine de France, l'épouse du roi Philippe le Deuxième. Ce que Knut a annoncé est impossible.

Bjorg se mit à genoux et, les mains jointes, poursuivit :

— J'ai juré de ne pas vivre en votre absence. J'ai voulu mourir quand vous êtes partie pour la France. Dieu nous donne une nouvelle chance, preuve qu'il accepte notre union, qu'il la bénit...

— Dieu ne peut accepter ce qu'il n'a pas voulu auparavant. Allez, monseigneur. Je reste en France, qui est désormais ma patrie, et je me battrai jusqu'à mon dernier souffle pour retrouver ma place auprès de mon époux égaré par un mauvais sortilège.

Knut entra sans avoir été annoncé. Il feignit de ne pas voir Bjorg à genoux et marcha vers sa sœur.

— Je suis fier de vous ! lui souffla-t-il à l'oreille. Notre père aussi sera fier. Nous serons toujours à vos côtés pour poursuivre le combat.

Il fit ses adieux à Ingeburge et sortit, accompagné par Bjorg, qui ne se retourna pas. Ingeburge attendit que la porte fût fermée pour se laisser aller aux sanglots qui oppressaient sa poitrine.

Philippe n'avait pas apprécié la rebuffade d'Ingeburge et préparait activement le concile qui le libérerait définitivement. Le pape ne reconnaissant pas le lien de parenté, restait l'autre argument, invérifiable, celui de la non-consommation du mariage, et il comptait bien user de son influence pour le faire admettre au pontife et aux cours européennes.

Ingeburge séjourna au palais tout le mois d'octobre, mais fut tenue à l'écart de la cour. Elle apercevait parfois le roi, mais jamais celui-ci ne la convia à sa table, ni ne lui adressa la parole. Le 1er novembre, Guilhem vint l'avertir qu'il avait ordre de la conduire immédiatement à Soissons, où aurait lieu, quatre jours plus tard, le concile qui devait se prononcer sur la validité de son mariage. Ingeburge se prêta au jeu en soupçonnant quelque piège, mais elle se savait assez forte pour affronter l'adversité.

Dieu m'ordonne de tenir tête, je ne peux lui désobéir ! se dit-elle pour se donner du courage.

A Soissons, elle fut logée avec sa suite dans une aile exiguë du palais épiscopal, où elle manquait de tout, de bois surtout pour se chauffer. Elle se prépara à endurer ces brimades avec courage et attendit. Le 4 novembre, elle reçut une lettre de Bjorg qui l'assurait de son amour total et de son envie de mourir si elle s'obstinait dans sa décision. Elle froissa le courrier et le jeta à travers la pièce. Bjorg était certainement le plus beau et le plus agréable des compagnons, mais elle ne pouvait plus l'aimer ; un abîme les séparait, désormais.

Au matin du 5, Guilhem la conduisit dans une vaste pièce où se pressait une assemblée pourpre d'évêques. Philippe était là, assis sur un trône en face des hommes d'Eglise aux visages austères. Elle le vit, portant couronne, ce qui cachait en partie sa calvitie. Il leva sur elle son œil droit, dont elle perçut la lueur froide. Elle frémit intérieurement, mais n'en montra rien, gardant une attitude droite et fière. Guillaume de Champagne, dont la corpulence gênait les mouvements, salua la princesse, à qui il ne donna pas le titre de reine. La jeune femme se tenait debout, comme une accusée à qui on va lire sa sentence, entre Olaf, minuscule, sa tête plate rentrée dans ses épaules, et Kathinca chargée de traduire les propos des uns et des autres. Personne ne les invita à s'asseoir. D'ailleurs aucun siège n'avait été prévu pour la reine et sa suite. Il faisait froid dans cette pièce sans feu et plusieurs prélats montraient leur désir d'en finir au plus vite.

Guillaume vint se placer face au roi, de son pas d'oie grasse.

— L'assemblée des évêques et des dignitaires du royaume a été informée du lignage entre la princesse

Ingeburge et Isabelle de Hainaut à un degré prohibé par le droit canon. Les généalogistes de Sa Sainteté le pape Célestin ont montré qu'il n'en était rien. Aucun lien prohibé n'existe entre vous et la princesse Ingeburge. L'Eglise, ici représentée par ses principaux évêques, en a pris acte. Cependant, nous avons aussi pris acte du fait que le mariage n'a pas été consommé, ce qui le rend nul. Ainsi vous, Philippe le Deuxième, roi de France, êtes désormais libre de contracter une nouvelle union. La princesse Ingeburge de Danemark, étant libre à son tour, peut accepter un nouvel époux.

Un silence suivit cette affirmation solennelle. Le visage d'Ingeburge se contracta. Elle marcha droit au gros Guillaume de Champagne, qui en fut étonné. Elle n'avait pas compris les mots qu'il avait prononcés, mais leur sens ne lui avait pas échappé.

— Comment osez-vous ? s'emporta-t-elle dans sa langue maternelle. Le mariage a été consommé !

Guillaume de Champagne se tourna vers Kathinca. Ce fut Olaf qui traduisit le propos de sa maîtresse. Le silence se fit dans l'assemblée. Guillaume de Champagne était gêné. C'était parole contre parole. Comment sortir de cette impasse ?

— Le jurez-vous sur la Bible ? demanda l'archevêque en regardant Olaf.

— Je le jure sur la Bible, répondit Ingeburge sans hésiter.

— C'est faux ! annonça le roi, qui ne supportait pas d'être ainsi placé au rang des accusés, puis s'adressant à Ingeburge : Madame, vous mentez la main posée sur le livre sacré et Dieu ne vous le pardonnera pas !

— C'est à vous qu'il ne pardonnera pas ! répliqua Ingeburge, sitôt les propos du roi traduits. Vous êtes le roi de France, investi par Dieu pour gouverner ce pays. Je suis la reine de France, tout aussi investie que vous. Ma parole vaut la vôtre.

Olaf bégayait en traduisant. Il voulait atténuer les propos de la reine et ne trouvait pas les bons mots. Philippe, contenant difficilement sa colère, se tourna vers Guillaume de Champagne.

— Qu'on apporte l'acte d'annulation !

Le roi le signa sans un regard à Ingeburge. Le clerc tendit ensuite la plume à Ingeburge, qui resta de longues secondes impassible avant, d'un geste brusque, de repousser la plume. Une goutte d'encre tomba au bas du parchemin.

Alors, la voix pleine de colère, elle s'écria :

— *Roma ! Roma !*

Les évêques avaient compris et se demandaient s'ils avaient eu raison de participer à ce concile. Cela signifiait qu'elle allait de nouveau en appeler au pape. Le vieux pontife restait alité tant les douleurs de son corps le faisaient souffrir, mais il soutenait la jeune reine. Olaf avait déjà en tête les termes de la lettre qu'il allait écrire lui-même, et cherchait les mots latins pour demander à Sa Sainteté de sévir contre l'Eglise de France.

Ingeburge revint se placer près d'Olaf, qui lui tapota discrètement le dos de la main pour la rassurer. Le combat n'était pas fini. Ingeburge était pâle. Ah, si elle avait pu parler le français, que n'aurait-elle pas dit ! Quelques expressions en latin lui vinrent à l'esprit, mais elle sentit de nouveau la pression discrète d'Olaf et se retint.

— Rien ne sert de provoquer le roi, lui souffla-t-il. Vous n'en recevriez que quelques mauvais coups.

Alors les évêques, retenus par l'autorité de cette petite femme d'aspect si fragile, se mirent à parler entre eux avec une liberté que n'autorisaient ni l'endroit ni les circonstances. Le roi ne disait mot. Ses conseillers l'avaient rejoint. Clément et Guérin, répandant l'un et l'autre une odeur fétide, échangèrent quelques mots à voix basse. Le roi sortit : il régnait dans cette salle une atmosphère de conspiration qui lui déplaisait parce qu'elle n'allait pas dans son sens. Et puis, il avait froid.

Il se rendit dans une salle aménagée spécialement pour lui, plutôt vaste, au plafond retenu par d'énormes poutres de chêne et aux murs nus. Point de tentures, de décorations, de coffres aux ferrures ouvragées. Philippe aimait la simplicité. Une vaste cheminée avait été allumée. Il s'assit près du feu, le corps enveloppé dans un lourd manteau en peau de loup.

Il ne s'attarda pas à Soissons. Le lendemain, il reprenait la route de Paris avec une escorte de gardes. Ses bagages suivraient plus tard.

Les nouvelles du Saint Empire le tracassaient davantage que le sort d'Ingeburge. On venait de lui apprendre que son ennemi avait quitté sa geôle après que le peuple anglais eut contribué à remplir un chariot d'or pour sa libération. Richard Cœur de Lion aurait rejoint l'Aquitaine avec la complicité du comte de Toulouse. Philippe avait envoyé un détachement de chevaliers pour faire main basse sur l'Anglais, mais il n'avait aucune nouvelle depuis leur départ. Dans ce bras de fer qu'il ne saurait éviter, pouvait-il faire confiance à Jean sans Terre, le félon à qui il avait donné la Normandie ? Jean changeait d'avis plusieurs fois par jour et finissait toujours par se décider en faveur de celui qui lui promettait davantage d'or, de banquets et de femmes.

Mais le rejet d'Ingeburge compliquait la situation. Pour vaincre Richard, il avait besoin d'alliés solides. Il avait espéré l'aide du roi de Danemark, avec ses mille bateaux. Comment pouvait-il se le concilier afin d'obtenir sa neutralité dans un conflit qui serait dur et incertain ? La solution, tout le monde la connaissait : le roi reprenait Ingeburge, la traitait comme son épouse et la reine de France. Rien de plus simple en apparence, mais il ne pouvait s'y résoudre. Laisser la mort entrer dans son lit serait donner définitivement la victoire à Richard.

Il arriva au palais de la Cité le lendemain en fin d'après-midi. Il demanda qu'on aille chercher son fils. Celui qu'on appellerait plus tard « Louis VIII le Lion » était un enfant chétif, au visage pâle. Ses cheveux blonds avaient enfin poussé, mais restaient encore irréguliers après les croûtes de lait de sa petite enfance. Agé de sept ans, il n'appréciait pas les jeux des jeunes princes de son âge. Les chevaux, les armes l'intéressaient modérément. Il préférait jouer aux échecs. Il avait appris à lire en très peu de temps. Frère Giraud lui enseignait le latin, les mathématiques et l'histoire ancienne, il n'avait d'autre ambition que d'étudier les auteurs latins. On lui reconnaissait une réflexion d'adulte. Il était surtout de santé fragile : ses crises de toux le laissaient au bord de l'étouffement. Le roi savait à quoi s'en tenir :

— Comment allez-vous ce matin ?

— Bien, sire, mon père.

Peu bavard, il se contentait de répondre succinctement aux questions qu'on lui posait. Cette attitude peu ordinaire chez les enfants lui conférait une autorité qui n'échappait à personne.

Le grand roi qu'il fera si Dieu nous le conserve ! pensait Roye en lui expliquant les comptes du royaume.

La pensée de sa succession hantait Philippe. La mort rôdait près de lui, prête à l'emporter. C'était l'avenir de la couronne, des descendants d'Hugues Capet, qui était en jeu. Pourvu que le pape affaibli reste sagement au fond de son lit ! Philippe avait un peu forcé la main des prélats français, mais cela lui avait aussi permis d'affirmer son autorité face à une Eglise qui se voulait dominatrice.

Il fit appeler Guilhem. Sa gaieté, sa gouaille, sa force éloignaient les pensées sombres. Ce n'était pas Guérin, Roye ou Clément, avec qui il débattait des affaires politiques, des comptes du royaume, qu'il voulait auprès de lui en cet instant, non, c'était celui d'entre eux avec qui il pouvait être un homme ordinaire, et se laisser aller à dévoiler des pans de ses pensées les plus secrètes.

On l'avertit que Guilhem n'était pas au palais et qu'on avait envoyé des émissaires dans les nombreuses tavernes de la cité. Philippe tendit ses mains vers le feu. Un serviteur venait d'ajouter des bûches et les flammes grésillaient en dévorant la mousse et l'écorce. Nesle se fit annoncer. Le bellâtre demanda au roi s'il avait fait bon voyage. Il n'insista pas sur les conclusions du concile, qu'il connaissait. Le comte Raoul de Nesle ne brillait pas par son intelligence. C'était le courtisan parfait, qui faisait son possible pour être bien vu par le souverain et espérait surtout partager avec lui des secrets qui le rendraient intouchable. En apprenant l'échec du concile, il avait eu une idée et voulait l'exposer à son maître.

— Sire, au sujet de madame Ingeburge, je pense à quelque chose depuis quelque temps…

Le roi avait compris, et se voulut cassant car il connaissait la médiocrité du chevalier :

— Vous avez pensé, vous ? ironisa-t-il. Me proposez-vous de faire une chaîne de prière pour qu'elle reçoive enfin la grâce et reconnaisse la vérité ?

— Pendant que la délégation danoise était ici, j'ai eu le temps de sympathiser avec le duc d'Aarhus, celui qu'elle devait épouser. Il est prêt à vous aider, poursuivit Nesle, imperturbable.

— Qu'est-ce à dire ? demanda le roi en soulevant sa paupière droite.

— C'est-à-dire qu'il est prêt à tout pour récupérer la princesse. Il est prêt à dire sous serment au pape qu'il a épousé secrètement Ingeburge, qu'elle n'est pas aussi blanche qu'elle y paraît. Il présentera un certificat établi par un prêtre danois et vous serez libre !

Le visage de Philippe se durcit. Pourquoi gardait-il dans son conseil rapproché cet imbécile qui n'avait pas le moindre bon sens…

— Nesle, qu'êtes-vous allé raconter à ce Danois ? Avec vos propos inconsidérés vous feriez se brouiller deux montagnes !

— Rien, sire, je n'ai rien dit qui pourrait vous faire du tort !

— S'il m'en revient le moindre écho, je vous ferai pendre ! Maintenant, filez. Où est Ventadour ?

Nesle s'inclina et sortit doublement vexé : le roi ne suivait ses avis que pour la chasse. Il en éprouvait une rancœur croissante envers les proches de Philippe et en particulier Guilhem de Ventadour, ce vacher élevé au rang de chevalier.

Celui-ci se présenta enfin au roi en s'excusant de ne pas avoir été plus prompt. Philippe, qui pensait toujours aux propos de Nesle, ordonna :

— Emmenez madame Ingeburge au couvent de Saint-Maur. Sœur Berthe, ma cousine, la recevra avec les honneurs qui lui sont dus.

Guilhem s'approcha du foyer où le roi se rôtissait la figure aux hautes flammes.

— Que pensez-vous de ma décision ? demanda celui-ci après un instant de réflexion.

Ikor vint se frotter à sa robe de laine bleue. Le roi lui caressa le front et attendit la réponse du chevalier, qui tardait.

— Votre silence m'indique que vous n'approuvez pas.

— En effet, je pense que cette décision va vous attirer des ennemis et que l'Anglais en profitera.

Le roi repoussa Ikor, qui lui rappelait Richard, parce qu'il lui avait été offert par sa belle-mère, Aliénor d'Aquitaine.

— On m'a dit qu'Ingeburge appréciait votre musique et votre langue d'oc, ajouta le roi. On m'a rapporté qu'elle pleurait en vous entendant jouer de la vielle.

Guilhem se demanda si c'était un reproche ou si le roi avait d'autres intentions. Il répondit simplement :

— Je ne sais, sire. Je joue de la vielle comme j'ai appris à le faire, comme en jouait mon père Ebles le Cantador, comme mon oncle, Bernart, qui était le frère de ma mère. Cela me rappelle mon pays et j'y mets tout mon cœur…

— Bernart de Ventadour… murmura le roi, qui n'ignorait rien des relations que ce grand poète avait entretenues avec Aliénor. Vous veillerez qu'Ingeburge soit bien traitée. Vous l'inciterez à signer l'acte de désunion. Vous lui ferez miroiter un autre mariage, avec un grand dignitaire du royaume. Vous lui direz que j'ajouterai Orléans, Châteauneuf-sur-Loire, Tours et Blois à son douaire.

— Bien, sire ! dit Guilhem, peu convaincu du succès de sa mission.

— Vous resterez près d'elle. Renvoyez dans leur pays ces moines qui la conseillent si mal. Je ne veux plus un seul Danois auprès d'elle.

— Et ses dames ?

— Vous pouvez lui laisser celle qui parle le français, cette Kathinca, fort belle femme d'ailleurs, et ses chambrières. Si à la fin de cette année elle n'a pas signé, elle sera contrainte de prendre le voile et n'aura besoin que de Dieu ! Cela aussi, vous pouvez le lui faire entendre.

Depuis une semaine Ingeburge passait de la colère à la consternation. Elle pleurait pendant des heures puis s'agenouillait sur son prie-Dieu et répétait toujours la même question :

« Mon Dieu, qu'ai-je fait pour mériter autant de malheur ? Vous m'avez laissée entrevoir un paradis sur terre pour mieux me précipiter en enfer… »

Sœur Berthe avait obéi aux ordres de son cousin, le roi de France. La jeune reine occupait une aile du couvent interdite aux autres religieuses. Elle avait gardé ses servantes et sa dame de compagnie. Mais Berthe, qui se targuait d'être la descendante de Louis VI, la traitait avec hauteur, n'hésitant pas à lui reprocher son train de vie indigne d'une fille de Dieu. Kathinca partageait la chambre d'Ingeburge et son désespoir. La belle brune était venue en France dans l'espoir d'un mariage avec quelque baron de ce grand pays, son rôle subalterne commençait à lui peser. Elle n'en pouvait plus.

Une fois de plus, elle tenta de ramener sa maîtresse à la raison :

— Rien n'est perdu, madame. Vous pouvez écrire à Philippe, négocier votre signature. Vous pouvez faire en sorte qu'en contrepartie il vous établisse dans un puissant duché du royaume.

Ingeburge se dressa, le visage grave, les lèvres serrées.

— Je suis fille et sœur de roi, ne l'oublie pas. Et j'ai été sacrée reine de France. Ma place, la seule que je puisse occuper, est sur le trône de France, au côté de Philippe !

— Certes, mais, plutôt que de tout perdre, vous pouvez sauver ce qui peut l'être encore. Il a renvoyé Olaf et toute la délégation danoise, il n'a laissé auprès de vous que quatre femmes, et moi-même parce que je parle le français. Je vois venir le jour où il va nous séparer. Vous ne pouvez accepter de devenir religieuse en ce couvent sordide et froid quand la vie au-dehors vous réclame !

— Non, Kathinca. Je ne dévierai pas d'un pouce. Je préfère mourir plutôt que renoncer.

Kathinca s'ennuyait. A vingt-quatre ans, la jeune noble n'avait aucunement l'intention de s'enfermer au couvent. Elle ne sortait plus déguisée en lingère, aussi la veuve passait-elle de longues heures à la fenêtre à regarder la vie qui grouillait au-delà de l'enceinte. Elle s'attardait à observer les robustes bûcherons qui déchargeaient des fagots dans la cour, leurs muscles gonflés par l'effort. Alors, un frémissement parcourait son dos, elle éprouvait le besoin de bouger, de dépenser son trop-plein de vie.

L'inaction pesait aussi à Ingeburge. Elle avait beau se réfugier dans la prière, suivre les offices, les journées n'en finissaient pas dans les deux pièces qu'elle partageait avec ses femmes. Cela se traduisait par des mouvements d'humeur, des colères et surtout des crises de larmes.

Après quelques jours à Saint-Maur, Guilhem était reparti à la cour, où le roi l'avait fait mander. Ingeburge pensait beaucoup à ce chevalier, auprès duquel elle se sentait en sécurité. Et puis sa manière de lui parler, de la regarder, indiquait un sentiment profond d'une grande noblesse qui lui faisait du bien…

Sa fortune lui permettait d'entretenir un grand nombre de coursiers et elle écrivait sans cesse une quantité de lettres qui ne parvenaient pas toujours à destination. Le roi avait placé autour du monastère des hommes à lui, dont le terrible Jean de Chlaie, anciennement condamné pour avoir volé un calice en or et sauvé du billot par Philippe. Le roi entretenait ainsi des relations avec des hommes peu regardants sur la morale et qui n'en étaient pas à un crime près. Jean de Chlaie interceptait toutes les lettres, les lisait, et ne laissait partir vers leurs destinataires que celles qu'il considérait comme inoffensives.

Ingeburge écrivait surtout à son frère, Knut, le suppliant d'intervenir auprès du pape pour qu'enfin le roi de France la reconnaisse comme son épouse. Elle écrivait aussi à sa mère, Sophie de Polock, lui demandant de prier pour elle. Le beau visage de Bjorg traversait ses pensées, mais elle ne regrettait pas sa décision et ne répondait pas à ses nombreux courriers.

Les jours s'écoulaient ainsi, en cette fin d'année 1193, l'automne était devenu pluvieux. Les arbres se dénudaient. Kathinca incitait Ingeburge à se promener dans les allées du parc où de jeunes valets ramassaient les feuilles qu'ils entassaient dans des endroits abrités pour les laisser pourrir et en faire le terreau indispensable à la culture des légumes. Mais la jeune princesse restait cloîtrée, ne prenant l'air frais de la forêt que depuis sa fenêtre, qui donnait sur une étendue boisée où, chaque soir, elle entendait les hurlements des loups.

Kathinca n'avait pas tardé à trouver un moyen de se distraire. Elle s'absentait discrètement le soir, quand résonnaient les prières de l'angélus. Elle revenait souvent tard, les joues rouges, le regard brillant. Ingeburge s'emportait :

« Où étais-tu encore ? Regarde, ta cape est pleine de débris de paille ! »

Kathinca souriait. Cette belle femme séduisante ne savait pas résister à ses pulsions. Elle avait fait la connaissance d'un jeune jardinier fort beau qui sentait le foin et le cheval. Il parlait le picard et si la jeune femme ne comprenait rien de ses propos, dans la paille, quand ils roulaient enlacés, les mots perdaient de leur importance.

« Je te plains ! s'emportait Ingeburge, dont le visage s'empourprait. Comment oses-tu ? Toi, une femme de la meilleure noblesse avec ces serfs…

— Madame, j'ai une certaine connaissance des hommes, et je peux vous assurer qu'il est des serfs faits comme les plus beaux chevaliers ! »

Le plaisir interdit que prenait Kathinca révoltait Ingeburge, qui ne savait toujours rien de l'amour physique, même si elle en pressentait les grands plaisirs.

« Prenez du bon temps ! lui conseillait sa confidente. Personne n'en saura rien !

— Tu es le diable ! » la tançait Ingeburge.

Cela faisait plusieurs mois que Guilhem de Ventadour était parti, appelé par le roi à la cour. Les primevères fleurissaient au bord du sentier qu'Ingeburge empruntait chaque jour pour la brève promenade qu'on lui autorisait. Son absence faisait planer sur cet édifice austère un silence pesant, seulement ponctué par les cloches de la chapelle et les chants des religieuses.

Berthe de Chartres, âgée d'une quarantaine d'années, souffrait de maux de tête qui l'épuisaient. Pourtant, elle conduisait ses religieuses d'une main de fer. Les horaires étaient stricts et le moindre manquement aux règles de l'ordre était durement sanctionné. Cette femme sans manières, au corps solide, à l'étroit dans ses robes de nonne, aurait été plus à sa place à pousser l'araire derrière un cheval fougueux. Son visage grossier, sa large mâchoire, les poils qui salissaient son menton ne lui conféraient pas l'élégance que l'on prêtait aux membres de la famille royale, pourtant elle ne manquait pas de perspicacité. Ses petits yeux noirs, sous des sourcils épais et broussailleux, ne perdaient rien du moindre geste, de la petite mimique, propres à trahir des sentiments tenus secrets.

Après l'accueil presque chaleureux qu'elle avait fait à Ingeburge et sa suite, elle avait retrouvé son attitude intransigeante et ne manquait jamais une occasion de la persécuter, de lui faire payer son statut de privilégiée. Elle s'arrangeait pour que la viande et les poissons qu'on lui livrait ne soient pas frais, le bois pas sec. Souvent on oubliait de lui apporter de l'eau pour ses ablutions. Sa prisonnière avait beau s'en plaindre, écrire au roi pour qu'il intervienne, rien ne changeait.

La solitude rongeait Ingeburge. Elle ne recevait aucune réponse à ses courriers et se désespérait.

Un matin de ce début de printemps, alors que le vent du nord gelait la campagne, blanchissant l'herbe de givre, elle fut surprise par une voix forte qui traversait les murs. Elle reconnut le pas lourd et rassurant, aperçut la cape violette. En sortant de sa chambre, elle vit Guilhem, au bout du long couloir, agitant les bras et tonnant ses ordres. Autour de lui, une nuée de petites nonnes couraient dans tous les sens. Seule sœur Berthe ne bronchait pas. Elle était de la même nature que ce géant venu du Sud, elle avait la même ossature solide et ne reculait jamais devant l'adversaire.

— Qu'est-ce que j'apprends ? hurla-t-il. Que vous gardez pour ma reine les plus bas morceaux, dont même le chien du roi ne voudrait pas ?

Berthe ne disait mot, plongeant son regard noir dans celui du chevalier, qui faisait autant de bruit que toute une bataille. Le roi avait bien reçu les lettres d'Ingeburge et s'était enfin décidé à intervenir.

« Faites-lui comprendre que je ne lui veux que du bien et qu'en signant l'annulation de notre mariage elle m'obligerait. Et aussi que je lui trouverai un des meilleurs partis d'Europe », avait insisté le souverain auprès de Guilhem.

Ses espions rentrés de la cour de Danemark avaient été la cause d'une violente colère. L'opération de conciliation de Knut ayant échoué, le sage Valdemar n'avait pas l'intention d'en rester là. Il fallait donc gagner du temps en espérant convaincre le pape de prononcer l'annulation du mariage. Et il ne devait surtout pas être accusé de maltraiter celle qui par le sacre avait été déclarée reine de France.

Philippe II avait une manière de retrousser légèrement sa lèvre supérieure quand il n'exprimait qu'une partie de sa pensée. Il avait sûrement deviné les raisons profondes qui poussaient Guilhem à se préoccuper de la reine déchue. Cela l'arrangeait. Il lui accordait ce qu'il aurait refusé à tant d'autres, parce qu'il savait Guilhem impulsif, excessif en tout, mais aussi parce qu'il pouvait le manipuler à sa guise.

« Arrangez cela. Il ne faut pas que le Danemark nous accuse de malmener la princesse pour la contraindre à signer. »

En parlant ainsi, Philippe avait l'espoir de rétablir de bonnes relations avec Valdemar et d'éviter une alliance du Danemark avec l'Angleterre.

Sans aucune gêne, Guilhem entra dans la chambre d'Ingeburge, et tendit ses mains aux flammes mourantes dans une fumée qui prenait à la gorge. Son odeur de cuir de cheval, de bois et de mousse remplit la pièce.

— Et ce feu ? s'emporta-t-il. Il n'est bon qu'à enfumer l'air ! Qu'on apporte du bois bien sec et qu'on fasse une grande flambée !

Berthe se tourna vers ses suivantes restées en retrait. Elles revinrent quelques instants plus tard avec un gros fagot qu'elles n'étaient pas trop de deux pour porter. Guilhem s'en empara et le souleva d'une main, puis le jeta dans le feu, qui se mit à crépiter. Aussitôt de hautes flammes égayèrent cet intérieur sombre où une humidité gelée suintait des pierres nues.

— Approchez, ma reine ! dit-il familièrement, puis à l'attention de Berthe : Qu'on apporte à manger, j'ai chevauché depuis l'aube !

Il se sentait chez lui dans ce monastère, comme partout. On apporta des charcuteries, des pâtés de poisson et du jambon fumé. Une grosse tourte de pain blanc et du vin. Sans manière, Guilhem s'assit à table et invita la reine, Kathinca et les servantes à faire de même, comme si c'était lui le maître des lieux. Il planta sa dague dans le jambon et s'en coupa une tranche large et épaisse comme sa main. Ingeburge le regardait s'empiffrer. Ce qui l'aurait rebuté chez un autre, ce manque de savoir-vivre, de tenue en présence d'une personne de haut rang, la faisait sourire tant les excès de Guilhem semblaient naturels.

— Avez-vous rapporté votre vielle, messire ? demanda Kathinca. Ma maîtresse aime tant votre musique.

Ingeburge avait compris et souriait. Guilhem laissa tomber son gros poing sur la table ; un peu de vin déborda de son hanap.

— Hélas non, malgré l'envie que j'ai de vous servir. Ces petites choses sont fragiles et ne supportent pas les secousses des chemins.

Ingeburge avait envie de prolonger cet instant et se contentait de grignoter. Pourtant, après avoir avalé la moitié de la tourte, tout le jambon, et vidé la cruche de vin, le chevalier rangea sa dague, rota bruyamment et s'adressa à elle :

— Ma reine, il faut que je vous entretienne de choses particulières qui devront rester entre vous et moi.

Ingeburge fit un signe à Kathinca, qui ordonna aux servantes, ainsi qu'aux nonnes qui profitaient de leur service auprès de la reine pour échapper au rituel des prières et aux privations infligées par Berthe, de sortir, puis vint prendre place entre le chevalier et sa maîtresse. Sa présence était indispensable pour traduire leur conversation.

Guilhem s'assit près du feu, en face de la jeune princesse, qui se demandait de quel nouveau malheur le chevalier était le messager.

— Comment va mon époux le roi ? demanda-t-elle avec une pointe de provocation dans la voix.

— Soucieux ! répondit Guilhem en prenant un air d'importance. Le roi a des ennuis avec Richard, qui vient de quitter la prison où le retenait l'empereur. Il a reconnu son frère Jean comme duc de Normandie.

— Alors, tout va bien ! répliqua Ingeburge.

Malgré son isolement, elle se tenait au courant des affaires du royaume.

— Nenni ! Les deux hommes s'entendent toujours pour ennuyer Philippe, pourtant leur proche cousin.

— Le duc Jean sans Terre n'est pas un homme de confiance ! reconnut Ingeburge.

Guilhem, voulant ramener la conversation au but de sa mission, poursuivit :

— Le prince Louis procure aussi beaucoup de souci au roi. C'est un enfant fragile, souvent malade et peu porté sur son futur métier de roi. Depuis que les médecins ont réussi à le débarrasser de ses croûtes de lait, il ne grandit pas et manque de force. Oui, c'est pour le roi un grave souci. Il serait bien heureux d'avoir un deuxième enfant pour assurer sa lignée…

— Comme je le comprends ! Aussi, qu'attend-il ? Je suis disponible ! s'emporta Ingeburge.

Guilhem marqua un silence avant d'ajouter :

— Cela ne se peut, puisque le mariage a été dissous. Les bâtards ne deviennent pas rois de France.

— Comment cela ? Le mariage n'a pas été dissous, je n'ai pas signé l'infecte déclaration des évêques.

Il n'y a aucun empêchement, comprenez-le, aucun empêchement !

— Le roi me fait vous dire que lorsque vous aurez signé tout ira pour le mieux pour vous. L'empereur a un fils en âge de convoler. Ce serait pour vous un grand parti, bien supérieur à celui de France !

Ingeburge n'était pas dupe. Le fils de l'empereur ne voudrait pas d'une reine déchue avec laquelle le roi de France n'avait pu s'entendre.

— Jamais, vous entendez ! cria-t-elle en danois.

Guilhem gardait la tête baissée pour dissimuler ses sentiments. Il se doutait qu'Ingeburge refuserait la proposition de Philippe. Mais sa mission n'était pas terminée et il ne savait pas comment continuer. Il se crut obligé d'insister :

— Ma reine, je vous conjure de signer ce document. Si vous refusez, cela ne changera rien à la situation et peut vous conduire en enfer…

— Je préfère l'enfer au parjure, rétorqua Ingeburge en français, preuve qu'elle avait appris cette phrase par cœur, avant de poursuivre dans sa langue : Dieu jugera, mais je ne ferai jamais rien qui aille à l'encontre de Sa volonté.

Guilhem se leva vivement, sa cape vola autour de lui. On aurait dit un monstrueux oiseau prenant son envol. Il fit un pas vers la reine et se mit à genoux. Ingeburge fut touchée par ce geste spontané d'humilité venant d'un homme capable d'enfoncer les cloisons d'un seul coup de poing.

— Ma reine, pardonnez-moi ce que je vais faire. Mais l'ordre vient du roi et je ne suis que son humble serviteur.

Ingeburge adressa à Kathinca un regard interrogateur.

— J'ai mission, en cas de refus de votre part, de vous transférer au couvent de Corbeil, où vous attendrez les nouveaux ordres.

— Et pourquoi donc ? Ne suis-je pas suffisamment maltraitée ici ?

— C'est pour votre sécurité, ma reine.

— Faites, messire. Je ne changerai pas d'avis, quelle que soit la punition. Dieu me guide, cela me suffit.

Guilhem devait reconnaître que ce petit bout de femme avait une détermination qui manquait à beaucoup de preux chevaliers. Elle ignorait probablement ce qu'était le couvent de Corbeil, mais elle devait se douter qu'après son refus le roi ne la faisait pas changer de prison à seule fin d'améliorer son ordinaire. Elle poussa un soupir, se tourna vers les flammes. Les larmes brillaient en roulant sur ses joues.

— Je vous demande pardon ! dit encore Guilhem d'une voix triste.

Ingeburge posa sa petite main blanche sur l'épaule du chevalier. Ce contact lui fit autant de mal que de bien. Devrait-il encore longtemps exécuter les basses œuvres de Philippe et rester un messager de malheur pour cette femme qui occupait ses pensées ? Il soupira à son tour puis sortit de la pièce sous le regard brillant de Kathinca, qui ne se lassait pas d'admirer la force de ses épaules et la puissance de sa stature.

On entendait dans la cour les cris des charretiers, le pas des chevaux dont les sabots sonnaient sur les dalles et les réprimandes de quelque adulte à l'encontre d'un enfant d'écurie. Ingeburge se laissa aller à ces bruits qui avaient dans sa mémoire un tout autre sens. Guilhem ajouta ces derniers mots :

— Nous partons. Le chemin est long et plein d'embûches. Nous n'arriverons pas avant la nuit noire.

Des valets emportèrent les coffres de la reine, qui suivit Guilhem de son pas régulier et majestueux. Elle allait au-devant de son destin, espérant encore que ses prières et l'intervention du pape ramèneraient son époux à de meilleurs sentiments. Le souvenir de ses belles années passées dans la cour de son père, à écouter les musiciens, à apprendre des poésies et à jouer avec les dames de son entourage, l'aiderait à surmonter son épreuve. La mode là-bas était aux dés fabriqués avec des os de baleine. On additionnait les chiffres et le premier arrivé à une grosse[1] avait gagné. Elle aimait danser en tenant la main du beau Bjorg. C'était le paradis qu'elle avait quitté pour un paradis plus fastueux encore, la cour de France ! Pourquoi Philippe s'obstinait-il à la rejeter ?

« Dis-moi, Kathinca, demandait-elle souvent, suis-je laide au point de rebuter un homme ? Suis-je indigne de mon rang ? » Kathinca tentait de la rassurer mais elle n'avait aucune explication rationnelle à l'attitude du roi. « Le diable a dû s'en mêler, madame. Gardez espoir ! »

1. Douze douzaines (soit cent quarante-quatre unités).

Cette fin du mois de mars était très froide. Un vent soutenu du nord gelait les visages nus. Une buée blanche s'échappait des naseaux des chevaux qui piaffaient. Les valets de pied, dont les sabots de bois sonnaient sur les dalles, s'activaient autour des chariots. Enveloppée dans une pelisse en loup, Ingeburge prit place sur la banquette de bois d'un chariot à ciel ouvert. On étendit une couverture sur ses jambes. Kathinca se pressa près d'elle.

Ils suivirent des chemins pleins d'ornières à travers une campagne silencieuse. Ils contournaient des villages enfermés dans leurs palissades de rondins de bois. Les châteaux se fortifiaient. Depuis que l'insécurité régnait dans les campagnes, les citadins aisés s'alliaient aux nobles locaux pour financer d'importants travaux de fortifications. On érigeait de hautes murailles avec des tours de surveillance, on creusait des fossés profonds remplis d'eau et de piquets pointus affleurant la surface pour arrêter les ennemis. Ils croisèrent aussi des hameaux repliés sur eux-mêmes dans la protection toute relative d'une boucle de rivière, d'un marais où il fallait bien connaître son chemin pour ne pas sombrer dans les nombreux trous de vase. Les habitants n'étaient pas des serfs, mais des paysans libres qui travaillaient de minuscules lopins de terre, élevaient une chèvre ou un âne. Ingeburge regardait d'un œil distrait ces misérables vêtus de hardes grossièrement tissées. Ils levaient leurs faces noires d'animaux vers le cortège. Bossus, bancals, ils baragouinaient un langage qu'ils étaient seuls à comprendre. Ils se mettaient à genoux au passage des beaux seigneurs et recevaient sans se rebeller les coups de bâton des valets quand ils ne s'écartaient pas assez vite.

Parfois, le convoi croisait des petits groupes qui agitaient une clochette. Les lépreux, bannis de toutes les collectivités, vivaient ainsi, sur les chemins, au fond des forêts. Le diable habitait ces êtres nuisibles abandonnés de tous.

Ils s'arrêtèrent aux portes d'une ville pour donner à manger aux chevaux. Des charbonniers tenaient là une auberge. La coutume leur interdisait d'entrer à l'intérieur des murs et ils faisaient leur commerce à cet endroit, grouillant de monde la journée.

Ils arrivèrent à Corbeil plus tôt que prévu. Les lourds bâtiments du monastère se dressaient en bordure de la Seine, près de la ville qu'on fortifiait. Des vieillards portaient difficilement des pierres ; des enfants grimpaient sur les échafaudages, courbés sous le poids des seaux de mortier.

La nuit tombait. Le silence des rues, où l'on n'entendait pas même l'aboiement d'un chien, étonnait. Guilhem frappa à la porte de l'imposante construction et attendit. Un de ses cavaliers avait été dépêché pour annoncer leur arrivée ; il s'étonnait que les religieuses mettent si peu d'empressement à accueillir leur illustre pensionnaire. Il cogna, appela, de nouveau lorsque, enfin, la serrure se déverrouilla. Apparut une vieille femme bossue, tenant une torche. Guilhem se présenta comme l'envoyé du roi et l'accompagnateur de la reine qui allait séjourner en ces lieux. La femme, sans un mot, fit ouvrir les larges portes et le convoi put pénétrer dans la cour. Il y avait là des moines, ce qui était rare dans un couvent de femmes ; ils s'occupèrent des chevaux pendant que les religieuses invitaient la reine et sa suite à découvrir leurs appartements. Une fois les coffres déchargés, Guilhem prit congé d'Ingeburge. Il devait rejoindre Paris au plus vite, le roi ne pouvant se passer de lui trop longtemps.

Ingeburge s'installa dans une pièce sans feu. Elle grelottait et demanda qu'on allume la cheminée. Les sœurs attachées à sa personne lui expliquèrent que le froid faisait partie de la pénitence imposée par leur état de religieuses. Elles devaient vivre dans le dénuement le plus total, se contentant de la prière qui réchauffait les cœurs. Seule la mère supérieure était autorisée à allumer un feu quand il faisait vraiment trop froid. Le père Paul, véritable saint, à qui la Vierge était apparue plusieurs fois, veillait à l'application stricte des règles de l'ordre.

Sœur Anne, la mère supérieure, lui rendit visite. Son visage maigre, aux yeux profonds révélés par la torche que tenait une autre sœur, semblait suspendu dans l'ombre, telle une apparition.

— Soyez la bienvenue ! lui dit-elle dans un français correct.

Ingeburge resta impassible. Kathinca présenta cette dernière comme étant la reine de France, sacrée le 15 août précédent.

— Bien, bien ! fit sœur Anne en humant l'air. Le démon règne dans cette pièce, ne sentez-vous pas cette odeur de soufre ?

Kathinca ne traduisit pas et se contenta de baisser la tête.

— Le diable est partout, poursuivit Anne, sous les apparences les plus agréables. Heureusement que le père Paul sait le reconnaître.

Elle s'éloigna, suivie par la torche dont la lueur s'estompa dans le couloir. Ingeburge et ses femmes étaient plongées dans le noir. Kathinca rattrapa la supérieure et demanda qu'on apporte une lampe à huile pour que sa maîtresse puisse au moins retrouver son lit.

— C'est bien ! dit la supérieure sans s'arrêter.

On apporta une lampe à huile, à côté du crucifix qu'elle éclairait pendant les heures sombres. Sa lumière chancelante permettait de voir des ombres, mais pas de discerner l'ensemble de la pièce. Ingeburge se réfugia dans les bras de Kathinca et se mit à pleurer.

— Le roi me fait payer mon obstination à ne pas signer. Mais que font mon père et le pape ?

Des pas dans le couloir annoncèrent une visite. Dans la pénombre, elle reconnut un prêtre dont le corps très maigre flottait dans une soutane trop grande. Le crucifix qui pendait à son cou semblait bien lourd pour ses épaules étroites et voûtées. Son visage plein d'une lueur changeante avait quelque chose d'inquiétant. De son calot dépassaient des mèches de cheveux gris ; son front très ridé était minuscule. Ses épais sourcils cachaient des petits yeux pleins d'une lumière froide. Sa bouche sans lèvres faisait penser à un serpent. D'emblée, Ingeburge sentit que cet homme était là pour la tourmenter. Il s'approcha d'elle, fit un signe de croix et lui tendit son crucifix à baiser. Elle hésita avant de s'exécuter.

— Le diable est ici ! dit Paul d'une voix caverneuse, son crucifix à bout de bras. Je vais le bouter et le mettre hors d'état de nuire.

Ingeburge joignit les mains dans un geste de profonde piété. Paul poursuivit :

— Je vous attends à la messe expiatoire, à minuit, à la chapelle.

Il tourna les talons, suivi de deux autres ecclésiastiques dont personne n'avait remarqué la présence. Il flottait dans l'air une curieuse odeur d'encens et de chair grillée.

— Reposez-vous, ma reine, proposa Kathinca.

— Viens près de moi, répondit Ingeburge en s'allongeant sur le matelas posé à même le sol.

Les deux femmes se pressèrent l'une contre l'autre pour se réchauffer. Les suivantes se couchèrent sur des couvertures à même les dalles froides. Elles murmuraient des prières, conscientes que le roi avait fait conduire leur maîtresse là pour la punir.

Malgré le froid et la faim car on ne leur avait rien apporté à manger, elles s'assoupirent. La porte s'ouvrit dans un fracas qui les réveilla en sursaut. Sœur Anne en personne venait les chercher pour assister à la messe expiatoire. Elles sortirent en grelottant dans la cour où avait été allumé un grand feu dont les flammes éclairaient les murs du monastère et répandaient une agréable chaleur. Les religieuses faisaient cercle autour d'une croix en pierre qu'Ingeburge avait remarquée à son arrivée. Une femme, vêtue d'un drap rouge enveloppant son corps, priait les mains jointes à genoux. Paul quitta la chapelle en portant un crucifix dont l'éclat doré scintillait au sommet du long manche de bois qu'il planta dans un orifice prévu à cet effet sur la large dalle de pierre. Il s'agenouilla, imité ensuite par l'assistance. Le feu faiblissait. Ingeburge claquait des dents et se pressait contre Kathinca. Enfin, le prêtre après avoir récité une prière en latin, se dressa les bras levés, face à l'assistance. Ses yeux lançaient des éclairs froids.

— Le démon est parmi nous. Tant que nous ne l'aurons pas chassé, les malheurs ne cesseront pas.

A l'évocation du diable, les murmures des prières se firent plus forts. A genoux, les sœurs se battaient la poitrine en gestes expiatoires.

— Lève-toi ! ordonna Paul en s'adressant à la femme vêtue de rouge.

Elle lui adressa un regard terrifié puis se leva maladroitement.

— Tu as péché ! Le démon t'a visitée, et tu lui as cédé. N'ai-je pas raison ?

— Non, je ne lui ai pas cédé !

— Tu mens ! Tu es donc la femme du diable. Dis que tu t'es donnée à lui.

Elle fondit en larmes et se mit de nouveau à genoux.

— Frère Jaur, viens décider cette pécheresse à avouer son crime ! s'emporta Paul.

Jaur était vêtu d'une longue robe de bure. Sur son crâne, la tonsure laissait à nu une peau lisse qui luisait aux lueurs des flammes. Un valet bossu aux longs bras s'empara de la femme. Alors, Jaur fit tomber le drap rouge découvrant son corps nu.

— Je vous en supplie ! hurla-t-elle.

Jaur contempla un instant le corps jeune et bien fait de la malheureuse, puis, avec une pince de forgeron, serra le téton du sein droit. Un hurlement retentit dans la nuit silencieuse. Jusqu'au village on dut l'entendre, mais ces cris étaient habituels. On savait que le diable habitait la forêt voisine, où il attirait ses victimes. On barricadait les portes, on priait sous le crucifix pour implorer la protection de Dieu.

— Alors, avoue !

— Oui, fit la victime. Oui, le diable est venu me visiter la nuit. Plusieurs fois.

— L'as-tu vu ? Comment était son visage ?

— Je ne l'ai pas vu. Il avait le visage couvert d'un chiffon. Je ne voulais pas, je le jure devant Dieu. Mais il m'a forcée et m'a dit que si j'en parlais je mourrais dans les pires tortures !

Sur un signe de Paul, Jaur écrasa le sein gauche. Ingeburge manqua s'évanouir, soutenue par Kathinca, qui savait que toute manifestation de faiblesse serait mal interprétée.

— Tu dois souffrir pour expier ! cria Paul en tendant l'index vers la malheureuse qui gisait au sol, inconsciente. Seules les flammes peuvent te purifier !

On apporta plusieurs fagots de bois sec. Le brasier s'activa de nouveau, redoublant d'une chaleur que personne, pourtant, ne ressentait. L'assistance à genoux répondait aux prières de Paul, qui fit plusieurs signes de croix sur le corps de la pécheresse inconsciente, puis ordonna qu'on en finisse. Jaur et deux aides soulevèrent le corps nu et le lancèrent dans les flammes. Une auréole d'étincelles monta entre les murs pour se perdre parmi les étoiles.

— Dieu a entendu notre prière, conclut Paul en entonnant un chant en latin.

Les sœurs, les mains jointes, chantaient à l'unisson pendant que se répandait une horrible odeur de chair grillée, odeur qui ne surprendrait pas davantage les villageois : les charbonniers de la forêt mangeaient ainsi sangliers et cerfs.

A la fin de l'office, quand les religieuses regagnèrent leurs cellules, le feu s'éteignait dans la cour. Il ne restait de la malheureuse pécheresse qu'un monceau de braises. Les tisons fumaient. Ingeburge claquait des dents.

Les jours, les semaines défilèrent. Les exécutions pour sorcellerie ou manquements aux devoirs envers Dieu étaient fréquentes. Paul était le bras vengeur d'un Dieu sans concession, qui n'avait aucune pitié pour qui ne suivait son chemin. Les sœurs vivaient dans la terreur de cet illuminé. Ingeburge ne dormait plus. Ne pouvant écrire à ses proches, ne recevant aucun courrier, ombre parmi les ombres, elle se repliait sur elle-même, confiant sa survie à Kathinca, qui, elle, avait la force de résister.

« J'appelle de mes vœux une maladie qui m'emporterait au plus vite ! » geignait-elle.

Kathinca la prenait dans ses bras pour tenter de la rassurer :

« Les beaux jours vont bientôt revenir. La vie sera moins difficile. »

Un soir du mois d'avril, après un bel après-midi de printemps, on frappa à la porte du monastère. Sœur Anne qui ne faisait confiance à personne ouvrit elle-même et se trouva en face de trois moines engoncés dans leur robe et portant capuche noire. L'un d'eux annonça dans un mauvais français qu'ils venaient d'un lointain pays pour obtenir la bénédiction du père Paul, dont la grande sainteté était connue dans toute l'Europe. Après un court instant de réflexion, sœur Anne demanda qu'on aille chercher Paul. Il logeait dans une maisonnette au fond du parc, proche de la chapelle. La nuit était tombée. On entendait au loin les mariniers qui amarraient leurs barques en aval du village de Corbeil.

Paul arriva, les mains jointes dans son attitude de saint. La faible lueur éclairait son visage maigre, son nez crochu et sa bouche sans lèvres. Un des visiteurs qui parlait un peu le français lui expliqua que sa renommée de saint était si grande qu'ils avaient marché pendant des jours et des jours pour obtenir sa bénédiction.

— Le pape lui-même vous a pris pour exemple devant une assemblée de cardinaux.

— Le pape ? s'étonna Paul, flatté.

— Oui, le pape. Il vous a comparé à l'évêque de Canterbury.

— Suivez-moi à la chapelle, décida Paul, puis se tournant vers les sœurs, de son ton sec : Préparez de quoi manger pour ces pauvres voyageurs que je vais héberger pour la nuit.

Les moines échangèrent un regard discret. La flatterie avait fonctionné ! Ils franchirent la porte, qui se referma derrière eux. Si leurs renseignements étaient bons, à cette heure Paul était le seul homme parmi cette assemblée de femmes. Ils se dirigèrent vers la chapelle, où ils se débarrassèrent de leur robe. Le premier des voyageurs dégaina son épée et la pointa sur la poitrine de Paul.

— Tu vas nous conduire à la reine Ingeburge. Vite, sinon, je te transperce.

Paul voulut protester, se ravisa. Il marcha devant les trois hommes en geignant et leur promettant les flammes de l'enfer. Sœur Anne poussa un cri qui alerta toute la congrégation.

— Voilà ce qu'il en coûte de faire confiance à des inconnus !

Pendant que deux des intrus maintenaient les sœurs à distance, le troisième, poussant toujours Paul de la pointe de son épée, se fit conduire auprès d'Ingeburge.

— Bjorg ! s'écria la jeune reine. Que se passe-t-il ?

— Prenez ces vêtements, dit Bjorg en posant un ballot devant elle. Nous partons, la nuit sera froide.

Ingeburge hésita. Kathinca dénoua le ballot et en sortit des vêtements ordinaires.

— Personne n'a besoin de savoir que vous êtes la reine de France, expliqua Bjorg.

Il était là, le beau chevalier, il avait traversé les frontières pour venir à son secours. Pour elle, il avait quitté la quiétude de son château et risqué de se faire égorger par des détrousseurs de pèlerins. Oui, elle allait fuir ce pays maudit, oublier les bûchers expiatoires et le roi indigne. Elle allait vivre, enfin ! Elle inspira profondément et se ravisa :

— Je ne puis ! Une reine ne s'enfuit pas de son pays comme une voleuse.

Kathinca, abasourdie, s'emporta :

— Cessez de rêver ! Qu'attendez-vous de la France ? Vous n'y trouverez jamais votre place. Vous n'êtes qu'une prisonnière qu'on n'hésitera pas à empoisonner. Il faut fuir !

— Nous rentrons chez nous, au Danemark, où l'on est en train de préparer votre mariage, ajouta Bjorg.

— Mais je suis mariée, ne l'oubliez pas !

— Non, le mariage est nul ! Le pape est d'accord !

Indécise, Ingeburge poussa un soupir. Ainsi, son dernier soutien l'abandonnait !

— Partons tant qu'il est temps ! s'impatienta Bjorg en se dirigeant vers la porte sous les regards terrorisés des sœurs qui n'osaient pas bouger.

Kathinca saisit la main de la reine déchue pour la conduire vers la porte. Bjorg menaça le père Paul :

— Ne donne pas l'alerte. On peut te retrouver et t'envoyer toi aussi en enfer !

Ingeburge, Bjorg et ses deux compagnons chevauchèrent une journée entière. Ils passèrent près de Paris et firent halte le soir dans une auberge d'un minuscule village que l'on appelait Neuilly. Ingeburge et Kathinca furent logées dans une chambre exiguë mais propre où flambait un bon feu. Les trois hommes occupaient la chambre voisine et se relayaient à la porte de la reine.

Ingeburge avait conscience d'avoir suivi Bjorg par faiblesse, parce qu'elle ne supportait plus la vie dans ce couvent où l'on brûlait chaque semaine des pauvres malheureuses jugées hérétiques par un abbé pervers. Maintenant, elle s'en voulait d'avoir failli à son destin. Dieu ne le lui pardonnerait pas.

— Vous allez revoir les vôtres, la réconforta Kathinca, vous allez épouser le beau Bjorg et si vous n'êtes pas reine vos enfants seront rois, puisque l'épouse de votre frère, la princesse Gertrude de Saxe, ne peut enfanter.

— Je sais tout cela ! soupira Ingeburge d'une voix lasse. Mais je ne veux pas abandonner Janot !

Kathinca sursauta. Quel lien pouvait la rattacher à ce gamin sans nom, récupéré dans la boue ?

— C'est ainsi ! Je me suis attachée à lui.

— Comment le retrouver ? Le temps presse.

— Il est au palais du roi. Il travaille aux écuries. Il faut envoyer un coursier à Guilhem pour qu'il le ramène.

Kathinca lança à sa maîtresse un regard plein de soupçons. Cette lubie soudaine ne cachait-elle pas le désir de se mettre sous la coupe du géant tout dévoué au roi de France ?

Ingeburge passa une partie de la nuit éveillée, réfléchissant sur ce qu'elle allait faire. Au petit matin, Kathinca, qui avait dormi d'une traite, la trouva à genoux, les mains jointes. La fatigue creusait ses traits, mais la détermination se lisait dans son regard fixe. Dans la pièce voisine, les trois Danois bavardaient. Ingeburge attira Kathinca près d'elle.

— Ma décision est prise. Je ne rentre pas au Danemark. Personne ne pourra me faire changer d'avis. Je vais aller trouver le roi.

— Voilà la pire folie que j'aie entendue ! Qu'attendez-vous de lui ? Qu'il vous accueille les bras ouverts ?

— Je vais voir le roi. Tu diras à Bjorg que je suis un peu souffrante et que nous ne partirons qu'à sexte. Je me rends aux écuries.

— Vous ne pouvez partir seule ! Et puis, vous m'abandonnez ?

— Non, j'enverrai messire de Ventadour te chercher.

Elle n'ajouta rien et sortit, profitant d'un instant ou les trois hommes étaient encore dans leur chambre. La reine avait conservé une bourse bien garnie sur elle, elle put ainsi trouver rapidement un cheval. Quelques minutes plus tard, elle s'éloignait seule, à bride abattue.

Quand Bjorg s'aperçut de la fuite d'Ingeburge, il se lança à sa poursuite. La route vers Paris était encombrée de chariots de légumes, d'animaux qu'on conduisait aux abattoirs de la Cité.

Ingeburge arriva sans encombre au palais de la Cité et demanda à parler à Brienne, dont les sergents gardaient toutes les entrées. Brienne, vieil homme lourd, marchait péniblement. Ceux qui travaillaient sous ses ordres lui reconnaissaient bon sens et générosité. Quand il vit Ingeburge, il sombra dans une de ces toux qui lui gâtaient la vie en le laissant au bord de l'étouffement.

— Je veux voir mon époux ! exigea Ingeburge sur un ton impérieux.

Elle avait appris les mots les plus usuels de français, mais son accent rendait son propos souvent difficile à comprendre. Brienne comprit cependant et bredouilla qu'il ne savait pas si le roi pouvait la recevoir. Ingeburge profita de son trouble pour entrer dans le palais et marcher d'un pas décidé vers la salle du Conseil, où Philippe devait se trouver.

Après avoir congédié ses conseillers, il était resté seul pour réfléchir. Il tendait ses mains au feu, tout en regardant le soleil briller sur les toits de Paris. Un temps parfait pour une partie de chasse à Vincennes…

Brienne se précipita au-devant d'Ingeburge et entra dans la pièce sans se faire annoncer. Le roi lui lança un regard courroucé.

— Eh bien, Brienne, voilà que vous outrepassez mes ordres ! Vous savez pourtant…

— Sire, fit Brienne, essoufflé, madame Ingeburge est là, qui souhaite vous parler !

Le roi se dressa vivement, comme brûlé par une de ces braises qui sautaient autour de l'âtre où flambait du châtaignier.

— Que dites-vous ? Ce n'est pas possible !

— Me voilà, sire ! lança Ingeburge en bousculant les gardes et entrant dans la pièce.

Philippe se ressaisit et s'inclina devant la reine. Il savait ainsi être courtois à l'excès et cacher ses sentiments quand c'était nécessaire.

— Madame, je vous croyais...

— Au couvent de Corbeil, sire, où j'allais mourir si je n'avais réussi à m'échapper.

— Comment cela, madame ? Y avez-vous été mal traitée ?

— Je préfère ne pas en parler. Ma place n'est pas chez les religieuses !

Philippe tentait de cacher son malaise devant cette princesse qu'il avait rejetée. La frêle jeune fille avait beaucoup changé. La tête haute, ne baissant pas les yeux, elle avait l'autorité d'une reine et, plus encore, celle d'une femme dans son bon droit. Il tenta de se défiler :

— J'attends mes conseillers.

Puis, s'adressant à Brienne :

— Que l'on conduise madame Ingeburge dans ses appartements. Je la verrai plus tard.

Celle-ci n'insista pas, c'était une première avancée. Elle avait son idée pour la suite.

— Faites venir Ventadour ! demanda-t-il à Brienne, après avoir réfléchi quelques instants.

Guilhem, qu'on avait informé de la présence d'Ingeburge au palais, était resté sur place. Le roi ne lui cacha pas sa mauvaise humeur, comme s'il le tenait pour responsable de la situation. Quelques instants plus tard, le chevalier occitan se présentait devant la Danoise.

— Ma reine, je vous en conjure, signez l'acte de dissolution du mariage et vous pourrez rejoindre vos amis, qui doivent vous attendre tout près d'ici.

Le visage de la princesse se contracta. Ses joues s'empourprèrent.

— Ce serait le péché le plus grave, il me fermerait à jamais les portes du paradis ! répondit-elle sur un ton résolu.

— Alors, j'ai ordre de vous emmener en un autre lieu, semblable au précédent.

Il s'éloigna vivement, pour ne pas entendre les protestations d'Ingeburge, qui demandait un entretien avec le roi.

Ingeburge passa une très mauvaise nuit. Kathinca l'avait rejointe et ne cessait de l'inciter à fuir. On n'avait pas posté de gardes à sa porte, la voie était libre.

— Le roi en serait trop heureux ! rétorqua-t-elle. Jamais je ne lui ferai ce plaisir.

Le lendemain, de bonne heure, les valets d'écurie préparèrent les chevaux et les attelèrent aux chariots.

— Nous partons pour le couvent de Chantilly, réputé pour ses grands et beaux jardins, lui annonça Guilhem.

DEUXIÈME PARTIE

L'interdit

— Qui est le roi de la France ? cria Philippe en frappant du poing le bras du fauteuil sur lequel il était assis.

Guérin, familier des colères du roi, se tourna vers Robert Clément, resté près de la porte. A ses côtés, Antoine de Padoue, l'envoyé du pape Innocent III, tout vêtu de rouge, eut un mouvement de recul quand le souverain jeta son écuelle de bouillon à travers la pièce. Ikor, le vieux chien, se réfugia sous la table. Il était souvent la victime innocente des colères de plus en plus fréquentes de son maître.

Il faisait froid en cette fin novembre 1199. Ingeburge résidait à Chantilly depuis cinq longues années sans qu'aucun accord ait été conclu entre Philippe II et le nouveau pape. La neige recouvrait la cour du palais. Un grand feu flambait dans l'âtre. Le roi, engoncé dans un épais manteau en loup, tendait ses mains aux flammes. Comme après chacun de ses coups de sang, il prenait le temps de se calmer et de réfléchir. Autour de lui ses conseillers, debout, attendaient. Antoine de Padoue avait été averti du caractère impulsif de Philippe II, mais aussi de sa grande roublardise. La mission que lui avait confiée le pape était compliquée. Innocent III, âgé seulement de trente-huit ans, entendait mettre au pas les princes turbulents. Il aimait la bonne chère, la musique et la danse ; il avait servi le vieux Célestin à la fin de sa vie, et voulait restaurer l'autorité du Saint-Siège. Il avait donc mis Philippe en demeure de reprendre son épouse à ses côtés, mais le Français, ne prêtant aucune attention à ses avertissements, s'était remarié avec Agnès de Méranie peu de temps après qu'Ingeburge avait été enfermée dans le monastère de Saint-Maur. Au regard de l'Eglise, le roi de France était donc bigame.

Robert Clément échangea un regard discret avec Guérin. Les deux hommes se complétaient. Le souverain les écoutait, car il les savait de bon conseil et totalement dévoués à sa personne. Pourtant, les affaires matrimoniales étaient plus difficiles à aborder que celles du royaume.

— Sire, commença Clément, M. de Padoue est las d'avoir tant chevauché. Permettez-lui de se reposer, ensuite, vous pourrez lui faire les honneurs de la cour…

Clément savait que rares étaient les hommes insensibles à la flatterie et que par ce biais on arriverait à cerner les intentions cachées du pape. Le roi leva la main, congédia ses deux conseillers et fit appeler Roye. C'était le plus imaginatif de tous et son état de moine ne le faisait pas reculer devant des actions que la justice divine aurait réprouvées.

— Asseyez-vous, l'invita Philippe, avant d'entrer dans le vif du sujet : J'ai bien compris que le pape Innocent cherche à m'isoler pour avantager l'empereur. Depuis que Richard est mort sous les murs de Chalus en Limousin, il fait tout pour me brouiller avec Jean sans Terre, cet horrible personnage dont il faut attendre les pires vilenies.

— Certes, sire, répondit Roye en dépliant ses jambes devant lui, car il était perclus de douleurs. Mais cette situation est vraiment nuisible aux affaires du royaume. Nous n'avons plus le pape gâteux et faible qu'était Célestin. Innocent III est très jeune et très déterminé. Il nc céderа pas.

— Relisez-moi ce qu'il a ordonné à M. de Padoue.

En quelques années, Roye avait beaucoup vieilli. Son corps s'était rétréci. Bossu, il marchait en crabe. Ses yeux pleuraient constamment des larmes qui coulaient le long de ses rides. La lourde robe ancienne qu'il portait toujours pesait sur ses épaules. Edenté, il se nourrissait de bouillie de blé et de pain trempé dans du vin. Il avait cependant gardé une excellente vue, bien supérieure à celle du roi, dont l'unique œil avait souvent du mal à apprécier la distance qui le séparait d'un objet ou d'une personne. Le vieil homme déplia la missive en parchemin sur lequel on distinguait encore les restes du sceau brisé de Sa Sainteté.

— « Si le roi, un mois après notre avertissement, ne reprend pas en grâce la reine et ne lui accorde pas l'honneur qui lui est dû, alors tu jetteras l'interdit sur toutes ses terres, de telle sorte qu'on n'y célèbre aucun office et qu'on n'y administre aucun sacrement, à l'exception du baptême des enfants et de l'absolution des mourants… »

— Il n'osera pas ! s'exclama Philippe.

— A ce qu'on m'en a dit, c'est un homme déterminé, plus enclin à porter l'épée que la tiare. Ce n'est pas un pape ordinaire. Il n'est pas prêtre et ne peut dire la messe.

— Qu'est-ce que cela change ?

— Tout, sire. Il n'est pas aussi proche de Dieu que l'était Célestin. Le temporel l'intéresse autant que les voies du paradis. Il se comporte comme un roi, pas comme le vicaire de Jésus.

— Bien ! dit Philippe, qui se leva vivement et marcha vers la fenêtre.

Le grand chevalier de Nesle, qui écoutait aux portes, entra sans y être convié et repoussa machinalement les boucles blondes qui roulaient sur son front. Le roi lui passait beaucoup de choses. Ce pleutre qui se cachait quand venait l'heure d'aller au combat avait le talent des faibles : il parlait avec beaucoup d'éloquence et mentait avec tant de naturel qu'il était bien difficile de démêler le vrai du faux.

— Je veux être seul ! hurla le roi.

Philippe sortit, accompagné par son inséparable vieux chien. L'animal marchait difficilement, Philippe avait pour lui des attentions qu'il refusait aux humains. Il traversa plusieurs pièces en enfilade où s'activaient des menuisiers. Le palais était en perpétuelles transformations. Le roi, ne supportant pas l'immobilité, ne restait jamais plus de deux semaines au même endroit. Sis sur la pointe de l'île de la Cité, le palais était pourtant le centre de son administration. C'était là qu'étaient conservés les archives et les livres de comptes ; là qu'il prenait ses grandes décisions entre deux expéditions.

Il n'aimait pas la guerre mais était contraint de la faire pour repousser ses ennemis aux portes de son domaine. L'affaire de Normandie l'occupait, il préparait la prochaine campagne contre Jean sans Terre qui, bien que lui ayant rendu hommage, complotait avec l'empereur et le nouveau pape pour se soustraire à ses obligations.

Philippe arriva dans ses appartements privés, où seuls les domestiques sous les ordres du comte de Brienne étaient admis. Sa nouvelle épouse, beaucoup plus jeune, Agnès de Méranie, lui tendit les bras. Il lui sourit et la pressa contre lui. Plutôt grande, elle gardait la tête baissée pour ne pas être plus haute que lui. Cette superbe brune aux grands yeux verts avait introduit à la cour l'habitude chez les femmes de ne pas attacher leurs cheveux. Les siens, magnifiquement ornés de larges boucles brunes, tombaient sur ses épaules avec une grâce que le roi aimait tant. Frère Paul de Bièvre, confesseur du roi, s'était offusqué de cette mode « de ribaudes », mais il n'avait pas insisté quand le roi lui avait demandé de se mêler de ce qui le regardait.

— Mon sire, dit-elle dans ce français qu'elle continuait d'écorcher après quatre années de pratique, vous avez l'air soucieux ! Venez donc près de moi.

Elle l'entraîna par la main dans sa chambre. Elle portait une épaisse robe de velours d'un rose éclatant. Il faisait toujours froid dans cet immense palais ouvert à tous les vents, aussi les courtisans étaient-ils engoncés dans d'épais manteaux, hiver comme été. Les plus sveltes s'accommodaient bien de cette nécessité, mais beaucoup ressemblaient à ces ours maladroits que l'on voyait dans les foires.

Enlacés, ils roulèrent sur le lit. Près d'Agnès, le roi oubliait tout, ses obligations, ses soucis et sa majesté. Ils se dévêtirent, se glissèrent sous une énorme couverture en peau de mouton. Agnès, sentant le roi préoccupé, se raidit.

— Oubliez vos affaires, mon ami. Parlons de ce que vous m'avez promis, quand me ferez-vous sacrer reine de France ?

— Je vous l'ai promis, en effet, mais voilà que le pape s'en mêle et veut excommunier le royaume tout entier !

— Comment ? Il n'osera pas ! trancha Agnès. Avez-vous des nouvelles de sa santé ? Ne dit-on pas qu'il est malade ?

— Hélas, non. Innocent III est solide comme le roc. Il n'a que trente-huit ans. Savez-vous qu'il n'est pas prêtre ?

— Par quel prodige peut-il alors être le maître de la chrétienté ? s'étonna Agnès.

— Guérin m'a expliqué qu'il n'était pas nécessaire d'être prêtre pour cette haute fonction. C'est ainsi ! Sa Sainteté a de la poigne et m'en veut de ne pas avoir obéi à son prédécesseur !

— Dieu ne vous abandonnera pas. Il saura vous libérer. Le pape est un belliqueux qui cherche surtout à aider son allié de l'Empire. Vous ne devez pas le laisser faire.

Venant d'Agnès, cette parole était lourde de sens. Philippe ne s'était jamais résolu à employer des moyens appropriés pour régler cette question qu'une maladie mortelle aurait permis d'oublier très vite. Ce n'était pas digne d'un grand roi, mais il s'y refusait surtout par crainte que la mort de celle qui ressemblait tant à la dame de la forêt de Compiègne ne provoquât sa propre disparition.

— Il m'a semblé, à des détails qui n'échappent pas à une femme, ajouta Agnès, que ce grand chevalier, ce géant qui joue de la vielle comme un ange et pour lequel vous avez beaucoup d'estime, n'est pas insensible aux charmes d'Ingeburge...

— Je le sais, répondit le roi en fixant le plafond peint de dorures représentant sainte Geneviève, mais Guilhem est mon sauveur. Sa force éloigne les maladies et les maléfices.

— Pourquoi ne lui abandonnez-vous pas Ingeburge ? Ne le pousseriez-vous pas ainsi à commettre l'irréparable ?

— Guilhem est mon ami.

Il était ainsi, Philippe, capable d'ordonner la mise à mort d'un contradicteur dans une crise de colère et de faire preuve d'une fidélité totale envers ceux qu'il aimait. Et cela ne lui déplaisait pas de relever le défi que lui lançait le jeune pape. Ce que sous-entendait Agnès présentait de gros risques. S'il arrivait un malheur à Ingeburge, toutes les cours d'Europe crieraient au meurtre. Jamais il ne pourrait laver son honneur. Il devait donc coûte que coûte la garder en bonne santé.

— Alors qu'allez-vous faire ?

— Combattre, ma mie ! Combattre le pape, combattre l'empereur, combattre parce que c'est indispensable pour l'avenir de la France.

— Et pendant ce temps on considère nos enfants comme des bâtards, et je ne suis que votre maîtresse !

— Tout cela s'arrangera, je vous le jure, mais il faut d'abord connaître les intentions du pape et voir jusqu'où il peut aller.

Il enfila sa pelisse et retourna dans cette vaste pièce où trônait, en face d'une fenêtre, la tête d'un grand douze-cors qu'il avait chassé dans la forêt de Vincennes.

Après s'être fait annoncer, Guérin entra, les mains jointes devant lui, sa tête de chat baissée comme s'il priait. Cette attitude, le moine l'avait contractée dans sa jeunesse enfermée dans un monastère en Palestine. Il l'avait conservée, considérant que c'était la meilleure manière de ne pas être interpellé par n'importe qui et de cacher ses intentions. Il avait la vue très basse et marchait lentement, en tâtonnant le sol du bout de ses semelles.

— Sire, monseigneur de Padoue a quitté le palais de fort mauvaise humeur, annonça-t-il.

Le roi tourna vers lui son œil gauche pendant que sa lourde paupière droite s'entrouvrait.

— Qu'est-ce à dire ?

— Qu'il n'a pas apprécié l'accueil que vous lui avez réservé. Il se dit l'envoyé du pape et à cet égard mérite d'être traité selon son rang.

— Il n'a pas été mal traité. Je lui ai fait comprendre que je n'acceptais pas ce que son maître m'impose. Je suis le roi, et le pape ne doit pas l'ignorer. Qu'il retourne voir Innocent et qu'il me laisse en paix chez moi.

— Mais, sire, s'il décide l'interdit, et si le peuple sait que vous en êtes à l'origine…

— Comment cela, Guérin ? fit le roi en haussant le ton et en posant sa main sur la tête de son chien couché entre ses pieds. Il n'osera pas. Il sait que je ne céderai pas à ses manœuvres d'intimidation destinées à servir les intérêts de l'empereur et de cet infect Jean sans Terre.

Il se leva. Ses jambes lui faisaient mal depuis quelques jours. C'était probablement l'inaction à cause du mauvais temps, de la neige qui ne cessait de tomber, du vent froid qui le retenait confiné. Il s'assit de nouveau, le chien vint se replacer près de lui, la tête posée sur son genou.

— Où est Ventadour ? Je veux le voir au plus vite.

Guérin joignit ses mains sur son estomac qui tendait sa robe beige. Il affichait un visage impassible, mais il était contrarié que le roi continue d'accorder autant d'importance à ce grand braillard de plus en plus envahissant. Il chargea Porte, son domestique de confiance, d'aller le chercher dans quelque tripot autour du palais. L'hiver n'était pas une bonne saison pour ce bagarreur. En été, il avait toujours une guerre, une escarmouche où aller dépenser ses forces, mais pendant la mauvaise saison il ne restait que les ribaudes. Dans cet exercice, il se montrait inépuisable.

Au palais, les serviteurs connaissaient ses habitudes. Il ne faisait aucune différence entre les gens de peu et les grands seigneurs. Il traitait tout le monde de la même manière et ses propos souvent vulgaires adressés à Roye ou au prétentieux Nesle lui auraient valu la bastonnade s'il n'avait été plus fort que dix hommes ordinaires.

Porte, que Guérin avait sauvé de la potence, partit aussitôt dans la ville qui semblait dormir sous sa couverture de neige fraîche. Les cheminées fumaient et les marchands de bois apportaient des fagots sur le dos de leurs mules à ceux qui avaient de quoi les payer, bourgeois et commerçants, bouchers, boulangers, marchands de reliques… Les gens du commun, manouvriers, maçons, brassiers que le mauvais temps empêchait de travailler, grelottaient dans leurs minuscules logements d'une pièce, où le feu était souvent absent. Ils se pressaient les uns contre les autres, se couvraient de couvertures malodorantes et attendaient. Le rare bois qu'ils avaient pu récupérer était destiné à la cuisine. Il fallait faire cuire la soupe d'orties dans laquelle les bons jours surnageait une couenne récupérée dans les restes de repas des maisons riches. Le pain ne manquait pas, mais à cause de la neige qui rendait difficiles les approvisionnements en farine, les prix montaient tant que les petites gens ne pouvaient se payer que les raclures du pétrin et du pain de son. Beaucoup d'enfants mouraient, emportés par les fièvres. Les plus robustes, obligés d'aller glaner du bois ou de travailler dans la froidure, devaient supporter les engelures et l'estomac creux. Pendant les nombreux offices, les foules se serraient dans les églises, se réchauffant ainsi en priant pour oublier le présent. Ceux qui avaient de l'argent profitaient de la misère pour donner libre cours à leurs bas instincts. Les filles ne coûtaient pas cher et les lupanars ne désemplissaient pas.

Les grands chantiers n'étaient pourtant pas abandonnés. On continuait à construire les murs de protection au sud de Paris, les tours de surveillance au bord de la Seine étaient à mi-hauteur et les ouvriers s'acharnaient sur des échafaudages rendus glissants par le gel. On hissait les pierres à la poulie ; les tailleurs assis dans la neige martelaient les blocs qu'on leur apportait sur des chariots. Au centre de la Cité, on reconstruisait la grande voûte de Notre-Dame pour la troisième fois en espérant que celle-ci serait la bonne. Les architectes sous l'autorité de Maurice de Sully en avaient rectifié les formes et la maçonnerie. On avait apporté par bateaux les énormes pièces de bois que des charpentiers taillaient à la hache et à l'herminette. Le froid engourdissait les mains de tous.

Porte emprunta une ruelle qu'il connaissait bien et qui conduisait à La Pie qui rit, où Guilhem avait ses habitudes. Il le trouva la chemise largement ouverte sur une poitrine couverte d'une toison de poils sombres, caressant les seins d'une jeune femme assise sur ses genoux. Quand il aperçut Porte, il s'exclama :

— Voilà qu'on me cherche !

Il vida son hanap, s'en versa un autre et appela le cabaretier.

— Apporte encore du vin pour mon ami qui vient du palais et un cuissot de chevreuil, car il doit avoir grand faim !

Il repoussa la jeune femme, qui s'éloigna. Porte s'assit près de lui.

— Monseigneur, le roi vous mande !

Aussitôt Guilhem se leva, attacha la large cape violette sur ses épaules, puis se dirigea vers la porte. Le cabaretier, petit homme chauve, s'approcha timidement de lui.

— Monseigneur, vous devez me régler…

Guilhem ne regardait jamais à la dépense. La pension que lui versait Philippe ne suffisait pas à son énorme appétit. Il devait donc souvent emprunter, à tel point qu'il ne connaissait plus le montant de ses dettes, mais on lui prêtait parce qu'il avait l'oreille du roi pour démêler des affaires embarrassantes.

— Je te paierai, ne t'en fais pas. Pour l'instant, le roi m'appelle !

Le cabaretier savait à quoi s'en tenir. Il apporterait la note à Roye, qui donnerait l'ordre de payer. N'était-ce pas dégradant pour un grand seigneur de la cour de

France de se comporter ainsi ? Guilhem s'en moquait. Il n'avait pas le sens des distinctions et s'encanaillait volontiers avec les charretiers qui transportaient les pierres de la Butte-aux-Cailles jusqu'au chantier de Notre-Dame.

Guilhem sortit, accompagné de Fouillade et de Porte, à qui il demanda :

— Que me veut le roi ? Il n'y a pas de bataille prévue avant le printemps. J'espère que c'est une bonne chevauchée. J'ai des fourmis dans les jambes et je m'ennuie dans ce bouge qui pue la merde et la graisse rance.

— Je ne sais pas, monseigneur. Le roi a reçu l'envoyé du pape, qui n'accepte pas son divorce d'avec Ingeburge.

Guilhem ralentit son pas. La pensée de la princesse danoise s'imposa, avec son poids de regrets et de douleur secrète. Il ne l'avait pas revue depuis qu'il l'avait conduite au couvent de Chantilly. Il avait espéré que cette longue séparation lui permettrait de l'oublier. Il avait connu beaucoup de femmes, des jeunes, des belles, et tant d'autres. Aucune n'avait pu lui arracher du cœur la Danoise. Toutes les chansons qu'il écrivait en occitan s'adressaient à elle.

Au palais, Guilhem fut introduit auprès du roi, qui l'attendait près de son feu. Philippe sourit en voyant le chevalier. Cet homme jovial avait le pouvoir de chasser les mauvaises pensées, la mélancolie, et quand il était là, debout, énorme, tout paraissait simple au Capétien.

— Dites-moi, Ventadour, demanda-t-il avec un petit sourire, d'où vous vient ce goût pour le violet ?

— Sire, lorsque j'étais encore jeune drôle sans poil au menton, une bergère m'offrit un petit bouquet de violettes avec son pucelage…

— Je n'en crois rien ! s'exclama le roi en souriant de plus belle. On dit à la cour que c'est la couleur de votre père, le comte Ebles de Ventadour, dit le Cantador.

— Quand on est un bâtard, on doit se raccrocher à de telles apparences. On peut douter que le comte Ebles soit mon père, mais il est certain que ma mère était lingère, qu'on l'appelait la Gourdon, si pauvre qu'elle glanait les épis oubliés dans les champs, le bois mort et les châtaignes sous les feuilles gelées. Elle était sœur du célèbre Bernart de Ventadour, lui aussi de petite lignée.

Le roi l'invita à prendre place en face de lui. Le chien, qui somnolait, se leva et vint frétiller de la queue près du visiteur.

— Avez-vous des nouvelles d'Ingeburge ?

— Non, sire, depuis qu'elle est à Chantilly, je ne m'en suis point préoccupé.

Ce mensonge ne cachait pas son véritable sentiment, car ce grand maladroit ne savait pas travestir ses pensées. Le roi sourit en coin.

— Laissons cela. J'ai pris une décision vous concernant.

Guilhem sursauta face au roi, qui regardait les flammes. C'était son habitude : il baissait la tête lorsqu'il annonçait quelque chose d'important, comme s'il se concentrait sur les mots, leur choix et leur portée.

— Vous passez votre vie dans les tavernes et les bordeaux, ce n'est pas bon pour un homme de votre rang.

— Sire, je ne suis qu'un petit bâtard des terres d'Oc, je suis pauvre. Je vous dois mon adoubement.

— Je ne comprends pas que vous ne soyez pas tombé en fol amour pour une de ces belles de la cour qui tournent autour de vous !

Guilhem se redressa, interloqué. Que cachaient les paroles du roi ?

— Nous en reparlerons ! indiqua Philippe avec un geste de la main montrant que l'entretien était terminé. Cette situation ne saurait convenir à un chevalier de votre valeur.

Le 6 décembre 1199, au concile de Dijon, tous les grands prélats du royaume étaient réunis devant l'envoyé du pape, Pierre de Capoue, le même qui, deux mois plus tôt, demandait à Philippe de se séparer d'Agnès de Méranie pour reprendre Ingeburge auprès de lui puisqu'elle était sa seule épouse devant Dieu. Capoue, homme fier et strict, menait grand train sans oublier de consacrer beaucoup de temps à la prière et à la méditation. Rigoureux pour lui-même, il l'était aussi pour les autres, surtout vis-à-vis des puissants qui avaient tendance à oublier leurs devoirs. En bon politique, il mesurait l'avantage qu'il pouvait tirer de l'imbroglio marital du roi. Obliger Philippe à rejeter Agnès de Méranie restait la meilleure manière de brouiller la France avec ses alliés et servait les intérêts de l'Empire.

L'archevêque de Reims, Guillaume de Champagne, quatorze autres archevêques, dix-huit évêques et les abbés de Cluny, de Vézelay et de Saint-Rémi étaient présents. L'oncle du roi, malgré son apparence d'oie grasse, ne manquait pas de filouterie. C'était lui qui avait imaginé la parenté entre Ingeburge et la première épouse de Philippe. Le pape avait démontré que les documents fournis étaient erronés, et que cette parenté n'existait pas.

Ainsi Pierre de Capoue commença-t-il à réfuter les arguments du roi tout en ayant l'intelligence de ne pas mettre en cause les prélats qui avaient signé l'acte d'annulation. Il s'en prit à de vagues clercs ignorants des grandes lignées royales.

Guillaume de Champagne en fut rassuré ; il visait le chapeau de cardinal et multipliait les courriers à cet effet. Puis Capoue poursuivit en précisant que le roi n'avait plus aucune excuse pour persécuter la jeune reine. Il fit allusion à Knut, le nouveau roi de Danemark et frère d'Ingeburge, qui avait pris le parti de l'empereur mais ne demandait qu'à revenir vers la France si le roi cessait son attitude indigne envers Ingeburge. Il évoqua les mille bateaux des Scandinaves, toujours disponibles pour une conquête.

Guillaume pensa comprendre que le pape était prêt à oublier le différend si un arrangement était trouvé. Il crut alors judicieux d'avancer l'hypothèse de la non-consommation du mariage. Capoue éleva la voix :

— Monseigneur, la reine prétend le contraire. Elle seule le sait ! Elle l'a juré dans une lettre à notre saint-père. Nous ne pensons pas qu'elle risquerait les foudres de l'enfer par un tel mensonge. Donc, notre pape la croit sincère.

Un silence suivit puis Capoue asséna la sentence :

— La décision de l'interdit sur le royaume est prise. Innocent III ne reviendra pas dessus. Cependant, il laisse au roi le temps de la réflexion. La sentence n'a pas été publiée, pour éviter toute pression. Cependant, si le 15 janvier prochain, rien n'est changé, la sentence sera rendue publique et appliquée aussitôt.

Le concile n'avait pas duré plus d'une journée. On se sépara après avoir chargé Guillaume de Champagne d'aller rapporter la nouvelle au roi de France. Tout le monde redoutait sa colère.

Elle fut violente. L'archevêque de Champagne se fit traiter d'âne et d'incapable. Philippe s'emporta contre ses conseillers. Nesle lui proposa une chasse au faucon, ce qui avait souvent la faculté de le calmer. Mais le roi ne l'entendit même pas.

— Il veut la guerre ? Il va l'avoir ! Et on verra qui sera le plus fort !

D'un coup de pied, il repoussa vivement Ikor, qui grogna.

— Vous tous, sortez ! Vous êtes de mauvais conseil. Désormais, je me débrouillerai seul.

En ce matin du 20 janvier 1200, les Parisiens se levèrent la tête lourde. Un silence de mort régnait sur la ville, un silence écrasant. Pas de cloches annonçant matines et se répondant d'une paroisse à l'autre, pas de porteurs d'eau, nul marchand de brioches. Les bergers oubliaient les troupeaux à l'étable. Les rares passants guettaient le ciel comme s'ils attendaient les premiers signes de l'Apocalypse. Des gens sortaient dans les rues, s'avançaient au hasard, se croisaient sans se saluer, l'oreille tendue, la tête vide… Etaient-ils encore vivants ? Ils avaient entendu les crieurs de rue annoncer, la veille, l'interdit sur le royaume, mais ils n'avaient pas compris le sens du mot. Et voilà que Paris, ville bruyante, se réveillait comme morte dans le jour naissant. Le chantier de Notre-Dame était à l'arrêt. De même, au bord de la Seine, où l'on construisait une tour de garde pour surveiller les bateaux, sans le bruit habituel des tailleurs de pierres, le grand désordre de poutres et de chariots abandonnés semblait surgi d'un monde infernal prêt à tout engloutir dans son silence écrasant.

— Les cloches ! s'exclama le vieux Merrin, sabotier au coin de la rue aux Anes, près du marché aux herbes qui d'ordinaire grouillait de marchands. Où sont les cloches ?

— Paraîtrait que des démons les ont brisées ! murmura Perrot, le vannier.

Les enfants, qui d'ordinaire profitaient du début de la journée pour jouer dans la rue, se tassaient devant les échoppes, surveillaient les adultes égarés. Personne n'osait briser ce silence de plomb. Le tripier hésitait avant de prendre ses seaux pour aller laver les abats au bord de la Seine, les bouchers attendaient, couteau à la main, à côté de l'animal à saigner. Paris s'était figé.

On espérait que les cloches allaient enfin sonner, mettre fin à cette attente de tombeau, que les grands carillons des églises Saint-Sulpice et Saint-Antoine allaient enfin appeler les fidèles à la messe. Malgré eux, les gens se rassemblaient devant Notre-Dame, dont une aile était suffisamment avancée pour y célébrer des offices réguliers. Mais les portes en étaient fermées.

— Dieu nous abandonne ! cria quelqu'un. L'enfer nous ouvre ses portes !

Ils étaient des centaines à occuper la place, à se bousculer entre les monticules de terre, les tas de pierres, les chariots vides, les échafaudages d'où pendaient des cordes. L'un d'eux se mit à genoux, suivi par les autres. Ils murmuraient une prière ardente, mais rien ne bougeait.

Dieu restait insensible au désarroi de ses paroissiens.

Au palais, Philippe aussi fut frappé par le silence de sa ville. A cette heure, les cloches auraient dû sonner à toute volée, appelant les fidèles à se rendre à la messe avant de commencer leur journée de travail. Le grand bâtiment semblait prêt à s'écrouler sous son propre poids. Comme ses sujets, le roi hésitait à bouger, à appeler ses serviteurs. Ses membres étaient de plâtre, la tête lui tournait. Le pape avait donc osé mettre ses menaces à exécution. Il ne céderait pas.

Il n'avait pas dormi de la nuit. Il avait quitté Agnès vers la mi-nuit, arguant qu'il avait besoin de prier et d'être seul pour réfléchir. Elle n'avait pas insisté. Elle connaissait Philippe, souvent solitaire, ne supportant la présence de personne quand il avait de graves soucis. Se pressant contre lui, elle avait cependant osé dire ce qu'elle ruminait depuis longtemps :

« Cette fille du diable est la cause de tout ! Dieu serait bien bon s'il nous en débarrassait ! Ne pourrait-on aider le destin à nous être favorable… »

Philippe avait repoussé la jeune femme avec une vivacité qui montrait son caractère impétueux.

« Jamais, entendez-vous, jamais je ne laisserai quelqu'un s'en prendre à Ingeburge ! »

Cette obstination à préserver celle qui était la cause de tous ses déboires horripilait Agnès. Pourtant, elle n'avait pas insisté.

« Mon ami, je vous laisse à votre réflexion. »

Elle avait rejoint Gertrude de Wallot, sa dame de compagnie et préceptrice depuis sa jeunesse. Gertrude avait pour elle un amour de mère. Cette vieille fille d'une grande famille de Méranie était maigre, fort laide avec son nez crochu, son menton fuyant et ses gros yeux sans expression. Un peu de barbe poussait à son menton. Elle s'en faisait parfois épiler mais, le plus souvent, elle avait recours à un barbier. Vêtue de noir où qu'elle aille, elle faisait peur aux enfants. Elle était souvent souffrante au moment de la messe et des prières. Agnès savait qu'elle ne croyait plus en Dieu depuis longtemps, qu'elle avait voué son âme au diable.

— Madame, le moment est venu ! L'interdit est une occasion ! avait lancé Gertrude, qui avait entendu les propos du roi.

Agnès savait ce que sous-entendait Gertrude. La vieille femme s'était assise sans manières et se grattait le menton dans un léger bruit de râpe.

— Tu as sûrement raison !

Gertrude, que l'idée d'une action sournoise et maléfique excitait, s'était rendue à la fenêtre, d'où elle avait un long moment contemplé la neige et les valets qui l'enlevaient à la pelle devant les écuries.

— L'opportunité est trop belle, avait-elle repris. L'interdit va semer la pagaille et monter le peuple contre la Danoise.

— Le froid est très mauvais pour la santé, avait reconnu la jeune princesse en souriant. Il suffit d'un courant d'air… et voilà la maladie qui s'installe. Et personne ne saurait dire jusqu'où elle ira !

— J'ai ce qu'il faut ! avait lâché Gertrude, avec un petit sourire qui avait ridé son visage maigre et fait briller une leur froide dans ses yeux.

— Je le sais, je le sais ! avait répondu Agnès. Mais il nous faut être très prudentes. On ne peut pas confier l'opération à n'importe qui.

— Il faut de l'or. Rien n'est plus efficace que l'or pour que les gens gardent un secret.

— Tu en auras ! Mais rappelle-toi, je ne dois apparaître en aucun cas !

— Certes ! lui avait assuré Gertrude en sortant.

C'était une occupation à sa mesure ; la confidente saurait mener à bien ce projet salutaire pour le royaume, pour le roi, et surtout pour sa maîtresse, qui pourrait ainsi ceindre la couronne. Sa nature attirée par le crime y trouverait son compte.

Philippe Auguste avait encore passé une mauvaise nuit. Au petit matin, il fit appeler le sieur de Noisy, son nouveau chambrier, beaucoup plus tôt que d'habitude.

— Que l'on m'apporte mes vêtements. Faites venir le barbier. Ensuite, j'irai entendre la messe comme tous les matins.

Noisy resta figé, comme incapable de parler. Le roi se dressa devant lui.

— Qu'attendez-vous pour obéir ? Qu'on m'apporte ma robe bleue à fleurs de lys pour entendre la messe ! Appelez Robert Clément.

C'était un acte symbolique. La robe d'apparat indiquait que la fonction royale ne ployait pas le genou devant l'autorité du pape. Il avait réfléchi à la manière de riposter. Certes, il ne pouvait rien pour l'instant, sinon s'en prendre aux prêtres et aux évêques qui suivraient l'ordre d'Innocent III, mais il avait son idée.

Robert Clément entra. Philippe le préférait à Guérin pour démêler ses différends avec le pape. Guérin était de très bon conseil en toutes choses, pour la guerre. Il faisait aussi rentrer les impôts avec une grande rigueur, mais il perdait tout bon sens dès qu'il devait s'opposer à l'Eglise.

— Faites dire à tous les prêtres et aux évêques que s'ils suivent les ordres d'Innocent III ils seront dépossédés de leurs biens et expulsés du royaume.

— Sire, vous pensez que…

— Il faut montrer à ces gens que je suis le maître chez moi. S'ils veulent obéir à quelqu'un d'autre, qu'ils partent. Ici, c'est moi qui commande.

Clément savait que le roi prenait de grands risques. Le pape l'avait évincé des préparatifs de la quatrième croisade. Philippe n'avait nullement l'intention d'y participer, mais il avait été vexé de ne pas avoir été convié.

Le conseiller sortit pendant que le barbier préparait ses linges chauds et aiguisait ses rasoirs, puis revint, quelques instants plus tard.

— L'archevêque Bettin des Cors refuse de dire la messe. Il ne veut pas risquer l'enfer pour désobéissance.

— Quel âne ! s'emporta le roi.

Bettin le lui paierait, mais il avait plus important à faire. La messe n'était pour lui qu'une bravade. Il se dit que Dieu lui soufflait sûrement l'attitude à adopter. Il devait faire semblant de céder face au pape, pour mieux le terrasser quand il ne s'y attendrait plus.

— Il ne faut rien changer à nos habitudes, ajouta le roi. Que chacun aille à ses affaires. Trouver un aumônier et un prêtre pour dire la messe tous les jours au palais ne doit pas être bien compliqué si on les paie. Faites appeler Ventadour.

Le roi sortit de sa chambre et se dirigea vers la salle du Conseil. Il aurait dû se rendre à la salle à manger pour son déjeuner solennel, mais il préféra s'attarder devant la fenêtre qui donnait sur la cour et au-delà, sur les rues voisines du palais. Le calme inhabituel à cette heure l'inquiétait. Il savait bien qu'après la stupeur viendrait la colère du peuple avec ses débordements.

On était allé quérir Guilhem de Ventadour, qui logeait près du palais. Le roi lui avait donné une demeure attenante afin de pouvoir l'appeler à tous moments. Malgré la douzaine de médecins qui l'examinaient chaque jour, Philippe avait besoin du chevalier qui, s'il ne connaissait pas le latin, parlait le langage des plantes et avait un pouvoir indéniable. Tant qu'il était près de lui, la mort n'oserait pas se montrer.

Guilhem fut aussitôt conduit auprès du roi, qui ne put s'empêcher de sourire quand le visiteur s'agenouilla devant lui. Ce géant qui n'avait jamais été vaincu en combat singulier était d'une maladresse totale dans les comportements de cour. On craignait toujours que ses gestes maladroits n'entraînent des catastrophes.

— Assieds-toi en face de moi, Guilhem. J'ai à te parler.

Lorsqu'ils étaient seuls, le roi usait ainsi de familiarités en appelant Ventadour par son prénom et en le tutoyant comme un égal. Les conseillers jalousaient la proximité du maître avec ce moins que rien, Nesle détestait « ce gros ours descendu de ses montagnes » et racontait qu'il commerçait avec le diable, mais personne n'était dupe. Accuser Guilhem de sorcellerie faisait rire tout le monde, tant cela semblait impossible. La sorcellerie était réservée aux faibles.

— L'interdit sur le royaume va provoquer beaucoup de troubles, commença le roi. Le pape souhaite que mon pouvoir en soit déstabilisé et veut m'affaiblir à côté de ses amis de l'Empire et de l'Anglais. Il ne faut pas lui donner raison.

— Certes, sire ! répondit Guilhem, déjà à court d'arguments.

— Donc, tu seras responsable de la tranquillité de Paris. Je ne veux aucun débordement. N'hésite pas à pendre ceux qui voudraient profiter de la situation. Et envoie dans un cul-de-basse-fosse ceux qui oseront mêler mon nom à cette sombre affaire.

Guilhem passa deux journées à organiser la surveillance de Paris. Il envoya dans chaque quartier de la capitale ses hommes pour soudoyer des espions qui l'avertiraient en cas de bagarres ou de rébellion. Il forma quatre équipes de douze gardes qu'il fit vêtir de vêtements rouges, suffisamment voyants pour rappeler leur présence. De son côté, il se plaça à la tête d'une dizaine de cavaliers destinés à intervenir en tous lieux dans la capitale.

Fouillade était à la tête d'une douzaine d'hommes, ce qui enfin lui permettait d'agir librement, sans rester dans l'ombre envahissante de son maître. Le renard se donnait entièrement à sa mission, au point qu'il épuisait ses gardes.

Dans l'île de la Cité, où se trouvait la plus grande concentration de Parisiens, la neige avait fondu et les rues envahies de boue odorante n'étaient fréquentées que par les mendiants. Des groupes se formaient aux portes des églises, on s'agenouillait à même les détritus, on joignait les mains et on priait. Les chariots de ravitaillement n'arrivaient pas aux marchés ; les boulangers ne faisaient plus de pain. La faim, ce monstre qui renaissait chaque hiver, serait plus cruelle que d'habitude. Au bout d'une semaine, les pillards commencèrent à briser des portes, malgré la surveillance de Guilhem et de ses hommes. La rumeur courait que la fin du monde était imminente. Ce qui ne s'était pas produit au passage à l'an mille allait se réaliser en 1200. Dieu, dans son immense bonté, avait laissé deux siècles aux hommes pour obtenir son pardon. Comme la confession était interdite à l'intérieur des églises, on voyait des hommes et des femmes vêtus de petites tuniques blanches clamer leurs fautes sur les places publiques et se flageller. Des femmes s'accusaient de sorcellerie, d'autres d'avoir forniqué avec des animaux. Les brigades de Guilhem n'étaient jamais loin et secouraient les pécheresses que la foule désœuvrée voulait lapider. Mais les gardes ne pouvaient pas être partout à la fois et des bûchers s'allumaient çà et là, répandant leur infecte odeur de chair brûlée.

Le roi se tenait informé jour après jour de la situation. L'interdiction d'enterrer les morts en terre consacrée rendait l'air de Paris irrespirable. Les cadavres étaient parfois abandonnés aux portes des cimetières fermés à double tour ou dans les ruelles, les nombreux jardins et bosquets. C'était temps d'abondance pour les chiens errants et des nuées de corbeaux.

Dès les premiers jours, un commerce lucratif se développa autour des cimetières. Des trouées avaient été percées dans les murs, fossoyeurs et prêtres se faisaient payer des sommes exorbitantes pour enterrer de nuit les morts dans les caveaux de famille. Ce n'était pas sans risques, mais les riches clients, toujours plus nombreux, faisaient monter les prix.

Le peuple éprouvait le besoin d'exprimer sa colère et son désespoir. Le manque de nourriture donnait toutes les audaces. Pendant qu'un pain de mauvaise qualité se vendait au prix de l'or, des bandes de pillards s'introduisaient dans les maisons nobles, les monastères et les prieurés. Les gardes n'arrivaient pas à contenir tous les débordements.

Des prophètes circulaient dans les rues, répandant leurs paroles venimeuses. L'un d'eux, Pierre Sanchonnat, s'en prenait surtout aux Juifs, nombreux dans Paris. Sous ses ordres, des groupes saccageaient les boutiques des marchands et des usuriers. Les hommes étaient torturés, mutilés, les femmes violées puis égorgées. Une folie meurtrière s'était emparée des habitants. Ces bains de sang censés calmer la colère de Dieu se faisaient au nom du pape, Innocent III. Les faux prêtres pullulaient, et il était bien difficile de les différencier des vrais. Ils donnaient la communion pour le prix d'une miche de pain. Ils avaient aménagé des hôtels dans des maisons, au fond des caves, partout où les gardes ne passaient pas, et disaient des messes pour une population désemparée.

Les tenants du diable n'étaient pas en reste. Ces prophètes du mal prêchaient au coin des rues, assuraient la population que le temps était venu pour le maître des enfers de régner sur le monde. Dieu avait perdu la partie et seuls ceux qui se rallieraient à Lucifer seraient sauvés. La faim qui affaiblissait les corps et les esprits faisait prêter une oreille attentive à ces propos. Les envoyés de l'enfer promettaient aux manants de devenir princes dans un monde qui leur serait entièrement dévoué. Rien ne leur manquerait dans des habitations confortables et une campagne sans hivers. Ils leur promettaient une jeunesse éternelle avec les plus sublimes plaisirs du corps. Qu'ils cessent de croire aux fadaises des curés, qui ne cessaient de prêcher les privations pour s'engraisser aux dépens des pauvres. Dans le monde de Satan, tous les hommes étaient égaux et pas un ne courbait la tête sous le faix.

Les groupes qui se formaient ainsi étaient terriblement dangereux. Ils fracassaient les églises et s'emparaient des calices en or, des étoffes précieuses et de tout ce qui pouvait se revendre. Ils torturaient les prêtres, les forçaient à renier Dieu.

Philippe avait quadruplé les effectifs de gardes. Les prédicateurs les plus influents étaient passés au fil de l'épée, il en surgissait de nouveaux. Aux cadavres que l'on n'enterrait plus s'ajoutaient d'autres morts tués pendant les nombreuses bagarres. Les rats pullulaient sur les charniers ; le prévôt de Paris décida, après en avoir parlé au roi, de creuser des fosses dans lesquelles seraient ensevelis les corps abandonnés. Les chariots chargés de corps en putréfaction se multipliaient. Chaque jour, il fallait creuser de nouvelles fosses.

Philippe mesurait les limites de son pouvoir. Il avait demandé aux évêques de son domaine de ne pas suivre Rome, mais il n'avait pas été obéi. Il ne sortait pas de l'enceinte par peur d'être pris à partie par des manifestants toujours plus nombreux. Tout le monde savait que le roi était seul responsable de la situation. Les gardes, nombreux, repoussaient cette populace hideuse, aux visages sombres, aux regards pleins de haine. Les bouches édentées hurlaient des menaces. On les faisait taire à coups de plat d'épée, de fouet et, parfois, on embrochait les plus remontés, qui menaçaient le palais avec des faux ou des pieux en bois aux bouts durcis au feu.

Philippe Auguste s'isolait dans sa pièce favorite. Il n'autorisait que la présence des valets apportant les fagots et les bûches. Ikor, qui redoutait ses coups de pied nerveux, se tenait à l'écart. Seule Agnès rendait de fréquentes visites à son époux. Elle s'asseyait face à lui, respectant son silence. Ils échangeaient de longs regards qui en disaient long sur leur bonne entente. Philippe aimait cette femme. Comme ils seraient heureux, sans Ingeburge entre eux…

Il continuait d'espérer que le pape reviendrait sur sa décision et envoyait de nombreux émissaires à Rome. Les réponses étaient toujours les mêmes. Qu'il répudie Agnès et reprenne Ingeburge près de lui, et la sentence serait aussitôt levée.

Un froid intense arriva à la mi-février. L'hiver se renforçait alors qu'on attendait les premiers signes du printemps. Il neigea pendant plusieurs jours, ensuite la bise se mit à souffler. La Seine gela d'abord sur ses bords puis entièrement. Le bois manquait. Le prix des fagots atteignait des sommets, et les gardes devaient surveiller les parcs, les bosquets voisins, où de pauvres misérables venaient couper les branches sèches, puis les arbres.

Ainsi Dieu montrait-il sa colère. Le peuple grondait. Il se heurtait aux gardes groupés en batailles qui n'hésitaient pas à le charger. Les cadavres oubliés étaient souvent dévorés par les chiens errants, qui s'en prenaient aussi aux animaux domestiques, parfois même aux enfants. Les églises fermées, les confessions rendues impossibles, la faim, la peur, le froid faisaient perdre toute notion de morale. Les femmes abandonnaient leurs nourrissons dans la rue. Beaucoup se prostituaient pour un morceau de lard ou de pain rassis. Les messes noires remplaçaient celles des églises. On se rassemblait dans les caves, ou dans les clairières. Des astrologues annonçaient le retour des temps sauvages où les hommes se mangeraient entre eux, où des monstres sortiraient des entrailles de la terre pour semer la terreur, boire le sang et engrosser les femmes, qui accoucheraient de démons cornus.

Guilhem s'acquittait de sa tâche aussi bien qu'il le pouvait, mais les débordements étaient trop nombreux pour les contenir tous.

Le roi le convoqua un soir, alors qu'on lui avait rapporté un massacre de Juifs, toujours soupçonnés de cacher des marchandises pour faire monter les prix. Le roi, qui redoutait que la populace s'en prenne à lui, faisait circuler des émissaires pour accuser les prêtres et les moines fidèles au pape. Pendant que les gens s'attaquaient aux presbytères, il était tranquille dans son palais, où rien ne manquait.

Philippe alla droit au but :

— Mes espions me font savoir que la révolte gronde à Chantilly et que le monastère est en grand danger.

Cela tracassait beaucoup le monarque, qui ne voulait faire courir aucun risque à Ingeburge. Sa vie ne dépendait-elle pas de la sienne ?

— Vous allez l'emmener en lieu sûr, en Normandie, où l'interdit n'a pas lieu et où les foules se tiennent tranquilles. Cela doit rester entre nous.

Le lendemain, avant le lever du jour, Guilhem et son inséparable Fouillade partaient une nouvelle fois en direction de Chantilly, dans une campagne ravagée par des bandes de pillards qui dévastaient les monastères, mettaient à sac les fermes isolées. La farine, les œufs, tous les aliments, le bois étaient plus précieux que l'or. On pendait sans jugement ceux qu'on surprenait en forêt une hache à la main.

Des cris, le bruit des épées qui s'entrechoquent. Des coups sourds frappés à la lourde porte ferrée. On courait dans les couloirs, des voix de femmes en appelaient à Dieu. Au ciel, les dernières étoiles s'éteignaient sur la petite ville de Chantilly.

Ingeburge courut à la fenêtre et vit dans la cour une foule hurlante, brandissant des bâtons, des fourches en bois, des faux. Janot, oubliant que ce lieu lui était interdit, entra en coup de vent.

— Que se passe-t-il ? demanda Ingeburge, affolée.

— Il faut fuir tant que c'est possible ! Ils en veulent aux réserves du couvent. Le diable souffle aux affamés que le temps est venu de se servir chez ceux qui ont de quoi manger…

C'était la première fois que Janot parlait avec autant d'assurance. Il n'était plus un enfant et elle savait pouvoir lui faire confiance.

— Vous allez prendre ces vêtements que j'ai empruntés à une servante. Faites vite. Ce n'est pas bon d'être une princesse, ces temps-ci.

Tout en parlant, Janot dénoua le paquet de linge et tendit une robe de chanvre à la reine. Puis un petit surcot en laine grossière.

— Mais c'est horrible, je ne vais pas mettre ça !

— Il le faut, insista Janot. Pressons, ils seront bientôt là !

Qu'il était beau, Janot, ainsi, le visage contracté par la peur, ses cheveux noirs si joliment bouclés ! Ingeburge s'en voulut de le regarder en femme privée d'amour.

— Je vous en prie, faites vite. Nous n'avons plus le temps de réfléchir…

Les portes du couvent avaient cédé et la foule hurlante s'était précipitée à l'intérieur, frappant les religieuses qui poussaient des cris aigus. Ingeburge enfila les vêtements de servante par-dessus sa robe. Puis Janot l'entraîna dans un second couloir qui conduisait à ce qui était autrefois une étable à cochons et avait été transformé en bergerie. Le jeune garçon se faufilait entre les animaux, guidant la princesse vers une ouverture qui donnait sur une prairie. L'infecte odeur de purin soulevait le cœur d'Ingeburge.

— Ils vont arriver, ils vont voler les animaux pour les manger. Cela nous laissera un peu de répit pour fuir.

— Où m'emmènes-tu ?

— Dans la forêt, le seul endroit où l'on peut échapper à ces enragés.

Ils coururent à travers la prairie jusqu'à un chemin qui pénétrait dans les taillis. Ingeburge peinait à suivre. Ses petites chaussures s'enfonçaient dans la boue, les ronces griffaient ses mollets. La lune éclairait le sous-bois et formait de longues ombres qui bougeaient lentement. Il faisait froid, mais la jeune femme ne le sentait pas. Où l'emmenait Janot ? La forêt n'était-elle pas infestée de loups et de démons ? Janot serait-il assez fort pour la protéger ? Elle pensa alors intensément à Guilhem.

Ils suivirent un sentier entre les arbres et les ronciers. Une lueur montait sur l'horizon, des cris leur parvenaient. Le monastère brûlait. Ingeburge songea à ses servantes, qui l'avaient suivie depuis le Danemark. Elle arrêta sa course.

— Je ne peux pas les abandonner. Janot, il faut faire demi-tour.

— Vous voulez mourir, violée par ces porcs ? Cela ne changera rien à leur sort.

Il reprit sa main, geste qu'il n'aurait jamais osé en d'autres circonstances, et l'entraîna sur le sentier qui s'enfonçait toujours plus profond au cœur de la forêt. Une meute de loups hurla à proximité. Ingeburge s'arrêta, terrorisée.

— Les loups n'attaquent jamais des hommes debout ! voulut la rassurer Janot.

En fait, il n'en savait rien. Les histoires de voyageurs encerclés par des loups affamés ne manquaient pas. On parlait aussi de ces hommes qui savaient parler aux loups et hurlaient avec eux, des femmes abusées par des loups-garous aussi légers que de la fumée qui entraient dans les maisons par la cheminée...

Ils débouchèrent dans une clairière. Une épaisse fumée gênait la respiration. Plusieurs cabanes en bois se dressaient sur un côté. Des monticules couverts de terre fumaient, répandant une odeur âcre. Des enfants sales, tout ébouriffés, les aperçurent et les entourèrent en criant. Des chiens se mirent à aboyer en tirant sur les cordes qui les retenaient prisonniers. Plusieurs hommes au visage noir sortis de leurs huttes, s'avancèrent vers eux. Ingeburge se rapprocha de Janot.

— Les charbonniers, lui glissa-t-il avec appréhension.

Un des hommes, le plus costaud, se dirigea directement vers Janot. Le visage couvert d'une barbe noire, il portait une sorte de sarrau en peau de loup et des braies de fourrure brune. Sur la droite, Ingeburge remarqua, attaché à un tronc d'arbre par une chaîne, un nain haut de trois pieds qui dardait sur elle des yeux clairs et tristes.

— C'est Tantinet, dit le charbonnier. Il est à vendre.

Ingeburge se souvint de Maurice, son nain, mort quelque temps avant son départ pour la France. Il était très doux, intelligent, ne manquait pas d'imagination pour inventer des jeux amusants.

Celui qui devait être le chef du groupe toisait Ingeburge d'un regard qui lui rappela le duc de Bork, un ivrogne dévoyé qui, un soir, avait voulu abuser d'elle. L'ivresse lui donnait de telles audaces. Le lendemain, Valdemar l'avait fait décapiter. Il avait posé sa tête sur le billot sans même se souvenir de ce qu'on lui reprochait.

— Qu'est-ce que vous voulez ? demanda le charbonnier.

— A manger et un peu de place pour dormir en sécurité, répondit Janot.

— D'accord. Mais toi, tu peux travailler. Moi, je garde la femme.

Janot se plaça devant Ingeburge, les poings levés. Les autres éclatèrent de rire. D'un coup, l'homme écarta le jeune garçon, prit violemment Ingeburge par la main et l'entraîna vers sa hutte.

Un hennissement l'arrêta à la porte. Les autres s'approchèrent de lui, inquiets. Des cavaliers, bassinet sur la tête, armés de lances, firent irruption dans la clairière. L'un d'eux dépassait les autres d'une tête. Il était énorme sur son cheval boulonnais. Ingeburge sourit. Elle avait pensé à lui si fort ! C'était donc un miracle.

— Messire Guilhem, quel plaisir de vous retrouver ! dit la reine dans ce français qu'elle parlait désormais à peu près correctement.

Guilhem mit pied à terre et s'inclina devant Ingeburge. Les charbonniers s'étaient reculés, redoutant des représailles.

— Ma reine, je suis bien aise de vous avoir trouvée à temps. Le roi s'inquiète pour vous. Tout va mal en ce monde sans Dieu. La révolte est partout. Paris s'insurge.

Janot les rejoignit et sourit à sa protectrice.

— Qui donc est ce beau garçon que vous regardez avec tant de lumière dans les yeux et qui a risqué sa vie pour vous ?

— Janot ! Vous savez, le garçon que j'ai sauvé d'une mort certaine. Il est très courageux et donnerait sa vie pour moi.

— Ah bon ! répondit Guilhem. On en fera un chevalier.

Son amour caché s'exprimait par une jalousie qu'il ne savait pas dissimuler. Lui, qui ne pouvait résister à ses envies, voyait les autres à son image. Il lui était souvent arrivé de désirer des pucelettes de quinze ans, il se demandait donc si Ingeburge n'avait pas fait de Janot son amant.

— Qu'allez-vous croire ? le tança-t-elle, ayant compris le sens du regard que Guilhem lançait au garçon, avant d'ajouter : Tout ce malheur est à cause de moi ! Et je me sens tellement seule depuis la mort de cette pauvre Kathinca !

— Kathinca est morte ? s'étonna Guilhem, qui n'avait pas oublié cette belle femme sensuelle.

— Oui, mangée par les vers qui grouillaient dans son ventre. C'était horrible !

Les charbonniers s'étaient remis au travail. Ils empilaient des bûches en tas qu'ils recouvraient de terre. C'était pour eux manière de montrer qu'ils ne cherchaient pas querelle aux arrivants. Ces gens pacifiques, vivant au cœur de la forêt, n'allaient dans les villes et les châteaux voisins que pour livrer leur charbon. Ils restaient entre eux, coupant des arbres, de préférence ceux qui étaient morts sur pied, fendant les troncs en bûches qu'ils entassaient en monticules d'où s'échappait une fumée d'un bleu âcre qui gâtait l'air.

— Partons, ordonna Guilhem.

Un des gardes céda son cheval à Ingeburge, un autre partagea sa monture avec Janot. Ils s'éloignèrent dans la forêt à nouveau silencieuse. Le soleil était sorti, répandant une agréable douceur. Ingeburge chevauchait à côté de Guilhem. Près de lui, elle se sentait en sécurité.

— Comment va mon époux, le roi ?

— Il ne décolère pas. Le pape Innocent III ne cède en rien et notre sire n'en peut plus. Paris est à feu et à sang. Et puis, il y a le prochain mariage de son fils, Louis.

— Avec qui ?

— C'est toute une histoire qui me touche malgré tout. Aliénor d'Aquitaine, la grande protectrice de mon oncle Bernart malgré ses quatre-vingts ans, a estimé qu'un mariage scellerait la bonne entente entre la France et l'Angleterre. Sa fille, Aliénor d'Angleterre, a épousé

Alphonse VIII de Castille, avec qui elle a eu beaucoup d'enfants, dont deux filles, Urraque et Blanche. Blanche doit épouser Louis. La vieille reine pense que ce sera la meilleure manière de rétablir une paix durable entre ses enfants et leurs cousins français.

— Vous a-t-il parlé de moi ?

— Il s'inquiète. Avec les troubles, il m'a chargé de vous conduire en lieu sûr !

— Et c'est ainsi que vous êtes arrivé !

Elle n'aurait pas toujours autant de chance. La belle saison allait commencer et Guilhem serait souvent en campagne avec le roi soit du côté de l'Empire, soit du côté de l'Angleterre.

A Chantilly, le couvent flambait ; les gens se relayaient pour apporter des seaux d'eau qui n'avaient aucun effet sur le brasier. Une foule considérable rassemblée à la porte d'une église se tenait à genoux en face d'un prêtre qui l'invectivait : comment de bons chrétiens avaient-ils pu saccager une maison de Dieu ? Ah, ils avaient faim ! Justement, c'était l'ultime épreuve pour racheter leurs fautes ! L'heure était venue de payer.

Guilhem s'approcha d'Ingeburge.

— On ne peut pas rester là. C'est trop dangereux pour vous.

Ils regagnèrent la forêt. Ils entendirent derrière eux une foule de braillards agitant des bâtons, des faux redressées, des couteaux. Guilhem dégaina son épée et fit signe à ses hommes de se mettre à couvert et de se tenir prêts à se défendre, mais le groupe passa près d'eux sans les voir. Ils arrivèrent dans une clairière où se trouvaient plusieurs huttes. Ingeburge vit alors des êtres immondes à visage humain se traîner dans la boue. Certains n'avaient plus de jambes et se déplaçaient en s'aidant de leurs bras seuls, d'autres, amputés de leurs mains, levaient au ciel des moignons sanguinolents. D'autres, enfin, les plus monstrueux, le visage mangé, sans nez, souvent sans lèvres, montraient leurs chicots, leur crâne à vif. Ils ne se défendirent pas contre la populace en colère et se laissèrent massacrer en murmurant des prières.

— Des lépreux ! dit Guilhem. Il faut fuir.

Ingeburge connaissait ces créatures du diable rejetées de partout, qui parcouraient la campagne à la recherche d'un morceau de pain sec ou d'une couenne en agitant leur clochette. La lèpre les rongeait lentement, grignotait leurs membres, épargnant les parties vitales. Il ne fallait surtout pas les approcher, la maladie n'épargnait personne ; elle sautait sur l'imprudent, qu'il soit serf ou prince, attendant parfois des années avant de se manifester. Son frère, Knut, avait ordonné que les villages de lépreux soient brûlés avec leurs habitants. C'était cruel, mais assurément la meilleure manière de protéger ses sujets.

La foule braillarde mettait le feu aux cabanes pendant que les hommes égorgeaient les malheureux qui en sortaient. Des enfants se mêlaient au massacre et achevaient à coups de pierres et de gourdins ceux qui agonisaient dans la boue.

— Vous n'allez pas laisser faire ça ! s'emporta Ingeburge, choquée.

— Venez, madame, dit le chevalier en faisant demi-tour avec son cheval et en donnant l'ordre aux autres de le suivre. Il n'y a rien à faire. Nous serions mis en pièces, nous aussi.

Ils s'éloignèrent rapidement. Bientôt les cris des assaillants et des agonisants ne furent plus qu'une rumeur lointaine. Ils empruntèrent une route empierrée, contournèrent des villages silencieux. Des hommes et des femmes vêtus de haillons nettoyaient les minuscules prairies des branches et des feuilles tombées pendant l'hiver. Dans les champs, on s'activait à préparer la terre pour les semailles du printemps. Le temps serait bientôt venu de semer les orges, les raves, les choux et autres légumes. Des serfs retournaient la terre à la pelle en bois. Dans les parcelles les plus grandes, un âne, rarement un cheval, tirait l'araire en érable pendant que des enfants arrachaient les mauvaises herbes. Le ciel était gris, un peu de bruine mouillait les vêtements, mais nul n'y prenait garde. Ces travaux préliminaires conditionnaient les futures récoltes, l'espoir de manger, même s'il faudrait attendre de longs mois avant d'en profiter. La fin de l'hiver était toujours la période la plus difficile. Le blé commençait à manquer. Les châtaignes se faisaient rares ; les vaches amaigries par le manque de fourrage donnaient peu de lait. Des familles entières erraient sur les chemins, frappant aux portes, qui restaient closes. Beaucoup mouraient d'épuisement.

Ingeburge et Guilhem poursuivirent en direction de la Normandie. Au bord de la Seine, protégés par des hommes en armes, des mariniers s'affairaient. Des chevaux tiraient de lourdes barques remplies de marchandises, du blé, de tonneaux de harengs salés, de vin. L'approvisionnement de la capitale s'organisait, mais on y manquait encore de tout. Les gardes du roi alliés à ceux du prévôt Guichard, les miliciens de quartiers, pourchassaient les pillards. C'était souvent de pauvres malheureux poussés par la nécessité de nourrir leurs enfants. Au début, on prenait la peine de les emprisonner, mais comme la place manquait on se contentait de les passer au fil de l'épée, sans jugement.

— Bon, décida Guilhem, nous allons dormir ici. On trouvera peut-être quelque chose à manger, mais il ne faudra pas hésiter à montrer l'épée. Les assassins pullulent.

Ils s'arrêtèrent dans une auberge où on leur fit comprendre qu'ils n'étaient pas les bienvenus. La nourriture était rare et le peu dont on disposait était réservé aux mariniers. Guilhem haussa le ton, s'annonça comme l'envoyé du roi. Sa force qui d'ordinaire avait raison de toutes les réticences ne fit pas changer d'avis le cabaretier.

La nuit tombait. Il devait trouver de quoi nourrir les chevaux ainsi qu'une chambre digne pour la reine. Ils tentèrent leur chance dans une nouvelle auberge qui donnait sur la Seine. Une agréable odeur de viande rôtie flottait dans l'air. Guilhem, le ventre vide depuis le matin, pensa que c'était la bonne occasion. Le tenancier était borgne. Son œil unique allait des uns aux autres avec méfiance.

— Je ne peux pas vous accueillir tous. Vous êtes trop nombreux.

Guilhem se planta devant lui et, les poings sur les hanches, le toisa du haut de ses six pieds. Puis il sortit de son surcot une bourse qu'il fit tinter devant l'homme.

— Il te faut nous accueillir, sinon, cela ira mal pour toi.

Le cabaretier expliqua qu'il attendait un convoi qui avait l'habitude de faire halte chez lui une fois par semaine. Mais comme il n'était toujours pas là il accepta de leur céder la priorité. Faisant tinter les pièces dans sa main, il donna l'ordre à deux jeunes garçons de s'occuper des chevaux.

— Pour dormir, je n'aurai pas assez de place. Il faudra vous contenter de l'écurie. Les mariniers dorment dans leurs barges. Je me contente de faire la cuisine.

— On s'arrangera ! trancha Guilhem. Commence par nous apporter du vin. Nous avons soif !

Ils se mirent à table. Ingeburge souriait près de Janot, qui mangeait avec appétit. Guilhem se goinfrait et buvait abondamment. Il n'avait pas la tête à plaisanter et gardait les yeux baissés sur les morceaux de viande posés au milieu d'une large tranche de pain qu'il engloutissait. Il vidait régulièrement son hanap et le tendait au garçon du service. Janot lançait des regards curieux à ce chevalier hors norme.

A la fin du repas, on décida d'aller se reposer pour partir le lendemain aux aurores. Il faisait froid ; le cabaretier avait débarrassé le grenier et pour quelques pièces en plus il proposa de le mettre à leur disposition. Guilhem ne discuta pas. Il ordonna à sa suite d'aller dormir dans le foin, puis invita la reine, Fouillade et Janot à le suivre dans l'escalier de bois qui craquait. Le maître des lieux, qui avait pourtant l'habitude des hommes forts, se demanda s'il avait eu raison de le laisser monter à l'étage dont les poutres n'étaient pas très solides. Ingeburge se plaça dans un coin, s'allongea sur des couvertures crasseuses en mesurant sa déchéance. Que faisait-elle dans ce grenier, à écouter la course-poursuite des rats ? C'était le prix à payer pour garder son titre de reine de France.

Janot s'assit un peu à l'écart de la jeune femme. Guilhem resta près d'elle et s'en justifia :

— Je suis responsable de votre sécurité. Je m'en voudrais s'il vous arrivait quelque mésaventure.

Il régnait une horrible odeur de pourriture. L'air était plein d'une poussière qui desséchait la gorge. Janot et Fouillade s'endormirent rapidement. Guilhem demeura éveillé. L'attitude du cabaretier avait éveillé ses soupçons. Il se rendait compte qu'en les enfermant dans cette pièce sans autre issue qu'une petite porte donnant sur un escalier étroit l'homme les avait transformés en proies faciles. Il avait dû remarquer qu'Ingeburge n'était pas une femme ordinaire ; la manière dont Guilhem s'adressait à elle avec respect ne lui avait apparemment pas échappé.

Ingeburge non plus ne dormait pas. Guilhem entendait sa respiration régulière et ses mouvements faisaient craquer les planches disjointes. C'était la première fois qu'il passait la nuit ainsi, près d'elle. Il ne voulait surtout pas en perdre un instant. La tentation de tendre la main, de toucher la sienne et de ne plus bouger lui faisait battre le cœur à tout rompre. Il se savait laid, repoussant, grossier, malappris. Il n'avait pas la tenue des beaux chevaliers que la jeune reine avait l'habitude de fréquenter, mais il était dévoué et son amour savait se contenter de peu.

Elle, de son côté, respirait l'odeur si particulière de Guilhem. Près de lui, elle ne redoutait personne. Il lui semblait que le diable lui-même n'oserait pas s'approcher. Et puis, sa présence la troublait. Elle avait entendu ce qu'il avait dit pendant sa maladie, elle n'avait pas compris son français approximatif, mais chaque mot brûlait d'un sentiment qui l'avait touchée.

Quand il finit par s'endormir, ses ronflements égayèrent la reine. C'était une musique de vie et d'espoir, mais chacun devait rester à sa place. Son amour ne pouvait aller qu'à un roi. A Philippe ? Peut-être ! La répulsion qu'il lui avait inspirée, sa maigreur dans sa robe de chambre trop grande, son crâne sans cheveux et cet œil fermé qui lui rappelait un conte monstrueux de son enfance, rien de tout cela n'était insurmontable. Ingeburge n'était pas née pour être heureuse.

Guilhem soupira, voulut bouger en silence, mais le moindre de ses mouvements réveillait le tonnerre. Les premiers bruits dans la cour et sur les bords du fleuve où l'on attelait les chevaux aux barges l'avaient tiré d'un sommeil lourd. Il se leva. Ingeburge se dressa sur les coudes. La lampe à huile éclairait son visage, mettait de la lumière dans ses yeux. Guilhem eut l'étrange impression que cette nuit partagée l'un près de l'autre les avait rapprochés. Elle lui sourit et il en fut tout illuminé.

Guilhem aurait pu emprunter le fleuve pour gagner du temps, mais il gardait un mauvais souvenir de son passage de la mer pendant la croisade. Lui qui pouvait avaler la moitié d'un sanglier sans éprouver la moindre gêne avait été terriblement malade. La tête en feu, il n'avait cessé de vomir et la moindre pensée de nourriture lui retournait l'estomac.

On irait donc à cheval, à travers la campagne boisée. Les collines autour du fleuve étaient couvertes de vignes. Une multitude de serfs s'activait à tailler les ceps. D'autres piochaient la terre entre les rangs. Des enfants rassemblaient les fagots de sarments qu'ils entassaient au bord du chemin.

Dans l'après-midi, alors que le soleil brillait et que la douceur de l'air laissait prévoir un printemps hâtif, ils arrivèrent à Château-Gaillard, près du village des Andelys. L'énorme forteresse construite par le roi Richard montrait la limite entre le domaine de Philippe II et celui de son cousin anglais. Guilhem admira longuement les tours dressées au-dessus d'une falaise qui surplombaient la Seine. La conquête de la Normandie passait par celle de cette place réputée imprenable.

Ils dépassèrent Les Andelys en suivant un chemin mal empierré qui s'enfonçait dans une forêt.

— Là est la limite du royaume de France ! dit Guilhem. Nous voici chez l'Anglais.

Ingeburge avait beaucoup entendu parler de Jean sans Terre. Tant de rumeurs couraient sur ce fils d'Aliénor d'Aquitaine qui aurait vendu son âme au diable. On le disait fourbe, corrompu, parjure. Ingeburge frissonna.

— Pourquoi serais-je plus en sécurité ici qu'en mon propre royaume, messire Guilhem ?

— Ici ne sévit pas le terrible interdit du pape. Vous pourrez entendre la messe, communier et prier sans avoir besoin de vous cacher. Le son rassurant des cloches vous réveillera le matin. Personne ne viendra vous accuser d'être à l'origine de tous les maux de la terre.

Ils atteignirent un village construit sur la pente ensoleillée d'une colline couverte de vergers. Sur la droite, attenant à la forêt un bâtiment en pierres blanches offrait sa façade au sud et au fleuve dont on apercevait le miroitement entre de grands peupliers.

— Nous voici au monastère de Ballanquet ! annonça Guilhem.

Ingeburge fit la grimace. De toute sa vie, ne serait-elle bonne qu'à vivre dans des monastères avec des sœurs aigries et jalouses !

— C'est encore dans ce lieu froid et plein de haine où je vais attendre le bon vouloir de mon époux ?

— Non, ma reine, ce monastère n'est pas comme les autres. Il est tenu par mère Marguerite, une femme de la plus haute noblesse qui a reçu la générosité en don de Dieu.

Elle n'insista pas. Elle allait de nouveau écrire au pape, à son père, à l'empereur. Peut-être écrirait-elle aussi à l'ennemi de Philippe, Jean sans Terre, pour lui demander secours. Puis elle se ravisa : le roi Jean n'était pas un bon soutien. Par contre, elle n'hésiterait pas à écrire à Aliénor. Bien que très âgée, celle qui avait été l'égérie de la poésie occitane avait encore du pouvoir.

— Votre oncle Bernart vous a-t-il parlé de cette duchesse qui fut la belle-mère de mon époux ? demanda-t-elle tout à coup.

— Oui, répondit Guilhem. Il l'avait beaucoup aimée.

Cette réponse contenta Ingeburge, qui crut y lire un sentiment analogue chez son compagnon.

Devant la porte du monastère, ils furent accueillis par des religieuses vêtues d'un blanc immaculé. Elles les attendaient, Fouillade ayant fait préparer les lieux pour la reine de France. La mère Marguerite, femme encore jeune et distinguée, avait des manières de cour, ce qui n'allait pas avec son état de religieuse. Son sourire, ses yeux qui exprimaient une joie profonde plurent d'emblée à Ingeburge.

— Je connais bien votre histoire, dit mère Marguerite. Dieu m'interdit de juger qui que ce soit, mais sachez qu'ici vous serez traitée selon votre rang. Je vais vous conduire chez vous.

Une aile du bâtiment était réservée à la reine déchue. Celle-ci se demanda s'il n'y avait pas derrière cela un stratagème de Philippe II. Elle se contenta néanmoins d'échanger un regard étonné avec Guilhem.

Une dizaine de servantes avaient été attachées à son service. Dans la salle richement décorée où elle entra flambait un grand feu qui maintenait une agréable chaleur.

— La cour en contrebas est vôtre, précisa mère Marguerite. Des cuisines ont été aménagées pour que votre cuisinier prépare vos repas selon votre goût. Personne ne viendra vous importuner. Vous pourrez recevoir qui vous souhaitez. J'aurai grand honneur à venir vous tenir compagnie chaque fois qu'il vous plaira. Vous pourrez assister aux offices et aux prières selon votre désir.

Mère Marguerite s'éloigna avec ses suivantes, laissant Ingeburge à sa brigade de serviteurs. Déjà, on apportait ses effets. Guilhem aurait voulu rester, mais le roi lui avait donné l'ordre de ne pas s'attarder. Il avait besoin de lui pour d'autres missions, en particulier pour maintenir l'ordre dans Paris. Quand il voulut prendre congé, Ingeburge l'accompagna jusqu'à son cheval.

— Revenez me voir souvent, messire. Votre présence m'est agréable.

Guilhem s'inclina, salua Janot, avant de prendre les brides de sa monture.

— Dites à mon époux que je me languis de lui, ajouta la reine pour tempérer son premier propos.

Elle s'éloigna vivement. Elle était heureusement surprise. Son lieu de résidence était autrement plus luxueux qu'à Chantilly, et les servantes mises à son service, des filles du village voisin, étaient pleines d'attention pour elle, cherchant à se montrer dignes du privilège qui leur était donné de servir une reine.

Le printemps était enfin revenu. Les jours s'allongeaient ; les laboureurs se parlaient d'un champ à l'autre. Les bergères chantaient derrière leurs troupeaux, les charretiers encourageaient les attelages. Au monastère, la vie allait son train habituel. Ingeburge vivait dans un agréable confort. Mère Marguerite lui rendait de fréquentes visites. Cette femme d'une quarantaine d'années éprouvait le besoin de se confier, de raconter sa vie d'avant. Fille cadette du comte d'Evreux, elle avait dû prendre le voile pour obéir aux volontés de son père. Mais elle n'était pas faite pour la vie monastique. Les contraintes de son état lui pesaient, pourtant sa nature généreuse, au lieu de la pousser à la révolte, la tournait vers les autres. Outre la prière, les sœurs s'adonnaient à de nombreuses activités qui agrémentaient leur séjour. Mère Marguerite disait que Dieu ne demandait pas tous les sacrifices à ceux qui lui confiaient leur vie. A Ballanquet, on jouait de la musique, on chantait et, quand il faisait beau, on se promenait dans un immense jardin où l'on pouvait s'occuper des fleurs et des plantes potagères.

Ingeburge retrouvait ses habitudes anciennes. Sa fortune lui permettait d'entretenir un personnel à la hauteur de son rang. Elle écrivait beaucoup. Elle chantait dans la chorale de mère Marguerite. Les jours défilaient, agréables, même si elle savait que cela ne durerait pas. Le pape lui avait écrit que l'interdit sur la France n'était qu'une première étape pour faire fléchir le roi, et qu'il envisageait de nouvelles sanctions beaucoup plus contraignantes. Pour éviter que Philippe ne fasse circuler des contre-vérités, il avait chargé les prêtres de dénoncer l'attitude du roi. Ainsi, le peuple grondait et la force était de plus en plus souvent utilisée pour mater les révoltes. On pendait les meneurs. Et tout rentrait dans l'ordre pour quelque temps.

Ingeburge apprit la maladie de son père au début du mois d'avril. Elle en fut très affectée car son frère ne lui avait pas caché qu'il n'y avait aucun espoir de guérison. Le nouveau roi de Danemark demandait à la jeune reine de ne pas fléchir, de conserver tout son courage puisque Dieu l'entendait et restait de son côté. Le pape l'avait bien assuré que le remariage de Philippe était nul et qu'il serait contraint de la reprendre sous peine d'être lui-même excommunié.

Elle hésita longtemps avant d'écrire à Guilhem. Chaque fois qu'elle prenait la plume, quelque chose d'indicible la retenait. Guilhem l'aimait, un sentiment qu'elle ne pouvait que combattre. Ses émissaires lui rapportaient tous les faits de la cour. La grande préoccupation de Philippe était le mariage de son fils avec Blanche, la fille du roi de Castille.

Au début du mois de mai 1200, Philippe II envoya une délégation de chevaliers pour accueillir et escorter la future reine au pied des Pyrénées. Guilhem était naturellement du convoi. Le roi lui avait fait ses recommandations. Il soupçonnait le pape et Jean sans Terre de chercher à faire rater l'opération. Guilhem reçut la lettre d'Ingeburge juste avant son départ.

Messire Guilhem, je tiens à vous rassurer. Mon séjour à Ballanquet est fort agréable. Mère Marguerite est la plus adorable personne que je connaisse. Dites à mon époux que je l'attends et prie pour lui chaque jour.

Il en fut surpris et heureux au point de manifester bruyamment son allégresse. Le roi se méprit ; il crut que le voyage dans le Sud en passant par ses terres d'Oc était à l'origine de son contentement.

Guilhem s'abstint de détromper Philippe. Il espérait une lettre plus personnelle, mais cette marque d'intérêt lui convenait. Il devait lui répondre, ce qu'il fit aussitôt, pendant que les gardes préparaient le voyage vers le sud pour accueillir la future reine âgée de douze ans :

Madame, je pars dès demain pour accueillir l'épouse de notre prince Louis. Mes pensées…

La plume s'arrêta net. Il hésita, se reprit :

Avant de partir, je verrai le roi et lui ferai part de vos prières et de votre attente.

Il plia le parchemin, le tendit ensuite à Fouillade, qui se tenait prêt à dépêcher un émissaire. Il n'était pas satisfait.

Lui qui savait écrire de si belles chansons s'était montré incapable de trouver les bons mots pour Ingeburge. Il aurait voulu faire comprendre à la reine qu'elle occupait ses pensées et qu'il avait hâte de la revoir. Guilhem était conscient que cet amour insensé ne pouvait le conduire qu'à la déchéance, mais il l'acceptait.

Il arriva à Bordeaux par un temps radieux. Le 9 mai, les bateaux battant pavillon castillan accostèrent au port. Pour Blanche de Castille commençait une nouvelle vie dans un pays inconnu. La toute jeune fille était apeurée par cette nuée de chevaliers, de serviteurs qui ne parlaient pas sa langue. Guilhem et la délégation du roi de France l'accueillirent avec empressement.

Au bout de quelques jours pendant lesquels Blanche se remit lentement des fatigues et des peurs de la mer, l'évêque de Noyon, en charge de l'opération, donna l'ordre de partir vers le nord et le royaume de France. Son voyage sans retour, loin de sa douce Castille, de la cour de son père où il faisait si bon vivre, terrorisait la future mariée. Elle avait bien vu des portraits de son futur époux. Elle le trouvait assez beau, avec un regard agréable, mais quel compagnon serait-il ?

La délégation conduite par Guilhem fut de retour le 20 mai à Paris, où elle ne s'arrêta qu'une nuit avant de poursuivre vers la Normandie. La vieille Aliénor, qui diligentait tout, avait proposé que le mariage se déroulât en terre étrangère puisqu'il ne pouvait avoir lieu dans la capitale, où les sacrements étaient interdits. Jean sans Terre proposa le château de Montfort pour une première cérémonie un peu bâclée, mais on se rattraperait à Paris dès que le pape aurait levé sa sentence. Pour montrer ses bonnes intentions et sous l'influence de sa mère, le roi d'Angleterre, en qui Philippe n'avait aucune confiance, se constitua prisonnier pendant toute la durée des festivités.

Le mariage eut lieu le 23 mai 1200, célébré par l'archevêque Elie de Maubuisson. Ce ne fut qu'au moment d'entrer dans l'église, trop petite pour contenir tout le monde, que Blanche de Castille put approcher son époux. Elle le trouva plus beau que sur ses portraits, avec un sourire agréable, un regard plein de douceur. Cette bonne impression en resta là puisque Blanche ne comprenait pas un mot de français et que Louis ignorait le castillan. Ils n'étaient encore que deux enfants qui allaient se jurer amour et fidélité sans même savoir ce que cela signifiait. Plusieurs astrologues avaient découvert que cette date était particulièrement favorable. Leur union serait heureuse et ils auraient de nombreux et beaux enfants.

Mais la fête fut de courte durée. Magnanime, Philippe avait ordonné la libération de Jean sans Terre afin qu'il participât au banquet ; il connaissait suffisamment son cousin pour l'imaginer capable des pires projets. L'Anglais n'aurait-il pas caché une garnison dans la forêt voisine afin de profiter de l'occasion pour s'emparer du roi de France ?

Il y eut peu de réjouissances. On avait été pris de court, et on n'avait pas trouvé de bons musiciens. Il fallut se contenter de chanteurs locaux qui s'exprimaient dans une langue comprise par de rares courtisans. Alors, sous les invectives de Jean sans Terre et de sa troupe de ribaudes, le laisser-aller devint général. On chantait des chansons de charretiers, et le roi d'Angleterre, une fille sur chaque genou, s'en donnait à cœur joie sous les yeux étonnés de Blanche de Castille, habituée aux élégantes fêtes de son lointain château. Philippe ne fit aucune remarque et resta de marbre quand son cousin l'invita à participer aux amusements. Il mangeait très peu ; le vin ne l'avait jamais rendu gai ; c'était un taiseux, seulement préoccupé par les affaires de l'Etat. Le Plantagenêt était tout le contraire. Il aimait la luxure et le sang. Ses réjouissances se terminaient souvent mal pour les pauvres filles qu'il avait fait chercher dans les lupanars. Les tortures infligées à ces pauvresses lui procuraient une jouissance sans égale.

A la fin du banquet, Philippe, fiévreux, regagna sa chambre, qu'on avait fait préparer à la hâte dans le château délabré. Il y régnait une odeur de plâtre et de tentures lavées précipitamment. Le lit était ancien, son matelas trop dur. Ses trois médecins firent allonger le roi. L'un d'eux prépara le scalpel et la petite coupe pour une saignée salutaire. Guilhem, debout au milieu de cette pièce, mal à l'aise parmi ces savants qui parlaient latin, attendait les ordres. Agnès, assise au chevet de son époux, lui caressait le front.

Le lendemain, le roi repartit à Paris. Jean sans Terre s'attarda dans cette province si riche que convoitait son cousin et pour laquelle ils allaient se faire bientôt la guerre. Philippe était sombre : Jean n'avait cessé de le provoquer tout au long de la soirée, et il était déterminé à le lui faire payer. L'Anglais devenait l'oncle de son fils ; ce n'était pas pour autant qu'il lui abandonnerait la Normandie et l'Aquitaine. Et puis il y avait le Midi, embrasé par l'hérésie cathare. L'alliance avec la

Castille était surtout une occasion de se réconcilier avec Innocent III.

Philippe et la cour retrouvèrent un Paris déserté. Les gens s'enfermaient chez eux le soir venu, tant les rues étaient infestées de démons prêts à en découdre. Le diable avait pris possession de la capitale, malgré les messes dites en cachette dans les caves par des prêtres qui en profitaient pour se faire payer très cher. Le chantier de la cathédrale ne manquait pas de volontaires qui espéraient ainsi se rapprocher de Dieu. La protection des gardes de la prévôté permettait aux bateaux de ravitaillement et aux convois de blé d'entrer dans la ville. Mais les prix avaient flambé ; seuls les plus riches pouvaient manger à leur faim. Une foule de mendiants parcourait les rues. Des bandes d'enfants menaçaient les bourgeois, entraient dans les maisons par les moindres ouvertures. Ils savaient où trouver les provisions les mieux cachées.

Les gardes de la Cité surveillaient les alentours du palais. Une foule considérable attendait les jeunes mariés. Un banquet était prévu car Philippe n'avait pas accepté d'être obligé de marier son fils à la sauvette hors de son domaine. Mais Paris ne se parerait pas de fleurs, il n'y aurait pas de fontaines à vin, pas de réjouissances publiques. Le peuple grognait. La colère était palpable et beaucoup ne se gênaient pas pour accuser le roi de leur malheur.

Le chant des oiseaux remplaçait celui des cloches. Philippe passait la plus grande partie de ses journées dans sa grande pièce surchauffée. Le pape venait de lui écrire de nouveau, pour la même requête. De plus, sitôt le dos tourné, Jean sans Terre, flairant une faiblesse du roi de France, remettait en cause son serment d'allégeance pour la Normandie. Philippe devait agir, mais comment espérer une victoire sans l'appui du pape et surtout de Dieu, qui le condamnait ? Le mariage de Louis avec Blanche de Castille ne changeait rien à la situation, même si la vieille Aliénor, en dépit de son aveuglement maternel, savait diriger son fils brouillon. Guérin, en politique retors, avait conseillé à Philippe de mettre à profit les droits d'Arthur, héritier du duché de Bretagne et potentiel prétendant au trône d'Angleterre puisqu'il était le petit-fils d'Henri II. Cela pouvait être une solution.

Innocent III était tenu au courant des événements dans toutes les cours d'Europe. Il entretenait une armée d'espions qui vivaient dans le voisinage des rois et pouvait ainsi agir rapidement dès que les intérêts de l'Eglise ou les siens propres étaient menacés. Seul le roi de France lui tenait tête. Inacceptable pour ce jeune pape autoritaire. L'affaire de Normandie lui donnait enfin l'occasion de frapper fort et de faire plier Philippe.

Innocent lui envoya une nouvelle lettre lui enjoignant de répudier Agnès de Méranie, « l'épouse ajoutée », lui laissant entendre qu'après l'alliance avec la Castille il saurait ramener Jean sans Terre à de bonnes dispositions. Mais Philippe, aussi orgueilleux que le pape, considérait qu'il n'avait de comptes à rendre à personne sinon à Dieu. Il ne prit même pas la peine de répondre à Sa Sainteté. Sous l'impulsion d'une de ses colères habituelles il ordonna que les prêtres et évêques qui suivaient l'ordre d'interdit soient emprisonnés et leurs biens confisqués. Le gros Guillaume de Champagne évoqua les foudres de l'enfer qui, à l'en croire, menaçaient le roi, puis il insinua que les prêtres pouvaient monter le peuple contre lui. Philippe, dans un nouveau coup de sang, renversa chaises et coffres autour de lui, brisant les écuelles et les plats en terre cuite.

Après quelques instants, il retrouva la raison. Ses conseillers lui firent comprendre que l'opposition au pape l'isolait de ses alliés. Surtout elle l'affaiblissait face à Jean sans Terre et à l'empereur, qui n'attendaient qu'une occasion pour lui déclarer la guerre. Il se résolut à répondre à Innocent III, lui annonçant qu'il attendait son légat afin de régler leur différend au plus vite.

Décidé à faire bonne figure, il reçut avec tous les honneurs le cardinal Octavien, aussitôt accouru de Rome.

L'été était chaud en cette année 1200. Les murs d'enceinte se construisaient ; des milliers d'ouvriers s'affairaient à transporter les blocs de pierre sur des charrettes tirées par des bœufs, d'autres taillaient des moellons, perçaient des meurtrières. Les tours de garde transformaient le paysage. Bientôt, on ne pourrait plus circuler librement entre la campagne voisine et la ville qui se tassait autour de l'île de la Cité et sur les berges de la Seine. Notre-Dame, malgré plusieurs éboulements, dominait les toits. Philippe avait lancé un grand chantier de rénovation du Louvre. On y construisait une énorme tour blanche. La ville entière bruissait des coups de burin des tailleurs de pierres.

Un soir, alors que la nuit tombait lentement sur l'île de la Cité, un cavalier arriva à bride abattue au château. Une haute capuche noire cachait son visage.

— Je veux voir messire Guilhem.

Les gardes se concertèrent. A sa voix, ils devinèrent qu'il s'agissait d'un tout jeune homme.

Comme il s'impatientait, celui qui semblait être le chef des gardes lui demanda :

— C'est à quel sujet ?

— Il faut que je parle à messire Guilhem, c'est urgent ! répliqua le jeune homme en haussant le ton.

— A cette heure, il doit être à la taverne que tu vois là-bas, en contrebas du palais.

Le cavalier fit faire demi-tour à sa monture et se rendit droit à l'estaminet.

Il poussa précipitamment la porte et se retrouva dans une vaste salle à l'odeur de graisse cuite, où une multitude d'ouvriers des remparts, de tanneurs et de garçons bouchers s'acoquinaient avec des ribaudes. Une voix tonitruante domina le bruit :

— Mais c'est Janot !

Guilhem s'était levé aussitôt en reconnaissant le jeune protégé d'Ingeburge. Il marcha vers lui sans se préoccuper de ceux qu'il bousculait.

— Monseigneur, dit Janot d'une voix anxieuse, Ingeburge a besoin de vous ! Elle est malade, monseigneur, mais d'une maladie bien curieuse !

— Attends, viens là, tu vas m'expliquer. Reprends ton souffle, lui enjoignit-il avant de crier : Tavernier, apporte à boire et à manger à ce garçon qui a chevauché pendant des heures !

Guilhem entraîna Janot dans un coin de la pièce où se trouvait une table libre. Il s'assit lourdement, faisant craquer la chaise. Janot resta debout.

— On n'a pas le temps, monseigneur, c'est urgent ! La reine souffre d'un mal… comment dire, d'un mal provoqué !

— Qu'est-ce que tu me racontes ? Ingeburge aurait été…

— Empoisonnée, oui, je le crains !

Janot avait pour Ingeburge un dévouement total. Depuis qu'elle l'avait sauvé d'une mort certaine, il la voyait comme la mère inaccessible qu'il n'avait jamais eue, une bonne fée à qui il devait tout. Pour elle, il écoutait aux portes, surveillait les allées et venues au monastère, rendait service. Tout le monde l'aimait bien. Il obtenait les confidences des uns et des autres, prêchait le faux pour apprendre le vrai, car son instinct infaillible lui soufflait que celle qu'il considérait comme l'incarnation de la Sainte Vierge était en grand danger.

— Oui, empoisonnée. Mais lentement, pour qu'on croie à une maladie ordinaire. Elle a commencé par avoir une indisposition d'entrailles voilà une huitaine de jours. Puis des vomissements. Ce matin, elle se plaignait de douleurs horribles et se tordait dans son lit. Je crains qu'il ne soit déjà trop tard…

— Dis-moi, as-tu vu un peu de bave blanche couler de sa bouche ?

— Comment le savez-vous ? Oui, de la bave coulait ce matin avec une curieuse odeur.

— Alors, il n'y a pas un instant à perdre ! tonna Guilhem.

Il courut au palais, bouscula les gardes qui s'imaginaient pouvoir l'empêcher d'accéder aux appartements privés à une heure où Philippe ne recevait personne. Il entra dans la pièce où, en compagnie d'Agnès, le roi soupait. S'il avait l'habitude des manières sans gêne du chevalier, cette fois le roi estima qu'il dépassait les bornes.

— Ventadour, qui vous a autorisé à entrer céans ?

— Sire, répliqua Guilhem de sa voix tonitruante, il y a urgence : Ingeburge est en train de mourir d'empoisonnement !

Philippe en laissa échapper son couteau. Le battement des longs cils d'Agnès ne lui échappa pas. Il se doutait qu'elle cherchait le moyen d'éloigner celle qui se dressait entre eux, mais il ne la croyait pas capable d'aller jusqu'à l'empoisonner. Il poussa une sorte de rugissement. Agnès se leva vivement et recula.

— Nous partons, dit le roi. Tout de suite. Faites appeler votre dame de compagnie.

— Mais, sire, à cette heure ?

— Oui, et vous venez avec moi !

— Pourquoi, sire ? Ma présence n'est pas indispensable ! Et puis notre enfant que je porte…

— Nous en avons déjà deux. Point n'est besoin d'ajouter un troisième bâtard, répliqua le roi, hors de lui. Vous venez, cette affaire vous concerne.

Il en usait ainsi parce que plusieurs valets payés pour espionner Agnès lui avaient rapporté ses conversations avec Gertrude, qui ne laissaient planer aucun doute sur ses intentions. A cet instant, il regrettait de ne pas avoir sévi plus tôt. Si Ingeburge mourait, ce serait de sa faute !

— Mais, sire, qu'allez-vous croire ?

— La vérité, madame, la terrible vérité !

Il hurla des ordres. Quelques instants plus tard, les chevaux harnachés attendaient dans la cour. Agnès arriva, enveloppée dans un épais manteau. La nuit était claire, mais fraîche.

— Madame, Gertrude fait partie du voyage.

Des valets rentrèrent précipitamment dans le château. Quelques instants plus tard, la vieille femme arriva, soutenue par deux servantes. Tirée sans ménagement de son sommeil, elle dardait autour d'elle un regard terrifié.

— Dépêchez-vous ! cria le roi. Vous allez accompagner ces dames, ajouta-t-il à ses gardes. Ventadour et moi partons devant.

Ils piquèrent leurs chevaux, accompagnés par trois gardes. Le roi allait en tête, Janot à ses côtés. Guilhem, sur son gros animal, avait du mal à suivre. La lune s'était levée et ils distinguaient nettement la route blanche qui s'éloignait des nouvelles fortifications.

Au bout de deux heures d'une course effrénée, un des gardes s'écria :

— Sire, il faut faire une halte, mon cheval va s'effondrer sous moi !

Ils aperçurent une auberge en bordure d'un village. Les gardes frappèrent à la porte. Des chiens se mirent à aboyer.

— Ouvre, ordre du roi de France !

— Et pourquoi pas du pape ? répondit l'homme à sa fenêtre.

Guilhem voulut enfoncer la porte avec son épaule, mais le bois de chêne résistait. Voyant qu'il avait affaire à des gens décidés, le cabaretier cria qu'il allait ouvrir. C'était un vieillard bossu et chauve, tenant à la main une lampe à huile à la lueur vacillante. Ses deux fils, de solides gaillards, se placèrent près de lui.

— Il nous faut des chevaux, dit Guilhem en faisant sauter une bourse d'une main à l'autre. On a de quoi payer.

Le cabaretier regardait la bourse en cuir de veau dans laquelle tintaient des pièces.

— Venez, dit un des fils en allumant une lanterne.

L'opération fut rapidement menée. Le roi s'impatientait et ne discuta pas la somme à payer, lui que l'on savait pourtant économe. La troupe repartit aussitôt, laissant le cabaretier et ses fils heureux d'avoir gagné en quelques instants plus qu'en tout un mois.

La course éreintante reprit. Ils dépassèrent la forteresse des Andelys, frontière avec la Normandie, située à moins de trois lieues du monastère de Ballanquet, qu'ils atteignirent au petit jour. Le roi ne montrait aucun signe de fatigue et se mit à marteler la porte. Les sœurs hésitaient à ouvrir.

— Qui êtes-vous ? demanda mère Marguerite d'une fenêtre à l'étage.

Puis, apercevant les gardes, bassinet sur la tête et armés de lances, elle ajouta :

— Passez votre chemin !

— Je suis le roi de France, s'annonça Philippe. Si vous n'ouvrez pas immédiatement, je fais enfoncer la porte par mes gardes !

Mère Marguerite demeura un moment incrédule. Cet homme couvert de boue n'avait pas la majesté qu'elle prêtait au roi de France. Elle remarqua son œil borgne, hésita. Enfin, elle reconnut Janot, ce qui la mit en confiance. Elle donna l'ordre d'ouvrir.

— Comment va Ingeburge ? s'enquit aussitôt le roi.

Mère Marguerite se tourna vers Janot, resté en retrait.

— Venez, sire, dit le jeune homme précédant le roi dans le corridor.

Mère Marguerite les rattrapa de son petit pas nerveux, les mains jointes dans un tremblement qu'elle ne pouvait maîtriser.

— Madame Ingeburge ne va pas bien ! Les potions de maître Cousin n'ont rien fait. Elle souffre d'un dérangement d'entrailles comme il y en a beaucoup en ce moment au village...

— Les empoisonneurs ! cria le roi, hors de lui. Je veux les empoisonneurs !

Mère Marguerite ne sut trouver de réponse à cette monstrueuse affirmation. Elle était la candeur même, ne voyait le mal nulle part. La présence inopinée du roi lui faisait redouter des représailles. Cette femme qui avait eu une autre vie avant de devenir religieuse aspirait à la tranquillité.

Une fois dans la chambre de la malade, une horrible odeur de pourriture surprit Philippe, qui s'approcha du lit. Ingeburge était inconsciente. Un peu de bave blanchissait le coin de ses lèvres et coulait en filets gras sur ses joues. Elle respirait bruyamment.

— Madame, je vous jure que justice sera faite ! fit le roi.

Puis il demanda Ventadour.

On entendit du bruit dans la cour, une voix puissante s'emporter contre un valet, enfin un pas lourd dans l'escalier.

— Sire, me voilà ! Par Dieu, j'ai bien cru que mon cheval ne me porterait pas jusqu'ici et que je serais obligé de terminer à pied !

Guilhem vit alors Ingeburge. Il se pencha sur la couche odorante et murmura :

— Cette odeur...

— Ventadour, s'écria le souverain, vous m'avez sauvé de la suette, sauvez madame Ingeburge !

— Sire, cette odeur je l'ai déjà sentie à Ventadour, à une époque où on maniait assez facilement le poison. Il me faut du lait, beaucoup de lait. Fouillade, où es-tu encore ?

Fouillade arriva en courant, essoufflé.

— Va me chercher les herbes que tu connais...

— Ce n'est pas la saison, monseigneur, mais j'ai une fiole qui...

Guilhem s'empara du flacon, le déboucha, huma l'odeur âcre du liquide brun.

— Ça devrait aller !

Le roi montrait son impatience. Mère Marguerite lui proposa d'aller se restaurer, et donna des ordres en ce sens. Philippe marmonna quelque chose. La colère semblait s'éteindre dans son œil gauche. Ressentant tout à coup le poids de la fatigue, il suivit la mère dans une pièce qui servait de réfectoire. Il s'assit sur la première chaise, près d'une longue table couverte d'une fine nappe blanche. On lui apporta de la soupe fumante, des œufs, du pain et du vin. Il n'y prêta aucune attention. Le regard perdu dans le vague, il avait l'air comme absent.

Un bruit proche lui fit tourner la tête. Un jeune valet au visage rongé par la petite vérole, aux cheveux hirsutes, se mit à genoux et joignit ses mains.

— Sire, pitié ! Je ne veux pas aller en enfer !

Il pleurait à gros sanglots qui soulevaient ses épaules. Les gardes du roi s'étaient placés autour de lui car ils redoutaient que le jeune homme cache une arme sous son bliaut. Ne cherchant pas à se relever, il poursuivit :

— Sire, demandez à Dieu de me pardonner. Prenez ma vie.

Janot entra à son tour et s'approcha du garçon.

— Berron, mon ami, que se passe-t-il ?

— Je t'ai menti, Janot. Je suis maudit !

Le roi leva la main, agacé. Sa paupière droite se souleva.

— Parle, Berron ! Dis-moi tout si tu veux être pardonné.

— C'est parce que ma mère est malade. Et qu'elle ne peut pas travailler. On m'a donné de l'argent, beaucoup d'argent, alors j'ai trahi mère Marguerite, qui me faisait confiance. J'ai apporté les repas de la reine… et je savais qu'ils n'étaient pas bons !

Le roi n'eut aucune réaction, comme s'il n'avait pas entendu. Berron gémissait, toujours à genoux. Il releva brusquement la tête.

— Faites-moi tourmenter, sire, implora-t-il. Je dois mourir dans la plus grande douleur pour que Dieu me pardonne. Je ne veux pas aller en enfer !

— Relève-toi, fit enfin Philippe.

Janot aida son ami à se mettre sur ses jambes.

— Je veux les noms…

Berron avala un sanglot, la tête baissée, murmura :

— J'ai surpris une conversation. Ils m'ont menacé de me tuer si je parlais. Mais je préfère mourir qu'aller en enfer pour toujours…

— Les noms, insista le roi en grattant sa barbe du bout de l'index droit.

— Il y a Machaud, celui qui apporte les légumes, Donard, le cuisinier, et Fanchou, qui travaille avec lui, a fourni les herbes…

— Qu'on aille les chercher ! ordonna le roi d'une voix ferme.

On courait dans le couloir. De valets parlaient dans la cour. Un cheval hennit avec une telle force que tout le monde sursauta. Philippe, qui avait froid, demanda qu'on fasse du feu. Aussitôt des hommes d'écurie arrivèrent avec des fagots. Ils allumèrent un brasier dans la grande cheminée, qui ne servait jamais. En effet, on séjournait très peu dans cette vaste pièce aux multiples courants d'air.

Guilhem se fit annoncer et s'inclina devant le roi.

— La reine a avalé un contrepoison. Elle semble plus calme.

— Je l'espère. Si elle meurt, je te fais pendre !

— Sire, je…

— Suffit ! répliqua Philippe, qui n'était pas d'humeur à bavarder.

Puis il ajouta, en direction de mère Marguerite :

— Qu'on aille chercher des tourmenteurs et un bourreau.

— Sire, ici ce n'est pas un lieu pour tourmenter ou exécuter les gens…

— Obéissez ! trancha le roi d'une voix cassante.

Quelques instants plus tard, on annonça Machaud. C'était un gros homme à la respiration bruyante. On ne lui avait pas laissé le temps de poser son tablier plein de terre. Il envoyait autour de lui des regards terrorisés. Vint ensuite Fanchou, en pleurs. Maigre, très brun, une épaisse barbe noire couvrant son visage, on ne voyait que ses yeux larmoyants. Il voulut se mettre à genoux devant le roi, mais les gardes l'obligèrent à rester debout.

— Sire, je n'y suis pour rien !

D'un geste de la main, le roi imposa le silence.

En dernier apparut Donard, petit, les jambes tordues. Sa grosse tête chauve semblait trop lourde pour son corps frêle d'à peine cinq pieds. Il jeta un regard méchant à Berron et Janot, en retrait. Le roi demanda alors :

— Que font les tourmenteurs ?

Il fallut attendre encore un long moment dans un silence pesant. Enfin, trois hommes, un maître boucher et ses apprentis, se présentèrent. Ils avaient été réquisitionnés alors qu'ils dépeçaient un bœuf devant leur boutique. Leurs longs surcots blancs maculés de sang frais leur donnaient un aspect sinistre.

— Où sont vos outils ? demanda le roi.

— Quels outils, sire ? s'enquit le boucher.

— Qu'on apporte le nécessaire des cuisines ! lança Philippe.

Quelques instants plus tard, un valet de bouche apportait des couteaux, des hachoirs, des tiges métalliques pour la cuisson à la flamme des grosses pièces de viande.

Le roi tapotait sa joue droite du bout des doigts. Le boucher regardait, effaré, un des gardes planter les broches dans les braises de l'âtre.

— Je vais tout vous avouer ! s'empressa Machaud. Je vous en supplie, ne me tourmentez pas !

— Alors je t'écoute !

— C'est Fanchou qui m'a parlé d'une manière de gagner facilement de l'or. Il m'a demandé de mettre un peu du liquide d'une fiole dans les repas de la reine Ingeburge.

— Et pourquoi as-tu obéi ?

Fanchou voulait protester. Les gardes, sur un signe du roi, l'obligèrent à se taire.

— L'or… Je suis un misérable. Ayez pitié d'un pauvre père qui a neuf enfants, dont trois habités par le Mauvais. Il m'avait assuré que c'était un médicament pour que madame Ingeburge supporte mieux le froid !

— Et l'or t'a poussé à le croire… ! s'emporta Philippe. Et toi, Fanchou, tu as cru aussi que c'était pour le bien de la dame Ingeburge ?

— Oui, sire, je le jure sur les Evangiles.

— Bien, bien, dit le roi.

Puis, s'adressant à Donard :

— Toi aussi, bien sûr, tu as pensé à la santé de madame Ingeburge. Où as-tu trouvé ce médicament ?

Donard gardait la tête baissée.

— Tourmenteurs, aidez-le à se souvenir.

Le maître boucher hésita un instant avant d'arracher les vêtements de Donard, découvrant un torse abondamment velu. Il prit dans l'âtre une tige métallique dont la pointe rougie crépitait en petites étincelles. Donard ne broncha pas. La pointe s'approcha de sa poitrine. Des poils se mirent à griller avec un petit bruit. L'homme, maintenu par deux gardes, serrait les dents, crispait son visage, mais ne disait mot. Le roi pensa qu'il était courageux et qu'il aurait pu faire un bon chef de bataille.

Le maître boucher appliqua plusieurs fois la pointe rougie sur la poitrine. Donard se tortillait, émettait des cris étouffés.

— Tu ne veux pas parler ? demanda le roi. Libre à toi. Demain, tu seras écartelé entre quatre chevaux. En attendant, boucher, prends ton couteau et démembre-le !

Cela consistait à couper les tendons et sortir de leur logement les os des bras et des jambes. Donard, en voyant la lame s'approcher de son épaule, eut un geste de recul.

— J'y suis pour rien ! hurla-t-il. Ce sont des hommes venus de Paris qui m'ont payé !

— Voilà que tu retrouves la parole, fit le roi. Qui donc étaient ces hommes de Paris ?

— Ils venaient du palais. Ils m'ont dit qu'ils étaient envoyés par une dame très proche de la reine, qui se préoccupait de la santé de madame Ingeburge !

Le roi inspira profondément. Jusqu'à cet instant il avait espéré se tromper, mais la vérité venait d'éclater. Il ne pouvait reculer.

— Qu'on les enferme tous ! ordonna-t-il car il n'aimait pas les scènes de torture. Que tout le monde sorte !

Une fois seul, le roi demeura un moment à se chauffer le visage au feu qu'un valet avait ranimé avant de sortir. Il bâilla. Son chien lui manquait. Il frappa dans ses mains, un garde se présenta.

— Fais appeler Ventadour.

Ce dernier arriva aussitôt, comme s'il attendait derrière la porte qu'on lui fît signe. Philippe, sans quitter les flammes des yeux, l'interrogea :

— Comment va la malade ?

— Il faudra du temps pour qu'elle se remette, sire. Le poison de ciguë est long à éliminer. D'ordinaire, les empoisonneurs augmentent la dose tous les jours afin que la mort arrive lentement, comme après une maladie de fièvre…

— Il faut qu'elle vive ! asséna le roi.

— Elle vivra, sire. Fouillade connaît les dérangements d'entrailles de la ciguë. Dans son pays de Tulle, cette herbe pousse en abondance et on a l'habitude de s'en servir pour éclaircir l'avenir.

Le roi soupira, congédia Guilhem. Ce qui lui restait à faire le contrariait. Pourtant, il devait agir, ne montrer aucune faiblesse, même devant ses proches. Un grand roi ne renonce jamais !

Le jour était brumeux. On entendait les chants des sœurs réunies dans la chapelle pour la prière du matin. Mère Marguerite vint demander au roi s'il souhaitait qu'on lui préparât une couche. Il fit non de la tête sans détourner son œil des flammes qui s'éteignaient peu à peu.

— Qu'on apporte du bois et qu'on nourrisse le feu ! ordonna-t-il. Et dites à Ventadour qu'il ailler chercher un bourreau et un barbier.

La femme se raidit.

— Sire, c'est un couvent. On ne peut…

— J'ai dit ! trancha le roi d'une voix ferme.

Un chariot léger arrivait dans la cour. Une femme cria qu'on n'avait pas le droit de la traiter comme une vulgaire servante. Il y eut un grand remue-ménage et toujours cette voix de femme qui criait :

— Je veux voir le roi !

Plusieurs portes claquèrent, des pas décidés sonnèrent dans le passage. Une silhouette engoncée dans un épais manteau s'approcha des gardes, qui voulurent l'empêcher de passer. Puis, la reconnaissant, ils s'écartèrent de l'entrée. C'était Agnès de Méranie, qui marchait vers Philippe.

— Que vous prend-il, mon ami ? Pourquoi m'avoir imposé ce voyage dans l'état où je suis ?

— Vous le savez aussi bien que moi ! répondit Philippe avec calme.

Il se tourna ensuite vers les gardes.

— Emmenez madame Agnès et sa gouvernante dans une pièce voisine. Veillez à ce qu'elles ne communiquent avec personne.

Agnès se précipita vers celui qu'elle considérait comme son époux.

— Voilà que vous m'enfermez !

— Oui, madame, je vous enferme.

Il fit signe aux gardes, qui emmenèrent de force la jeune femme. Le roi n'eut aucune réaction quand elle se mit à hurler comme une démente.

Les heures passaient. Le silence était revenu sur le monastère. Agnès ne criait plus et le roi, après s'être assoupi près du feu, se mit à marcher dans la pièce autour de la table. Il appela un garde et lui demanda si Ventadour était rentré.

Le pas de Guilhem était plus pesant que d'habitude, ce qui n'était pas peu dire. Il n'avait pas dormi depuis deux nuits et avait les paupières lourdes.

— Triste pays qui n'a pas de bourreau pour punir ses criminels ! grogna le chevalier. Mais j'ai trouvé un charpentier, habitué à manier la hache, qui veut bien faire le travail pour une bourse en or.

— Très bien. Il aura sa bourse. Et le barbier ?

— Il attend votre bon plaisir.

— Très bien, répéta le roi. Il est temps d'en finir !

Il se rendit dans la cour, où s'activaient des valets d'écurie. Les fournisseurs de légumes déchargeaient leurs chariots à l'entrée. Philippe ordonna de faire place nette :

— Que tout le monde parte ! Je veux le bourreau et le barbier.

Le charpentier se présenta. C'était un solide gaillard d'une trentaine d'années, le visage rouge, les cheveux déjà rares. Il tenait une large hache destinée à façonner des poutres dans les troncs de chêne.

— Le billot ? demanda le roi, impatient. Où est le billot ?

Personne n'y avait pensé. On fouilla l'écurie, les réserves de bois, on ne trouva pas de tronc suffisamment gros.

— Prenons un petit tonneau ! proposa un valet.

— Va pour le tonneau. Qu'on amène les condamnés, et les deux femmes.

— Madame Agnès aussi ?

— Madame Agnès aussi ! répondit Philippe en serrant les lèvres.

— Sire, il faut un prêtre ! osa Guilhem. On ne saurait…

— Certes, allez en quérir un !

Il n'y en avait pas, aussi étrange que cela pût paraître. La cause en était que le prêtre, après avoir dit la messe du matin, était parti dans une paroisse voisine.

— On se passera de prêtre ! fit le roi, décidé.

Les gardes poussèrent au bout de leurs lances les quatre condamnés. Fanchou, Donard et Machaud se mirent à genoux devant le roi, le suppliant de les épargner, ils n'étaient que les exécutants d'ordres venus de personnes haut placées. Berron était resté debout. Grave, le jeune garçon regardait le bourreau et sa hache sans frémir.

— Toi, dit le roi en le désignant, tu ne mourras point !

— Je l'ai mérité, sire. Je ne veux pas aller en enfer !

— Tu auras l'occasion d'obtenir le pardon du Ciel.

D'autres gardes arrivèrent, encadrant Gertrude, les sourcils froncés, et Agnès, au regard rivé sur celui dont elle partageait la couche depuis six ans.

— Vous oseriez tuer la mère de vos enfants ? s'écria-t-elle.

Comme il ne répondait pas, elle se fit suppliante :

— Sire, souvenez-vous de nos belles journées ! Et de nos nuits ! Et puis je ne suis pour rien dans la maladie d'Ingeburge. C'est Gertrude qui a tout manigancé…

— Qu'on trouve une chaise ! dit le roi, insensible aux propos de cette belle femme qu'il avait cessé d'aimer.

Ce fut mère Marguerite elle-même qui apporta le siège, croyant qu'elle était pour le roi. Il fit signe à Agnès d'y prendre place. Il fallut l'asseoir de force. Comprenant ce qui l'attendait, elle se mit à pousser des hurlements qu'on devait entendre jusqu'au village voisin.

— Barbier, fais ton métier ! ordonna le roi.

Le barbier, petit homme frêle, regarda tour à tour le roi, Guilhem, les condamnés. Puis il s'approcha d'Agnès, leva sa lame, recula, n'osant pas trancher les boucles noires qui luisaient dans la lumière blanche.

— Fais vite ! insista le roi.

Il fallut immobiliser de force la tête de la jeune femme pendant que la lame taillait dans l'abondante chevelure. Le barbier enfonçait les touffes de cheveux dans la vaste poche ventrale de son manteau. Elles feraient le bonheur des coquettes et il en tirerait assurément un bon prix.

Philippe assistait à la scène, debout entre ses gardes, le visage impassible. Agnès ne criait plus. La fatigue d'une nuit dans un chariot inconfortable, le froid, son état aussi, avaient eu raison de ses dernières forces. Le silence pesait sur la cour intérieure.

Une fois la tonte terminée, Agnès était méconnaissable. Sa minuscule tête ronde dépassait de son épais manteau. Ses yeux semblaient exorbités, ses lèvres trop épaisses. Elle ne pleurait plus ; le roi lui demanda de se mettre debout. Epuisée, elle dut être soutenue.

— Qu'on la mène au fort de Vincennes. Elle y attendra mon bon vouloir dans une cellule.

— Notre enfant, eut-elle la force de murmurer en sanglotant. Ne pensez-vous pas à notre enfant ?

— J'y pense, madame, j'y pense, répliqua le roi, avant de se détourner et de lancer : Bourreau, fais ton travail ! Ces manants méritent la corde et on leur fait l'honneur d'une mort de gentilshommes. Mais la corde manque et je suis pressé.

Lentement, d'un pas hésitant, le charpentier s'approcha du tonneau. Le roi fit un signe aux gardes :

— La femme en premier. Elle est de noblesse.

Gertrude lança autour d'elle un regard effaré. Elle chercha Agnès, que les gardes emmenaient, presque inconsciente. Comme personne ne la soutenait, elle se mit à genoux aux pieds de Philippe, les mains tendues vers lui.

— Sire, pitié. Je n'ai voulu que votre bonheur, et calmer votre peuple…

Le roi demeura impassible. Gertrude cria :

— Vous êtes maudits ! Mon sang va pourrir le vôtre. Vous mourrez tous de la pire manière !

Les gardes la portèrent jusqu'au tonneau comme un paquet. Deux d'entre eux lui tenaient les bras et l'obligeaient à présenter sa nuque, un troisième tirait sur ses cheveux pour ne pas gêner la lame.

Dans un silence seulement troublé par de lointains croassements de corbeaux, le charpentier, tremblant, leva sa hache. Il gardait les yeux fermés. Puis il se cassa en deux, la lame siffla dans l'air et retomba, si lourdement que le tonneau éclata. Surpris, les gardes roulèrent au sol avec la condamnée. Allongée entre les morceaux de bois, au milieu d'une mare de sang, Gertrude remuait les bras et les jambes comme un pantin désarticulé.

— Finissez-en ! cria le roi.

Alors le bourreau leva de nouveau sa hache et cette fois la tête roula sur les dalles, le visage aux traits crispés tourné vers Philippe, qui eut un haut-le-cœur.

Les gardes emportèrent la dépouille, corps sans tête, dans un coin de la cour. C'était le tour de Donard, qui avança dignement vers le nouveau tonneau qu'on avait apporté à la hâte. Il y posa la tête sans un mot. Le charpentier leva sa hache rouge du sang de Gertrude et cette fois trancha net.

Le dénommé Machaud jeta un regard vers la porte. D'un geste vif, il se libéra de l'étreinte des deux soldats préposés à sa garde, courut vers le pont qui reliait la cour à la forêt voisine et frappa un garde qui tentait de s'opposer à sa fuite. Il fut rapidement repris et ramené, ficelé avec des brides de cheval. Il poussa des cris aigus quand les hommes l'obligèrent à poser la tête sur le tonneau.

De plus en plus mal à l'aise, le bourreau leva sa hache, mais rata son coup. La lame glissa sur l'os du crâne, trancha une joue et une partie de la mâchoire, qui se détachèrent de la tête et tombèrent au sol, retenues par une lanière de peau sanglante. Le charpentier eut beaucoup de mal à soulever à nouveau sa hache, tout à coup trop lourde pour ses bras pourtant robustes. Elle tomba encore de travers, entamant l'os du crâne. Le sang giclait de l'entaille ouverte. Serrant les dents, le bourreau improvisé frappa sous ce qui restait de la tête, laquelle atterrit dans une flaque de sang. Il n'en pouvait plus et tomba à genoux, suppliant le roi de ne pas l'obliger à poursuivre ce carnage pour lequel il n'était pas préparé.

— Il n'en reste qu'un, dit Philippe en lui montrant une bourse d'or. Termine le travail et tu seras payé.

Fanchou demanda la permission de se mettre à genoux pour implorer Dieu de lui pardonner. Le roi accepta. Après avoir prié, il se dirigea à pas lents vers le tonneau. A cet instant, sa dignité ultime toucha le roi. La chance voulut que la lame tranchât net du premier coup. La tête roula et rejoignit les autres, éparses dans la mare de sang qu'un chien échappé des écuries se mit à laper. Personne ne pensa à le chasser.

Philippe donna l'ordre d'évacuer les cadavres et les têtes. Il se retira dans la pièce où on avait ranimé le feu. Il grelottait. Au bout d'un moment, il appela un garde.

— Nous rentrons à Paris tout de suite ! Avant cela, faites venir Ventadour.

Guilhem n'était pas loin. La scène de l'exécution l'avait secoué. Le géant qui taillait sans retenue dans une bataille n'aimait pas voir couler le sang en d'autres circonstances.

— Ventadour, restez ici et veillez sur madame Ingeburge. Vous me rejoindrez quand elle sera guérie.

— Cela ne devrait pas prendre plus d'une huitaine de jours.

— N'oubliez pas, je vous fais pendre si elle ne guérit pas !

On était déjà au mois de septembre, les jours diminuaient, les feuilles des hêtres jaunissaient. Dans les champs, on terminait les moissons tardives et on préparait les vendanges…

Le cardinal Octavien, chargé par le pape de régler l'affaire au plus vite, logeait au palais depuis son arrivée de Rome. La disgrâce d'Agnès lui faisait envisager une issue favorable aux négociations. Aussi ne se pressait-il pas de relancer le roi et profitait-il au mieux des agréments de la cour. Cet homme dans la force de l'âge aimait les divertissements et la bonne chère. Il ne manquait aucun bal ni banquet, où sa bonne humeur, sa convivialité le rendaient très populaire. Mais il ne perdait pas de vue le but de sa mission.

Philippe ne se déridait guère, conscient qu'il était grand temps de mettre fin aux débordements occasionnés par l'interdit.

Un soir, il fit appeler Guilhem, qui avait fort à faire pour maintenir l'ordre dans la capitale. Assis près de l'âtre en passe de s'éteindre, le roi réfléchissait. Il battait en cadence le chenet de la pointe de son pied droit.

Guilhem s'arrêta à quelques pas pour saluer le roi, qu'il trouva amaigri et sombre. Philippe caressa le museau de son chien.

— Comment se porte Ingeburge ?

— Aussi bien que possible, sire. Fouillade est un ancien marchand d'herbes. Il a quitté sa boutique pour me suivre à la croisade. Il connaît les remèdes et a usé de sa science. Elle est guérie et se tient à votre disposition.

— Je ferai quelque chose pour ce bon Fouillade. Faites appeler Clément.

Robert Clément arriva. Cet homme d'une trentaine d'années était déjà ridé. La peau fine de son visage sans barbe était fripée comme un parchemin trop sec. Philippe le prit à part :

— Courez à Vincennes. Vous donnerez des ordres pour qu'Agnès soit bien traitée. Qu'elle soit logée décemment et qu'on lui assure un train digne de sa personne.

En parlant ainsi, le roi souhaitait se faire pardonner les exécutions hâtives de Ballanquet. Il avait un plan, et la tentative d'empoisonnement de « l'épouse ajoutée » l'avait définitivement guéri d'un amour qui l'avait empêché jusque-là d'agir. Il ajouta, après un instant de réflexion :

— Le temps est beau. Nous allons partir à Fontainebleau pour quelques jours de chasse. Faites savoir au cardinal Octavien que je serais honoré de courir le cerf en sa compagnie.

Aussitôt le palais résonna des pas, des appels des valets qui emballaient la vaisselle, la cuisine, les lits et les coffres. Ceux qui connaissaient le roi savaient que ce séjour de villégiature précédait une grande décision. Pourtant, rien ne pressait. Si Jean sans Terre complotait toujours, il n'y avait pas encore nécessité de le contraindre par la force. Du côté de l'Empire la question de succession se posait, et le pape continuait ses manigances. Philippe ne voulait pas le contrer trop ouvertement, car il espérait toujours se le concilier.

Un soir, au retour d'une journée de chasse fructueuse en compagnie de l'envoyé de Rome, il décida d'aborder la question. Par le traité du Goulet, le 22 mai 1200, Jean sans Terre s'était engagé à ne pas aider Otton de Brunswick pour la succession de l'Empire, mais Philippe connaissait son cousin anglais et il avait besoin de l'appui du pape. Tout en courant le cerf, Octavien avait su lui faire entendre à demi-mot qu'Innocent III ne demandait qu'à se ranger de son côté. Philippe accepta donc de dédommager les évêques spoliés par l'interdit, premier geste d'un rapprochement indispensable, mais Octavien, bien que s'en montrant très satisfait, n'oubliait pas les limites fixées par Sa Sainteté :

— Le pape exige que vous repreniez Ingeburge, votre épouse devant Dieu, dit-il fermement. C'est le préalable à toute négociation sur d'autres sujets. Vous savez qu'il envisage une nouvelle croisade…

Philippe n'ignorait pas cette lubie du jeune Innocent, qui s'ennuyait sur le trône de saint Pierre, mais le roi de France n'avait pas du tout l'intention de repartir en Terre sainte : trop de mauvais souvenirs l'y rattachaient, et les affaires du royaume le retenaient dans son domaine. Alors, il annonça sa décision :

— Que l'on réunisse une assemblée d'évêques. Je donnerai ma version des faits, Ingeburge donnera la sienne. Je m'en remettrai au jugement de l'assemblée.

— Cela veut dire… demanda Octavien en faisant traîner ses mots et en se grattant le menton du bout de l'index sans toutefois achever sa phrase.

— Cela veut dire que si l'assemblée décide que le mariage n'est pas nul je reprendrai Ingeburge à mes côtés.

Octavien fit répéter cette parole au roi. C'était pour lui une grande victoire, qui le plaçait parmi les conseillers les plus efficaces du pape. Il en serait sûrement récompensé, car il n'avait rien lâché sur l'essentiel, malgré les banquets et la chasse à Fontainebleau.

— En attendant, Sa Sainteté vous demande de déclarer officiellement répudiée celle que vous considérez comme votre épouse et qui n'est rien devant Dieu. Vous êtes bigame, ce qui ne se peut dans la chrétienté.

— Agnès de Méranie est enfermée au château de Vincennes. Elle ne paraîtra plus jamais à mes côtés !

— Sa Sainteté en a été informée et vous en rend grâce. Mais elle souhaite que cela soit écrit afin qu'il n'y ait plus d'ambiguïté.

Philippe ouvrit légèrement son œil droit. Sa lourde paupière se souleva, il eut un petit mouvement des lèvres. Il comprenait ce qui se jouait derrière les propos d'Octavien. Le pape se considérait au-dessus de lui et lui donnait des ordres. Ce n'était pas acceptable.

— J'entends bien ! dit-il, même s'il n'avait pas l'intention de céder.

Puis Philippe fit appeler Guilhem, qui traversa la rangée de conseillers réunis dans l'antichambre. Le roi avait fait de Fontainebleau une réplique du palais de la Cité, avec la vaste pièce du Conseil et sa cheminée. Le grand Nesle ne put réprimer une grimace quand le géant passa devant lui et se pinça les narines tant il sentait mauvais.

— Vous me dites que madame Ingeburge s'est bien remise et j'en suis heureux. Vous irez donc lui signifier que je me suis accordé avec le pape. Vous la conduirez au couvent de Coucy, où elle attendra mes ordres.

Guilhem ne cacha pas sa surprise. Le couvent de Coucy se trouvait près de Soissons.

— Mais, sire, est-ce nécessaire ?

— Justement, c'est à Soissons que cette regrettable histoire va se régler.

C'était un peu court comme argument. Guilhem devina que le roi avait un projet bien arrêté, une réponse aux ordres du pape, et redoutait qu'Ingeburge en fasse les frais.

Les autres conseillers échangèrent des regards entendus. Clément, qui n'appréciait pas que Guilhem le précède ainsi auprès du roi, échangea quelques mots à voix basse avec Nesle : le temps n'était-il pas venu de se défaire de cet encombrant personnage ?

Le souverain était assis sur son siège près de l'âtre qui s'éteignait lentement. Il rassembla les tisons avec les pinces. C'était une habitude chez lui quand il réfléchissait.

— Voilà ce que je viens de décider. Le cardinal Octavien va réunir un concile à Soissons, au printemps prochain. Je m'en remettrai à sa décision concernant mon mariage avec Ingeburge.

— Pourquoi Soissons ? osa Clément.

— Parce que c'est le plus pratique pour loger les évêques et leurs suites.

Tout en parlant, l'œil droit du roi se referma complètement. Clément, qui connaissait Philippe mieux que les autres, savait qu'il ne dévoilait pas le fond de sa pensée.

— La princesse Ingeburge séjournera tout près du palais en attendant cette décision, poursuivit Philippe. Le légat s'est engagé à lever l'interdit dans les prochains jours.

Clément sourit et se tourna vers Roye, lui soufflant au visage son haleine fétide ; les deux hommes étaient du même avis.

— Sire, vous faites un grand bien au peuple, il va vous glorifier.

Le roi ruminait sa décision depuis plusieurs jours. Le plus dur avait été de l'exprimer, mais il en était soulagé.

Il demanda qu'on serve son dîner dans une pièce étroite, proche de la grande salle des banquets, où il aimait dîner en tête à tête avec Agnès. Depuis la disgrâce de la jeune femme, il avait coutume d'y inviter son fils Louis et la belle Blanche de Castille. La jeune fille commençait à parler le français et son accent mettait une lueur amusée dans l'œil gauche du roi. Il aimait bavarder avec le jeune couple. De jour en jour, il découvrait combien son fils, qui n'avait pas encore quatorze ans, était sensé et ne manquait pas d'intelligence pour discuter des affaires de l'Etat.

Il sera digne de me succéder ! pensait Philippe, qui n'envisageait pourtant pas de l'associer aux grandes décisions.

Le 3 octobre au matin, les Parisiens furent réveillés par un tonnerre de cloches qui sonnaient à tout va. Partout alentour, d'autres cloches leur firent écho et le royaume tout entier célébra les matines d'une manière qu'on n'avait pas entendue depuis de longs mois. Les gens sortaient de chez eux, abasourdis, regardant le ciel, puis les clochers d'où venait le tintamarre. Ils échangeaient des regards heureux. Etait-ce bien la fin des privations ? La réconciliation avec Dieu ?

Ils convergeaient tous vers l'église la plus proche. Et là, merveilleuse surprise, les portes étaient ouvertes. Les prêtres accueillaient les fidèles avec de grands sourires et les invitaient à se joindre à la messe. Dans les monastères, des chants pleins de ferveur montaient sous les voûtes de pierre et s'y amplifiaient.

Dans l'après-midi, une foule bigarrée s'assembla devant les portes du palais, réclamant le roi, qui envoya aussitôt des observateurs pour s'assurer de leurs intentions. Ils en revinrent rassurants et le roi daigna se montrer. L'archevêque de Reims bénit la populace, qui se mit à genoux. Ce fut une bien belle journée.

La liesse était générale. Dans les villages voisins, on se préoccupait aussi d'enterrer en terre consacrée les morts, enfermés depuis des semaines dans des caisses de bois rendues étanches avec de la poix, ou enterrés provisoirement dans les jardins. Les plus pauvres avaient gardé les cadavres d'un père, d'une mère ou d'un enfant pliés dans des couvertures de chanvre et cachés au fond de caves d'où s'échappait une odeur pestilentielle à laquelle on avait fini par s'habituer. Les jours suivants, beaucoup de faux prêtres, et des Juifs qui avaient vendu leur farine au prix de l'or, furent arrêtés et condamnés. Les bûchers se multiplièrent dans la capitale. On dansait autour des corps calcinés.

Les marchandises recommençaient à circuler. Les convois de farine entraient de nouveau dans Paris, des troupeaux passaient par les portes des fortifications. Les bouchers proposaient enfin de la bonne viande de bœuf et de porc. On envisageait l'hiver avec optimisme. Dieu avait enfin le regard tourné vers les hommes et rien de mal ne pouvait arriver.

Philippe Auguste, déguisé en marchand, multipliait ses sorties en compagnie de ses gardes. Tendant l'oreille aux conversations de rues, il découvrait que ce qui avait été considéré comme un grand malheur avait aussi eu un côté bénéfique. Jamais Paris n'avait abordé la mauvaise saison avec autant de bonne humeur. Le roi y voyait un heureux présage. Cela lui laissait l'esprit libre pour ses affaires et pour préparer son offensive contre son cousin en Normandie.

Depuis des mois, il peaufinait son projet. En compagnie de Robert Clément et de Barthélemy de Roye, il y réfléchissait des heures durant. Château-Gaillard était la porte de la Normandie et pour le prendre il fallait d'abord anéantir les châteaux voisins, s'en faire des bases avancées. Robert Clément avait envoyé à Château-Gaillard un grand nombre d'espions qui s'étaient rapprochés de son neveu, Eude Clément, du parti de l'Anglais, et avaient rapporté des plans détaillés de la forteresse construite par Richard Cœur de Lion.

« Le château est imprenable par la force, avait conclu Clément. Il est constitué de trois parties toutes aussi difficiles à forcer. Il faut d'abord devenir maître de l'île. Le commandant Roger de Lacy est un des plus redoutables stratèges que je connaisse.

— Vous le connaissez ? s'était étonné le roi.

— Oui, c'est un brave, mais il est sensible à l'or et Jean sans Terre l'a acheté. Donc nous devrons faire un siège qui durera sûrement de longs mois. L'hiver peut nous être profitable.

— Comment cela ? s'était emporté le roi. Vous voulez faire la guerre en hiver ? C'est impossible.

— Il le faudra pourtant, sire, si vous voulez être un jour le maître de la Normandie. »

L'hiver s'achevait. Il avait été beaucoup plus rude que les précédents. La Seine avait gelé en de nombreux endroits et on ne comptait plus le nombre des imprudents qui s'étaient noyés en voulant traverser le fleuve en dehors des ponts.

La neige fondait, en ce mois de mars 1201 ; des torrents de boue coulaient dans les pentes. La Seine sortait de son lit et s'étalait dans les vignes et les champs de blé en herbe.

Un groupe de chevaliers portant les couleurs du roi de France se présenta au monastère de Ballanquet. Ils furent accueillis par mère Marguerite, qui fit appeler Ingeburge :

— Madame, les envoyés du roi sont là !

Ingeburge sourit, leva les yeux au ciel et, les mains jointes, tomba à genoux en remerciant Dieu pour cette bonne nouvelle. Pourtant, tout au fond d'elle, une voix lui intimait de ne point se réjouir trop vite.

— Nous partons pour Soissons, où va se tenir le concile demandé par le pape et le roi.

Elle redoutait ce qu'elle avait tant attendu. Une voiture, attelée à deux chevaux blancs, était déjà dans la cour, escortée par une dizaine d'hommes en armes. Le convoi s'éloigna dans le chemin caillouteux qui s'enfonçait au cœur d'une immense forêt, lieu de tous les dangers. Homar, le chevalier de Menton, qui dirigeait le groupe, chevauchait à côté de la voiture.

— Dites-moi, demanda-t-elle enfin à M. de Menton, comment se fait-il que le chevalier de Ventadour, qui d'ordinaire m'est envoyé par le roi, ne soit point de ce voyage ?

— M. de Ventadour est occupé à d'autres missions. Vous le verrez à Soissons, où il sera dans la garde rapprochée du roi.

Ingeburge n'insista pas, mais Guilhem lui manquait. Elle s'était habituée à sa lourde présence, sa voix tonitruante quand il donnait des ordres, sa bonne humeur, sa gouaille, son sans-gêne. Sous certains aspects, Guilhem lui rappelait les chevaliers de son pays natal, proches de son père. Et pourtant Guilhem venait du Sud, de ces terres où l'on parlait une autre langue et où les bergers jouaient de la vielle et chantaient des airs pleins de grâce pour leurs belles.

Une grande ébullition régnait dans les rues de Soissons. Les membres du concile, tous évêques ou grands prélats, étaient arrivés avec leurs foules de serviteurs, cuisiniers, messagers qui partaient chaque jour vers Rome. Ils avaient réquisitionné des maisons suffisamment confortables pour eux. Des chars de légumes, de viandes, de poissons, entraient dans Soissons sous les yeux ébahis de la populace, qui n'avait jamais vu autant de richesses et de bonnes choses. Les misérables qui tannaient le cuir au bord de la rivière, les manouvriers qui bêchaient les terres alentour pour les semis de printemps, qui taillaient les vignes et les arbres fruitiers, les artisans, les besogneux pour qui une tranche de pain blanc était une aubaine, tous salivaient à longueur de journée dans les bonnes odeurs de cuisines, de pâtisseries et de pain chaud. Les rues étaient envahies de voitures aux couleurs vives, par les attelages chamarrés et les valets en livrée qui ouvraient la voie à leurs illustres seigneurs.

Ingeburge avait été logée dans une petite maison assez confortable.

Le roi arriva la veille du concile. De sa fenêtre, Ingeburge put suivre tout le cortège, avec les chevaliers, les serviteurs en livrée à fleurs de lys. Son cœur accéléra quand elle aperçut, dépassant les autres d'une bonne tête, Guilhem, le regard tourné vers le couvent, comme s'il la savait en face de lui. Elle frémit en voyant sous le casque la large figure couverte d'une épaisse toison de barbe noire. Puis elle secoua la tête, fit demi-tour et se força à penser à Dieu pour chasser ces mauvais désirs soufflés par le diable.

Le soir, elle mangea très peu. L'angoisse du concile l'oppressait. Elle s'allongea sur son lit mais, ne trouvant pas le sommeil, se leva et s'agenouilla.

Le lendemain matin, les oiseaux chantaient dans le jardin. Au lever du soleil, les hommes étaient déjà à l'ouvrage, la ville bruissait de leur activité. Dans la campagne, les bergers appelaient les troupeaux menés paître l'herbe nouvelle. Les laboureurs attelaient leur âne ou une vache à l'araire. Il allait faire beau, ce qui donnait de l'allant au travail.

Ingeburge attendait qu'on vienne la chercher. En effet, le pape avait exigé sa présence au concile. Elle avait demandé à ses dames de la coiffer avec soin, de refaire les tresses de ses cheveux blonds. Sa parure n'était pas celle d'une reine mais d'une quelconque dame de noblesse. Elle en fut gênée et, quand elle exigea une robe digne de son rang, il lui fut répondu qu'on verrait cela après le procès, s'il confirmait ou non son statut d'épouse royale.

Elle sourit en entendant Guilhem donner des ordres dans la cour du couvent. A côté de lui, son inséparable Fouillade se plaignait des petites gens qui encombraient déjà les rues alentour.

Quand Ingeburge se présenta dans la cour, Guilhem s'inclina, avec tous les hommes de sa suite. Cette marque de respect lui fit grand bien, elle y vit un signe favorable.

— Madame, dit-il, j'ai ordre de vous conduire au concile.

Elle lui sourit d'une manière qui n'échappa pas à Fouillade. Ce n'était pas le sourire condescendant d'une reine à l'un de ses serviteurs. C'était celui d'une femme à un homme.

— Voilà une éternité que je ne vous ai vu. Je croyais que le roi, mon époux, vous avait chargé de veiller sur moi ?

— En effet, ma reine, mais sous les ordres du roi j'ai dû partir vers les terres d'Oc afin de me rendre compte de l'influence des cathares.

— Et qu'en avez-vous déduit ?

— Qu'elle ne cesse de croître, que les plus grands seigneurs sont convaincus. Les hérétiques ont construit une forteresse sur le mont Ségur, qu'il sera bien difficile d'enlever. Tout cela donne beaucoup de souci au roi.

Ils partirent dans les rues de Soissons, toujours encombrées par une multitude de chariots. Tous les miséreux, les mendiants des alentours s'étaient donné rendez-vous près du château qu'occupait le roi et des nombreuses demeures réquisitionnées pour les prélats. Ils étaient chassés à coups de bâtons. Moins visibles, mais plus efficaces, les voleurs, les tireurs de bourse se mêlaient aux attroupements ; des enfants chapardaient sur les chariots arrêtés, volant un pain par-ci, un poisson par-là. Il s'ensuivait de grandes bousculades, des cris, mais les voleurs étaient déjà loin.

Le concile était réuni dans une vaste salle de l'évêché. Très jaloux de leur rang, les prélats, dans un brouhaha assourdissant, se disputaient les places les plus proches du roi. L'assistance bigarrée, où s'apercevaient quelques mitres violettes et crosses épiscopales, fit le silence lorsqu'on annonça Philippe, accompagné par ses conseillers, pour lesquels avaient été réservés des sièges à l'écart.

Le cardinal Octavien, vêtu simplement d'une robe rouge, siégeait en face du roi. Ses serviteurs firent entrer Ingeburge, éblouie par tant de prélats rassemblés. Son premier regard alla à Philippe, la tête toujours baissée. Il n'avait pas changé, peut-être était-il amaigri. Elle se força à garder une attitude digne, celle d'une reine bafouée. Octavien lui lança un regard entendu, comme si tout était convenu entre eux. Cela n'échappa pas à Philippe, qui, malgré son air absent, ne perdait rien de l'attitude de chacun.

Octavien se leva de son siège en bois doré et marcha dans la pièce, comme s'il cherchait ses mots. Cet homme, habitué aux rencontres les plus difficiles, passait pour un habile négociateur. S'il faisait durer le silence seulement martelé par le bruit de ses pas, c'était pour laisser monter la tension et donner plus de force à ses propos. Il commença ainsi :

— Moi, Octavien, cardinal de Padoue, chargé par Sa Sainteté le pape Innocent III de régler de manière définitive le différend…

Philippe eut un léger mouvement de la tête, qui arrêta le prélat. Le roi ne supportait pas de se trouver au banc des accusés, chaque propos d'Octavien lui semblait sonner telle une semonce à son égard.

— L'argument avancé pour la nullité de l'union est qu'elle n'a pas été consommée, qu'il n'y a pas eu union charnelle entre Philippe et Ingeburge…

Le roi supportait de moins en moins cette assemblée d'ecclésiastiques imbus de leur importance, tous plus gras les uns que les autres, opinant aux propos du légat, prêts à le suivre dans le chemin qu'il avait choisi. Philippe n'était-il pas le maître, sur ses terres ? Ce procès n'était pas digne de lui. Pourquoi l'avait-il accepté ?

Tout en réfléchissant ainsi, il échangea un regard avec Clément, puis avec Guilhem, qui connaissait Ingeburge mieux que tous. Sa décision était prise, il attendait juste le bon moment pour la mettre en œuvre.

— Le mariage n'a pas été consommé ! affirma Guillaume de Champagne.

Ingeburge s'agita. Octavien s'approcha d'elle et la questionna en la regardant fixement dans les yeux. Elle n'avait pas le droit d'être faible devant cette assemblée où chacun pensait surtout à étaler son importance. Elle soutint le regard du cardinal, qui le premier baissa les paupières.

— Le mariage a été consommé ! rétorqua Ingeburge d'une voix qui se voulait sûre, en se tournant vers Philippe, qui, les mains jointes, semblait prier.

Un brouhaha s'éleva. Les prélats partageaient des avis, discutaient de la suite à donner. Le légat du pape savait que ce serait parole contre parole et se souvenait qu'Innocent lui avait recommandé de ne pas oublier les intérêts de la jeune reine. Philippe était un prétentieux qui ne supportait pas l'autorité de Rome. Il était têtu, obstiné, mais l'affrontement par Ingeburge interposée devait se terminer à l'avantage de l'Eglise.

— Mes seigneurs, poursuivit Octavien en détachant bien les syllabes car il avait besoin de gagner du temps, nous allons prendre cette journée qui s'annonce fort belle pour réfléchir, pour prier et demander à Dieu d'éclairer nos âmes. Le vote aura lieu demain matin, et le roi de France a assuré par lettre signée et cachetée de son sceau qu'il s'en remettrait à notre décision.

La réunion n'avait pas duré plus d'une heure. Les échanges avaient été brefs et on se demandait pourquoi on avait déplacé autant de personnes importantes pour un si court débat. En fait, tout allait se juger pendant cette journée où les évêques allaient se rendre visite, entendre les avis d'Octavien, des représentants du roi et de la reine. Ils n'attendaient pas du concile une décision proche de la vérité, puisque personne ne la connaissait. Ils n'attendaient pas non plus l'éclairage de Dieu à travers la prière, beaucoup de ces hommes de religion savaient que Dieu ne se manifestait que rarement. Ainsi, préoccupés par le temporel, ils allaient agir en fonction de leurs intérêts politiques.

Ingeburge retourna au couvent des sœurs de Marie sans que le roi lui eût adressé un seul regard. Plongée dans une profonde affliction, elle s'allongea sur son lit et ne bougea plus jusqu'au lendemain.

Vers tierce, Guilhem vint la chercher pour la conduire à l'église Notre-Dame-de-Soissons. Elle s'en étonna.

— Madame, il a été décidé que ni vous ni le roi n'assisteriez au vote de l'assemblée. Vous devrez attendre ici sa décision.

Guilhem n'ajouta rien, laissant Ingeburge seule avec quelques gardes chargés de veiller à sa sécurité. Elle alla jusqu'à l'autel, s'agenouilla et se mit à pleurer, présageant que la décision ne serait pas en sa faveur. Elle fut tentée de renoncer, de dire que le mariage n'avait pas été consommé, afin d'échapper à l'enfermement dans un autre couvent, puis se ressaisit. Ce n'était pas digne d'une reine. Elle se força à ne penser qu'à Dieu et à sa miséricorde. Elle accepterait son destin, quel qu'il soit.

Guilhem avait rejoint le roi, très nerveux. Ce dernier lui remit une lettre en lui recommandant de la porter au légat du pape, puis demanda son cheval, qu'il avait fait préparer. Seulement accompagné par quelques gardes, il chevaucha à travers la ville, bousculant les passants qui se pressaient dans les rues.

Il entra précipitamment dans l'église Notre-Dame-de-Soissons. Ingeburge crut défaillir en voyant Philippe s'approcher d'un pas ferme. Elle le trouva presque beau, vêtu d'une robe courte, d'un chapeau de velours sombre, marchant d'un pas altier dans l'allée centrale. Sans un mot, il l'emmena dehors, puis il la fit monter sur son cheval. Le couple royal partit ainsi hors de la ville, sous les regards des curieux. Ingeburge pleurait et riait à la fois.

— Où m'emmenez-vous, mon doux sire ? Serait-ce que vous me reconnaissez comme votre épouse ?

Philippe ne répondit pas, il chevauchait à toute allure, tenant Ingeburge contre lui. Ils s'arrêtèrent à une auberge, laquelle, prévenue de la visite du couple royal, s'activait à le recevoir dignement.

Le roi mit pied à terre et tendit la main à Ingeburge, qui sauta au sol dans un geste plein de légèreté. Les gardes la prièrent aussitôt de les suivre. Elle se tourna vers Philippe, qui ne soutint pas son regard.

— Mon roi, dit-elle, est-ce déjà le moment de nous séparer ?

Pus il s'éloigna sans un mot. Les gardes du roi conduisirent Ingeburge dans une chambre où elle fut enfermée à double tour. Ainsi, le beau rêve un moment caressé s'évanouissait. Elle s'agenouilla sur le prie-Dieu et pleura longuement.

Guilhem n'avait pas perdu son temps. Il avait apporté la lettre au légat du pape, qui la lut juste avant l'ouverture de la séance. Philippe reconnaissait qu'Ingeburge était sa véritable épouse, qu'il la garderait désormais à ses côtés et qu'elle jouirait de toutes les prérogatives d'une reine de France.

Les prélats échangèrent des regards mécontents. Pourquoi le roi de France les avait-il fait se déplacer pour finalement abdiquer ? Il se moquait d'eux ! Pourtant Octavien, comprenant la portée politique de ce revirement, décida que le concile n'avait plus lieu d'être. C'était une victoire pour lui. Ils se séparèrent et à l'heure de l'angélus tous avaient quitté la ville. Les marchands, les cabaretiers, les maquerelles auraient bien aimé, eux, que cela durât un peu plus longtemps.

Le lendemain, un pas lourd qui faisait trembler les planchers avertit Ingeburge d'une visite. Son cœur se mit à battre très fort dans sa poitrine. Pour ne pas céder au tumulte qui s'emparait d'elle, la jeune femme s'obligea à réciter sa prière à haute voix. Les pas se rapprochaient. La voix forte d'un homme résonna. On frappa à sa porte. Elle s'aperçut qu'elle n'était pas en tenue pour recevoir de la visite, mais indiqua d'un geste à sa chambrière d'aller ouvrir. L'arrivée de Guilhem lui redonnait un peu d'espoir.

Le chevalier s'inclina ; sa cape pendait de ses épaules comme une voile qui attend le vent. Il leva sa tête velue vers la reine, si minuscule, face à lui.

— Madame, le roi me charge de vous conduire dans votre prochaine résidence.

— Mon calvaire n'en finira donc jamais ? s'écria la jeune femme en fondant en larmes.

Guilhem ne répondit pas. Il aurait voulu la prendre dans ses bras et la consoler comme un enfantelet, mais l'ordre du roi était strict et il devait s'y conformer.

— J'ai cru qu'enfin il allait reconnaître ses torts ! sanglota Ingeburge. Imaginez ma joie quand il me prit en croupe sur son cheval et partit au grand galop, s'échappa de Soissons pour s'enfoncer dans la forêt ! Je tenais mes bras attachés autour de sa taille, je le sentais vivre contre moi. J'étais si heureuse !

— J'ai ordre de vous emmener à Etampes, dans le grand château royal qui vient tout juste d'être achevé.

Ingeburge ravala ses larmes. Ainsi, elle était condamnée à ne jamais vivre, à rester une prisonnière innocente ! Elle ne pouvait s'empêcher d'en vouloir à Dieu de la punir ainsi sans raison.

— Je voudrais mourir ! murmura-t-elle en s'approchant si près de Guilhem qu'il sentit son souffle sur la peau nue de son front.

Il osa lever la main vers elle dans un geste plein de douceur. Elle la prit, la dirigea à ses lèvres. Jamais Guilhem n'avait touché peau aussi douce ! Il avait beaucoup fréquenté les ribaudes, il s'était souvent acoquiné avec des femmes subjuguées par sa force. Jamais pourtant il n'avait éprouvé un tel sentiment, qui lui faisait battre le cœur à se rompre. Il était tout à coup vulnérable et malheureux. Il pensa encore une fois à s'offrir aux lances de l'ennemi dans le prochain combat.

— Ma reine, je suis prêt à donner ma vie pour vous.

Elle inspira fortement et saisit sa cape posée au bas du lit.

— Allons, partons à Etampes, puisque telle est la volonté de mon roi !

C'est à cet instant du départ qu'elle mesurait son dénuement. Elle se souvenait de ses déplacements dans son pays, des centaines de domestiques qui transportaient meubles et vêtements, de la longue file du convoi royal. Ce matin, elle était seule. Guilhem emporta lui-même les deux petits coffres que la jeune reine gardait toujours avec elle.

Me voilà moins qu'une épouse de cordonnier ! pensa-t-elle, les larmes aux yeux.

— Je ferai suivre vos effets ! dit Guilhem, affligé à son tour.

Pendant toute la journée Ingeburge chevaucha près de Guilhem, monté sur son énorme cheval boulonnais. Il s'aperçut rapidement qu'elle était fort bonne cavalière, et il était heureux de se trouver à ses côtés, presque son égal.

Après une nuit à Athis-Mons, ils parvinrent à Etampes le lendemain en milieu d'après-midi. La ville était tout en longueur. En bas du château, on érigeait une nouvelle église. La cité, dont on construisait les remparts, se trouvait entre des collines couvertes de vignes et de prairies où paissaient des troupeaux de moutons. Une rivière coulait au milieu de vastes jardins où des maraîchers produisaient des légumes qui partaient par barques ou par convois vers Paris. De nombreux bras d'eaux faisaient tourner plusieurs moulins dont le roulement régulier remplissait l'air.

Le château dressait son donjon à quatre lobes, comme une feuille de trèfle porte-bonheur. Ingeburge fit cette comparaison. C'était un bon signe, se dit-elle. Elle serait sûrement heureuse dans cette petite cité qui semblait si tranquille.

Ils arrivèrent au château, gardé par un certain Eric de Marville, qui se disait le représentant du roi. Une armée importante en garnison avait pour mission de protéger la route de Paris de toutes les tentatives de Jean sans Terre, qui guerroyait dans le Berry. Eric de Marville était un petit homme rond, la tête large, la barbe blanche. Il portait la cotte de mailles et un léger bassinet en forme de chapeau qu'il s'était fait confectionner par un forgeron local. Il plaisantait beaucoup. Son visage jovial incitait à la confiance.

Il reçut Guilhem et Ingeburge avec empressement. Il assura la reine qu'elle serait bien en ce lieu certes venté mais plein de lumière. Il la fit entrer dans l'immense forteresse, qui se prolongeait par plusieurs corps de bâtiments. La cour était envahie de soldats à l'entraînement au combat singulier et d'une multitude de charretiers apportant nourriture et fagots à cette population de soudards désœuvrés. Marville emmena lui-même Ingeburge à ses « appartements », limités à une pièce et un petit réduit pour ses ablutions. Il lui présenta une dizaine de femmes à son service, des marâtres aux têtes repoussantes. En les voyant, la princesse se dit qu'elle ne s'habituerait jamais à la vulgarité des gens de France. Quand Guilhem voulut repartir, elle s'approcha de lui et lui prit la main.

— Revenez-moi vite, je vais me sentir très seule en ce lieu.

— Aussi vite que je pourrai.

Elle abaissa ses paupières sur ses yeux clairs. Ses cheveux dorés non coiffés roulaient sur ses joues. Guilhem aurait voulu les caresser tant ils paraissaient soyeux et d'une couleur rare, celle de la lumière de la lune quand le froid givre les herbes.

— Je vous écrirai ! lui murmura-t-elle à l'oreille.

Guilhem s'éloigna, à la fois triste et heureux.

— Qu'est-ce que tu en penses ? demanda-t-il à Fouillade, une fois hors de la forteresse.

— Que ce Marville cache bien son jeu. Je ne lui fais pas confiance.

— Tu as raison. Tu crois que si le roi l'a éloignée du palais et de Paris, c'est pour que personne ne sache quel traitement elle va subir…

— C'est bien ce que je pense aussi ! répondit son fidèle compagnon.

Puis il ajouta, avec un sourire en coin :

— Cette reine vous aime fort. Il faut la comprendre, vous êtes le seul à avoir pour elle de bonnes intentions !

— Bon, il doit bien y avoir une auberge dans cette ville, avec quelques garces à mignoter ! conclut Guilhem, montrant par là qu'il avait bien compris.

Agnès de Méranie n'en pouvait plus. Cette femme coquette et mondaine ne supportait plus de vivre dans l'isolement au milieu de servantes et de soudards vulgaires. Le comte de Nogent, commandant de la base militaire, l'avait prise en pitié et lui avait permis d'écrire au roi, qui ne répondait pas à ses lettres. Elle était de plus en plus lourde et redoutait de perdre son enfant, son seul lien avec Philippe, sa seule chance d'attirer sa compassion.

L'été était chaud et sec. A la fin du mois de juillet, un orage particulièrement violent déracina les gros chênes devant l'entrée du château. Une nuée de bûcherons furent mobilisés pour dégager la voie d'accès. Les troncs étaient roulés jusqu'à une place où des charpentiers les sciaient en épaisses planches destinées à la construction de bateaux. Les branches étaient fendues en bûches pour le feu. Agnès attardait son regard sur ces hommes libres qui plaisantaient en travaillant. Sa grossesse arrivait à son terme et de vives douleurs lui cisaillaient le ventre.

Une lettre de la comtesse de Meaux, avec laquelle elle entretenait une correspondance régulière, lui apprit que le roi avait décidé de reprendre Ingeburge auprès de lui. Le coup était si brutal et inattendu qu'elle sentit son cœur défaillir ; elle tomba en pâmoison devant ses femmes, qui appelèrent son médecin. Il lui fit respirer des sels. Le regard vide, les yeux roulant dans leur orbite, la belle brune tremblait de tous ses membres.

Puis elle sombra dans une violente colère. Elle criait, menaçait les saints qu'elle avait priés et qui ne l'avaient pas écoutée. Elle s'en prenait à Dieu lui-même. Son confesseur, l'abbé Leguin, vieil homme sage et calme, tenta de la ramener à la raison, mais le regard de folle d'Agnès lui révéla qu'elle était désormais entre les mains du démon.

Désenvoûteur comme la plupart des prêtres, il demanda qu'on allonge la possédée sur son lit. La jeune femme se débattait en criant ; quatre valets furent nécessaires pour la maîtriser, chacun tenant un membre, et un cinquième la tête.

Leguin demanda à ses aides de ne pas faiblir : le diable ne quittait pas facilement ses proies et leur conférait une force surhumaine. Puis il prononça les prières rituelles. Agnès se contracta, montrant ses dents gâtées. Elle répétait des mots incompréhensibles, c'était, à en croire Leguin, le langage de l'enfer. Profitant d'un instant de relâchement de ceux qui la maintenaient, elle bondit, se jeta contre la porte fermée.

Quand elle fut enfin calmée, le prêtre approcha le crucifix de ses lèvres. Elle n'eut aucune réaction, preuve que Lucifer avait quitté son corps. Dans la soirée, après un court instant de repos, les cris reprirent. En l'examinant, les sages-femmes découvrirent que le diable n'y était pour rien : Agnès de Méranie était en train d'accoucher.

Elle se tordit de douleur toute la nuit. Au petit matin, la future maman épuisée n'avait plus la force de crier. Les sages-femmes mouillaient son visage avec un linge frais. Le bébé était trop gros. L'une d'elles, forte d'une longue expérience d'accouchements difficiles, tenta de diminuer le diamètre de la tête en malaxant les os du crâne. Après plusieurs heures d'effort, elle dut renoncer. Elle fit appeler deux médecins de la cour. Cela prit une partie de l'après-midi. A leur arrivée, Agnès, épuisée, haletait. La fièvre était montée et son visage ruisselait d'une sueur froide. Elle claquait des dents. Harfort et Blédon, vêtus de l'austère costume de leur fonction, examinèrent l'épouse royale et se concertèrent longuement. Harfort, qui avait accouché la plupart des femmes de la cour, enfonça sa main dans l'orifice naturel et tâta l'intérieur. Il contourna la tête du bébé, beaucoup trop grosse, toucha un bras, qui se contracta.

— Beaucoup trop gros, constata-t-il, mais il est vivant !

Cela compliquait la délivrance. Harfort, de corpulence petite et maigre, adressa un regard anxieux à Blédon, qui gardait la tête haute en toutes circonstances. Médecin personnel de Guillaume de Champagne, il était très écouté depuis qu'il avait opéré et sauvé l'évêque d'un abcès purulent au bas-ventre.

— Nous n'avons pas le temps d'envoyer un émissaire au roi…

Les deux médecins devaient prendre une décision qui les dépassait. Fallait-il sauver l'enfant au risque de tuer la mère, casser les os du bassin pour garder le bébé en vie ? Ils firent appeler le comte de Nogent, lointain cousin de Philippe II, et lui présentèrent la situation.

— L'enfant peut être mort-né, dit le comte après un instant de réflexion, personne n'ira vérifier vos affirmations.

Ils disposèrent sur un linge blanc les pinces, scies à long manche, scalpels, pendant qu'une femme faisait respirer des vapeurs d'eau-de-vie à Agnès, ce qui la calma. Blédon retroussa les manches de sa chemise, découvrant ses bras sans poils d'une pâleur extrême. Il fit jouer ses doigts comme un musicien qui s'apprête à interpréter une partition difficile. Ses gestes étaient précis.

— D'abord la tête ! dit-il en enfonçant sa main droite dans le ventre d'Agnès jusqu'à toucher la tête du bébé. Il faut écraser les os très tendres...

Il se concentra en regardant fixement Harfort, debout à côté, une scie à la main. Les muscles de son bras se contractaient pendant qu'il triturait le petit corps.

— C'est bien un fils de roi ! murmura-t-il entre ses dents. Il est solide, il aurait fait un fier chevalier...

Les femmes tenaient le linge imbibé d'alcool sur le nez d'Agnès, inconsciente. Un sang épais, chargé de morceaux de chair et d'os, coulait le long de ses cuisses dans une bassine.

— Le petit couteau devrait suffire ! précisa Blédon en sortant son bras ensanglanté et en prenant le couteau à manche épais et fine lame courte que lui tendait Harfort.

Il introduisit l'outil dans le ventre d'Agnès, qui n'avait plus aucune réaction, et, les yeux fermés, se mit à déplacer son bras d'avant en arrière. Au bout d'un moment d'effort, la sueur au front, il ressortit l'outil, entraînant avec lui une masse allongée de chair et de sang. Puis il sortit une boule, qui devait être la tête de l'enfant, puis les bras, détachés des épaules, et enfin le tronc et les jambes.

Un flot de sang et de matière molle sortit du ventre de l'accouchée. Pendant que Blédon se nettoyait les bras dans une bassine d'eau propre, Harfort emporta les morceaux du petit prince et donna l'ordre qu'on les enterre quelque part dans la prairie voisine, assez profondément pour que les chiens, les loups et les sangliers ne viennent pas les déterrer.

Agnès gisait sur le lit, inconsciente. Les médecins la veillèrent toute la nuit et la journée suivante ; son état ne s'améliora pas. Elle délirait, en proie à une fièvre intense. Les linges humides appliqués sur son ventre n'avaient aucun effet. Harfort et Blédon, qui avaient assisté nombre de femmes dans cet état, en connaissaient l'issue.

— Il faut avertir le roi ! fit Blédon.

Deux cavaliers quittaient le fort de Vincennes pour le palais de la Cité. Le roi, occupé avec une ambassade du Saint Empire, leur fit savoir qu'on devait le tenir informé heure par heure de l'état d'Agnès.

Le lendemain, avant prime, après une nuit de terribles souffrances, « l'épouse ajoutée » ouvrit les yeux et murmura ces mots : « Philippe, je te demande pardon ! » Elle poussa un soupir, joignit les mains et son regard levé vers le plafond s'immobilisa.

En début de matinée, Philippe apprit la mort de cette femme qu'il avait beaucoup aimée. Il avait prévu une chasse avec les ambassadeurs de l'Empire et on préparait les bagages pour se rendre à Fontainebleau. Avant de rejoindre ses invités, le roi fit appeler Roye.

— Je veux qu'elle soit enterrée dans le village de Saint-Corentin et qu'on construise une abbaye pour perpétuer son souvenir.

Cette mort le tirait d'une situation où il se trouvait enfermé depuis sept longues années. Il n'eut pas un mot de regret et demanda que l'enterrement se fasse sans faste. Il n'y paraîtrait pas, les affaires du royaume le retenaient.

Il partit à la chasse en précisant que tout devait être terminé à son retour.

TROISIÈME PARTIE

La prisonnière d'Etampes

Le siège durait depuis l'été 1203. Après avoir pris les petites forteresses voisines, Muret, l'Ile de la Tour, Boutavent, Philippe Auguste avait pensé que Château-Gaillard, ainsi isolé, ne tiendrait pas longtemps. Il s'était trompé. En ce mois de février 1204, un blocus total ne laissant entrer aucun chariot de ravitaillement n'avait pas encore eu raison de l'intraitable commandant de la forteresse.

Au cours de sa vie de soldat, Roger de Lacy avait subi et repoussé plusieurs sièges. Il s'était donc préparé à celui-ci en toute connaissance de cause. Quand le roi de France commença à s'emparer des petites forteresses aux alentours de Château-Gaillard, il fit engranger d'importantes quantités de provisions puis détruire le pont qui permettait de franchir la Seine.

Philippe avait fait évacuer le village des Andelys pour y loger ses troupes, puis aménager un point avec des barques à fond plat amarrées côte à côte. Espérant que l'hiver aurait raison de l'ennemi, il avait profité de l'automne pour faire combler le fossé autour du château et creuser une longue tranchée protégée des flèches ennemies par des palissades. Ne restait plus qu'à attendre les premiers signes de faiblesse des assiégés…

Mais l'hiver s'achevait, et Château-Gaillard tenait toujours. Philippe, naturellement impatient, ne cessait de maugréer. Les hommes s'ennuyaient. Au début, ils avaient dû repousser les Anglais accourus au secours de la forteresse, ce qui n'avait pas été très compliqué. Après cette tentative avortée qui avait causé beaucoup de pertes à son armée, Jean sans Terre s'était enfui en Angleterre, abandonnant Roger de Lacy à son destin.

Les Français désœuvrés s'approvisionnaient dans la campagne voisine, multipliant les pillages et les viols. Guilhem, ne supportant pas l'inaction, s'était construit une sorte de maisonnette ronde qui faisait des envieux. Fouillade avait réussi à voler du mobilier dans les environs et la petite demeure était assez confortable. Un feu brûlait au milieu de la pièce, fumant beaucoup mais chauffant un peu, ce qui incitait le roi de France à lui rendre de fréquentes visites. Même si Ventadour n'était pas un fin stratège, le roi lui demandait son avis, car il appréciait son bon sens.

Guilhem n'avait pas eu de nouvelles d'Ingeburge depuis deux longues années, et les espies qu'il avait envoyés à Etampes lui en avaient rapporté de bien mauvaises : elle était maltraitée, elle partageait son quotidien avec les servantes, on lui confiait des tâches rebutantes. Si Philippe ne l'avait pas obligé à rester près de lui, il aurait rejoint la reine déchue depuis longtemps.

Un matin, le roi le fit mander dans ce que l'on appelait « le Palais », simple baraque en rondins et en planches, identique à celle des autres soldats. Le roi le reçut dans cet intérieur minuscule où brûlait un grand feu. Il demanda son épais manteau en loup. Guérin était là, ainsi que Clément, dont personne n'ignorait la présence d'un neveu dans le camp anglais. Nesle, qui fréquentait beaucoup les ribaudes, nombreuses autour de l'armée, était absent, ce qui étonna Guilhem.

— Je vous prie de me suivre ! ordonna le roi en sortant de son Palais.

Il faisait gris ; un léger crachin gelé arracha une grimace au roi, qui marchait en tête dans le sentier boueux. En face, dans la brume, se dessinait l'imposante masse du château qui résistait toujours aux Français. Ils arrivèrent à la partie dont le fossé défendait l'entrée principale, gardée par un pont-levis. Là, des centaines d'hommes protégés par une haute poterne disposaient plusieurs machines de guerre pendant que d'autres, à l'arrière, taillaient des boulets, dont certains pesaient plus de deux cents livres.

— Ces cinq trébuchets permettront de forcer la tour de garde à l'entrée derrière le fossé, annonça le roi. On tirera des boulets de deux cents livres. Qu'en pensez-vous ?

Robert Clément souriait, satisfait. A l'origine de cet imposant arsenal de siège, il ne doutait pas un instant de sa réussite. Il était surtout fier de la construction de quatre petites machines semblables aux trébuchets, mais plus maniables et demandant moins d'hommes pour les actionner.

— Ces quatre couillards vont lancer des boulets enflammés par-dessus les murs... On a dit que

Château-Gaillard était imprenable, nous allons prouver aux Anglais que c'est faux ! affirma-t-il avec orgueil.

Le regard que lui lança le roi ne lui échappa pas. Ils pensaient tous les deux à Eude Clément, le neveu félon, passé à l'ennemi car il croyait cette place inviolable, et que son intérêt était de servir l'Anglais.

— C'est grâce à lui que nous avons eu les plans de la forteresse ! précisa Robert.

— Certes, certes, fit le roi, sans conviction.

Il avait pris ses renseignements : Eude Clément avait été sensible à l'or des Anglais et il le soupçonnait d'entretenir des espions dans sa propre armée.

Un homme roux, portant un épais manteau noir, s'approcha du roi.

— La tour de bois est prête !

Il avait fallu plusieurs semaines à une multitude de charpentiers et de forgerons pour construire cet énorme échafaudage monté sur roues ferrées. Une centaine d'archers et de sergents pouvaient y prendre place. On le ferait rouler jusqu'à la muraille, qu'il serait alors facile de franchir.

— Nous attaquerons demain !

Un bruit de chaînes s'entrechoquant les alerta. Les ouvriers cessèrent leur travail pour regarder dans la direction du château. Le pont-levis s'abaissait lentement. Qu'est-ce que cela signifiait ? Les assiégés avaient-ils décidé de se rendre ?

Les portes s'ouvrirent et une multitude d'hommes, de femmes, de vieillards et d'enfants d'une grande maigreur furent expulsés par des soldats qui n'hésitaient pas à embrocher les récalcitrants. Ces malheureux se mirent à genoux devant les Français, les suppliant de les épargner.

— Que se passe-t-il ? demanda le roi à l'un d'eux.

— Il n'y a pas assez de provisions. Nous sommes du village et nous avons été jetés hors du château pour limiter les bouches. Ayez pitié de nous, nous serons vos fidèles sujets...

— Pitié, supplia une jeune femme en montrant son nourrisson mort dans ses bras.

Philippe échangea un regard interrogateur avec ses conseillers. Clément opina, le moine Guérin fit un signe de croix et murmura une prière. Guilhem soupira. La jeune femme agenouillée devant le roi était belle et blonde, comme Ingeburge. Philippe croyant revoir la reine emprisonnée à Etampes, la jeune fille de la forêt de Compiègne, abaissa la tête pour cacher son trouble. Il pensa qu'une bonne action à cet instant pouvait décider Dieu en sa faveur.

— Qu'on épargne ces pauvres bougres, qu'on leur donne à manger et qu'on les laisse passer pour qu'ils rentrent chez eux.

Puis il ajouta, tourné vers les misérables :

— Il ne vous sera fait aucun mal. Mais éloignez-vous.

Quand ils virent venir des gardes portant des paniers de pain, ils se précipitèrent, retrouvant tout à coup des forces pour jouer des coudes. Le roi regardait ces misérables s'étouffer avec des bouchées trop grosses.

— Chassez-moi tout ça et reprenez votre travail maintenant ! ordonna-t-il.

Les gardes armés de lances obligèrent les villageois à s'éloigner. Leur sort n'intéressait personne ; ils traversèrent les groupes de soldats, puis disparurent dans les bosquets voisins.

— Demain à prime, que tout le monde soit prêt à attaquer ! dit le roi, soufflant dans ses mains pour les réchauffer.

Il regagna son palais sans rien ajouter.

Le soir, il convoqua Clément pour préparer la journée du lendemain, décisive. Puis il fit appeler Beauvais, son homme à tout faire, et lui demanda de lui trouver une fille assez avenante pour lui faire oublier son anxiété. Quelques instants puis tard, Beauvais revint, poussant devant lui une superbe femme blonde. Philippe lui trouva une ressemblance avec Ingeburge et la chassa, annonçant qu'il voulait être seul pour prier.

Tout le monde fut debout avant le jour. Les chevaliers endossaient leurs lourdes armures de fer, aidés par des forgerons maniant habilement le marteau et la pince. Les premiers à attaquer seraient les soldats à pied, vêtus d'une cotte de mailles simple, quand ils pouvaient se la payer, ou d'une cuirasse en peau de bœuf, bien moins efficace.

On approcha la tour de bois près de la muraille, ce qui ne fut pas une mince affaire, malgré la voie empierrée aménagée à cet effet. L'énorme construction craquait, et faillit se renverser à plusieurs reprises.

Philippe avait demandé à Guilhem de se tenir à ses côtés. Il avait remarqué que Dieu était du côté de l'Occitan ; près de lui, il se croyait lui-même protégé. Quand le chevalier s'approcha, vêtu de son énorme armure, il ne put s'empêcher de lui lancer un regard admiratif. C'était un ours bardé d'acier. Qui pourrait l'arrêter dans sa charge ?

Dans la pénombre, les hommes s'activaient autour des machines de guerre. Ils chargeaient les trébuchets, qui entrèrent aussitôt en action, lançant les monstrueux boulets contre les murs de la tour de garde. Les couillards projetaient des boulets enflammés destinés, en boutant le feu à l'intérieur, à terroriser les assiégés, tout comme les énormes masses se fracassant contre la maçonnerie dans un vacarme d'apocalypse.

La construction qui gardait l'entrée s'effondra dans un immense fracas au milieu d'une épaisse fumée. Guilhem, en tête de sa bataille, fut un des premiers à franchir le pont-levis, dont les chaînes s'étaient rompues, fauchant devant lui les Anglais à grands moulinets de sa lourde épée. L'évêque de Soissons, qui préférait la guerre aux offices religieux, faisait tournoyer une énorme masse d'arme, car un ministre de Dieu n'avait pas le droit de verser le sang. Homme puissant, doté d'épaules de bûcheron, il faisait merveille aux côtés de Guilhem.

En quelques heures, les Français furent maîtres de la place.

Nesle, jusqu'alors en retrait de l'assaut, arriva près du roi.

— Où étiez-vous ? Je ne vous ai point vu pendant la bataille ! lâcha Philippe. Puis, se tournant vers Guilhem : Mon ami, je vous serai toujours redevable de ce coup d'éclat.

Cette première victoire ne les rendait pas pour autant maîtres du château, qui était formé de trois enceintes successives. Il restait à conquérir ce qu'on appelait la basse cour, fort bien défendue par un mur de quatre brasses d'épaisseur sur lequel les machines de guerre n'avaient que peu de prise. Le fossé profond et large d'une vingtaine de brasses était infranchissable et les assaillants n'avaient pas assez de matériaux pour le combler comme ils l'avaient fait avec le premier. Les stratèges, parmi lesquels Clément et Guérin, explorèrent l'endroit et découvrirent son point faible, une erreur des constructeurs à mettre à leur profit :

— Sire, s'exclama Guérin, la citadelle la mieux construite de tous les temps a une faiblesse énorme ! ses bâtisseurs, considérant sans doute qu'il était impossible de passer la première enceinte, n'ont pas pris la précaution de faire un pont-levis…

Le roi se fit conduire jusqu'à l'endroit indiqué. Il y avait là un pont en pierre qui franchissait les douves. Un pont sur lequel pouvaient passer quatre chevaliers côte à côte. Il avait été conçu pour faciliter la défense de la basse cour, mais pouvait-il en causer la perte ? Philippe en doutait. Il réfléchit, une main devant la bouche. Il connaissait bien celui qui avait fait construire le château, son cousin, Richard Cœur de Lion. Or celui-ci n'aurait jamais pu commettre une telle faute. C'était un homme de guerre rompu à chaque détail d'un combat…

— Je pense, dit alors Philippe, que ce pont sans défense est un piège et qu'une fois la porte franchie nous serons tous massacrés… Trouvons une autre voie ! Il faut les attaquer là où ils ne nous attendront pas.

— On ne peut pas faire entrer la tour en bois, il faudrait la démonter, ce qui prendrait trop de temps, s'empressa Clément, qui comprenait tout à coup que lui et Guérin s'étaient un peu trop avancés.

— Qui vous a parlé de faire entrer la tour en bois ? Si nous ne pouvons passer par-dessus les murailles, nous passerons par-dessous !

Le roi ordonna la construction d'un énorme bouclier en planches. Une sorte de toiture montée sur roulettes en bois. Les charpentiers y travaillèrent cinq longues journées, pendant lesquelles les chevaliers prirent leurs aises dans l'immense cour. Les assiégés, apparemment sûrs d'eux, se tenaient tranquilles. Philippe pressentait là un stratagème, un dispositif de guerre invisible qui risquait d'anéantir tous ses efforts. Pourtant, le travail continuait. On acheminait des troncs d'arbres entiers que les charpentiers mettaient en forme à l'herminette. Quand la large toiture montée sur roues fut enfin prête, on la fit rouler jusqu'au pied de la tour de garde pour protéger les terrassiers. Le roi ordonna alors qu'on creuse sous les fondations une grosse cavité qu'ils étayèrent d'épais poteaux de bois. Ainsi, en une dizaine de jours, les taupiers purent remplir l'énorme galerie de foin et de paille.

Le roi lui-même y mit le feu. Le brasier répandait une chaleur intense, mais le but recherché fut atteint : les étais de bois ayant brûlé, la tour s'effondra. Une énorme brèche s'ouvrit dans le flanc de l'ouvrage. La voie était libre !

Sans perdre de temps, Philippe donna l'ordre d'attaquer. Les chevaliers se précipitèrent pour pénétrer dans la basse cour, où le combat faisait déjà rage.

— Restez près de moi, Guilhem, ordonna le roi.

Ils se mêlèrent à la bousculade. Rapidement l'assaut tourna à l'avantage des Français. Le soir, à la tombée de la nuit, la place était vidée de tout Normand. On évacuait les cadavres et les blessés. Les hommes, épuisés, avaient faim et froid. Comme ils n'avaient pas de vivres, ils découpèrent plusieurs chevaux tués pendant la bataille et les firent griller sur des grands feux qui répandaient une lueur étrange dans ce château orgueilleux dont on commençait à voir les plaies sous la lune froide.

— Reste le plus difficile, s'inquiéta le roi, en mastiquant difficilement un morceau de cheval trop dur pour ses dents gâtées. La haute cour et le donjon.

Cette partie ultime de la forteresse était aussi défendue par un fossé profond et des murs de plusieurs toises de haut. Le roi réfléchissait. Clément et Guérin faisaient les cent pas.

— Il nous faut pouvoir entrer sans être vus. Attaquer en profitant de l'effet de surprise, poursuivit Philippe, qui, pourtant, ne croyait pas à ce qu'il disait.

La nuit fut courte. Les hommes allongés à même le sol grelottaient malgré les feux qu'ils continuaient à entretenir. Au petit matin, Clément vint trouver le roi dans la tente dressée à son attention. L'occasion de chasser les doutes de Philippe en mettant en avant son neveu était trop belle pour la laisser filer.

— Sire, je viens de vérifier ce que je tiens de mon neveu, Eude. Cette forteresse n'avait aucun défaut lors de sa construction, mais, après la mort de son frère, Jean sans Terre a voulu y mettre sa marque et a créé une faiblesse que nous allons pouvoir utiliser…

— Laquelle ? demanda le roi.

— Il a fait construire une chapelle. Je vous invite à me suivre…

Philippe et Clément se rendirent dans la partie est de la cour. La chapelle construite par Jean sans Terre, accolée au mur d'enceinte et à deux brasses du sol, comportait quatre ouvertures destinées à laisser passer la lumière. Le roi contempla longuement cet ouvrage dont on voyait qu'il venait d'être rajouté.

— Jean est le plus fourbe des hommes que je connaisse, dit-il. C'est aussi le plus stupide. Attendons la nuit prochaine.

L'armée française passa la journée à se reposer sous les paravents de planches pour se protéger des flèches des assiégés. Cette inertie de l'ennemi fit croire à Roger de Lacy que l'ennemi était bloqué. Il retrouva l'espoir de reprendre l'avantage.

A la nuit, les troupes françaises profitèrent de l'obscurité pour dresser des échelles contre le mur de la chapelle et s'introduisirent par les fenêtres, invisibles du haut du donjon. Au petit matin, des soldats en nombre suffisant étaient dans la place pour l'attaquer.

Une immense clameur monta dans ce matin frais du 6 mars 1204. Les hommes de tête portant le bassinet et une cotte de cuir pour ne pas s'alourdir se lancèrent à l'assaut du donjon. Ils grimpaient sur de longues échelles très souples. Les Normands les repoussaient avec de longues perches, mais ils n'étaient pas de force. Ils furent rapidement maîtrisés, et les lourdes portes ferrées enfin ouvertes laissèrent entrer le flot de l'armée. Philippe, à la tête de sa bataille, pénétra dans la haute cour et se trouva au milieu d'une mêlée inextricable. Guilhem, toujours au plus près du roi pour assurer sa protection, faisait tournoyer sa grande épée sans dissimuler son plaisir. Tout à coup, pris par le revers, le roi fut désarçonné et jeté au sol. Sa lourde armure l'empêchait de se relever. La pointe d'une lance crissait sur les plaques de fer, cherchant l'endroit vulnérable de l'armure, le cou protégé par une simple toile métallique. Guilhem se jeta sur l'assaillant et le terrassa pendant que le roi, aidé par ses écuyers, se relevait.

— Tu me sauves la vie pour la deuxième fois, Ventadour ! C'est devenu une habitude chez toi !

— Je n'ai fait que mon devoir, celui de vous servir.

Philippe s'éloigna en pensant aux prédictions de son nouvel astrologue, quelques semaines avant le siège de Château-Gaillard : « Un homme qui vous sauvera la vie par deux fois vous trahira de la pire manière ! » Il voulut se convaincre que même les astrologues les plus réputés pouvaient se tromper. Alors que le soleil montait dans un ciel pur, il allait savourer sa victoire sans la moindre ombre. Il était le maître de la place ; la Normandie lui ouvrait ses portes. Jean sans Terre était vaincu.

Philippe II s'imposait comme le plus puissant roi de la chrétienté, et le pape Innocent comprendrait qu'il valait mieux s'en faire un allié qu'un ennemi.

Une semaine plus tard, Philippe rentrait à Paris. Sa victoire était totale. Le cours de son règne allait en être complètement transformé. Il était désormais incontournable dans toutes les affaires de l'Europe et se plaçait devant son vassal anglais. Son but était de reconquérir toutes ses possessions sur le continent. Il lui restait donc encore beaucoup de besogne.

On organisa plusieurs jours de fête pour célébrer l'événement. Philippe, qui n'aimait pas les réjouissances, les devait à son entourage, à la cour qui s'ennuyait et surtout aux Parisiens, pour se réconcilier avec eux. Il fit distribuer du pain et de la viande. On dressa des tables sur les places, on fit couler du vin aux fontaines publiques.

Un soir, pendant qu'on dansait au palais, Philippe, retiré dans sa salle où flambait un grand feu, convoqua Guilhem. Comme il avait l'habitude de le faire, il n'en vint pas directement au but de cette conversation, mais bavarda d'abord de choses et d'autres. Puis :

— Avez-vous des nouvelles de madame Ingeburge ?

— Non, sire, mentit Guilhem. Depuis qu'elle se trouve au château d'Etampes, je n'en ai aucune. Nous avons beaucoup guerroyé et je n'ai pu m'occuper de cela autant que vous me l'aviez demandé.

— Moi, j'en ai. Mes gens sur place me font des rapports réguliers. Elle va très bien.

Il abaissa la tête, caressa le museau de son chien. Guilhem se retint pour ne pas contredire le roi, pensant qu'il était temps d'agir. Il régnait une chaleur torride dans cette pièce où le feu ne s'éteignait jamais.

— Vous m'avez sauvé la vie par deux fois. C'est beaucoup.

— Sire, je n'ai fait que mon devoir, lui rappela humblement Guilhem.

— Certes, mais sans vous la France serait orpheline. J'ai donc décidé de vous marier !

Guilhem n'avait jamais pensé à se marier. Il se considérait comme un chevalier errant, un étranger à la cour de France, et n'était pas pressé de retourner à Ventadour. Il devait tout au roi, et Ingeburge occupait ses pensées. Depuis quatre ans qu'elle était à Etampes, il attendait l'occasion de la rejoindre. Mais rien ne venait.

— Je vais vous faire comte !

Guilhem s'étrangla et se retint pour ne pas tousser devant le roi.

— Comte ? Mais je ne suis qu'un bâtard de Ventadour, je n'ai pas de terres, j'ai été armé chevalier par votre générosité. Je n'ai pas de nom. Ma mère était lingère au château...

— Je sais prendre la mesure des gens, répliqua le roi. Je t'ai vu l'épée à la main, tu sais te battre, je t'ai vu aussi enfreindre mes ordres, apporter à manger à ces misérables qui mouraient sous les murs de Château-Gaillard… Tu aimes la vie, la table et les amusements, mais tu es généreux, tu sais respecter une parole et rester fidèle à ton roi. Tu seras comte de Virecourt. Le vieux comte est très malade. Isabelle, sa fille unique, sera ta femme !

En parlant ainsi, le roi n'obéissait pas qu'à une intention généreuse et amicale. Son devin ne lui avait-il pas dit aussi que la trahison de celui qui le sauverait par deux fois n'adviendrait pas s'il savait le récompenser de manière éclatante ?

Chevalier solitaire, Guilhem aimait la guerre, la musique et le chant, il fréquentait tavernes et bordeaux, vivait dans l'insouciance grâce à la pension du roi, et cela lui suffisait. Il ne s'était jamais imaginé marié sur ses terres, surtout depuis qu'il connaissait Ingeburge. Cette pensée lui était insupportable. Devenir comte en épousant la comtesse de Virecourt contrariait ses rêves d'amour absolu et impossible. Son oncle, Bernart de Ventadour, amant d'Aliénor, et de beaucoup de femmes, n'avait jamais épousé personne. L'amour chez les troubadours ne pouvait fleurir que dans une impossible réalisation.

— Sire, cela ne se peut. Je suis un marcheur de grands chemins, un guerrier à l'occasion et un poète quand une dame me chatouille le cœur. Je ne puis…

— Tais-toi, Ventadour, ne te dresse pas contre la volonté de ton roi. J'ai décidé de te marier et tu feras une superbe lignée de comtes de Virecourt. Ta descendance sera appelée aux plus hautes fonctions de la couronne de France.

Guilhem n'osait exprimer le fond de sa pensée. Il se prosterna devant le roi. Celui-ci regardait ce colosse à genoux, son énorme tête, ses lourds cheveux bouclés, sa figure couverte d'une barbe épaisse. En élevant Guilhem au grade de comte, en le gardant près de lui, Philippe avait le sentiment que la mort ne pourrait pas l'atteindre.

— Tout est prêt. Ta future épouse te rejoindra à Compiègne, où la cour va se rendre pour chasser. Il y aura une grande fête, digne des plus grands de ce royaume.

— Sire, je ne sais comment vous remercier…

— Cela suffit. Retire-toi, j'ai à réfléchir.

Quand Philippe prenait une décision, il était toujours pressé de la réaliser. Le mariage de Guilhem était l'événement qui occupait la cour. Bien évidemment, les proches du roi voyaient dans ce cadeau offert à un aventurier une offense à leur fidélité et à leur rang. Le bellâtre Raoul de Nesle ne cessait de raconter que le Ventadour passait ses nuits dans les bordels et que ce serait rendre service au roi de le débarrasser de cet importun, ce sorcier qui avait scellé un pacte avec le diable. « Il le fait comte, mais le gaillard ne s'en contentera pas, il voudra être duc et pourquoi pas roi ? A ce propos, on dit qu'il serait très proche de la reine rejetée… »

Guilhem laissait parler. Pourtant, ce mariage le tracassait. Il était flatté par l'honneur que lui faisait le roi. Il serait désormais assuré de revenus importants, et il montrait ainsi à ses ennemis qu'il devait dorénavant être traité avec plus de déférence qu'un fauconnier ou un maître de chenil. Il assurait sa place et celle de sa descendance à la cour. Il n'avait vu de sa future épouse qu'un mauvais portrait, et ne la trouvait pas à son goût. Elle approchait de sa vingt-sixième année, ce qui n'était pas très jeune pour une future mariée, quand lui allait sur ses trente ans.

Par-dessus tout, Ingeburge ne quittait pas ses pensées.

Il faisait beau, ce 18 septembre 1204. Le château de Compiègne était depuis plusieurs jours le théâtre des préparatifs du mariage de Guilhem de Ventadour avec Isabelle de Virecourt. On n'aurait pas fait plus grand dérangement pour un mariage princier. Les fidèles du roi observaient ces excès sans taire leur mécontentement. Ils complotaient. Le roi s'en réjouissait. N'avait-il pas évincé de son conseil les amis de son père, tous grands nobles, pour donner la primauté à des parvenus de talent ? Ce mariage remettait chacun à sa place, et lui sur le trône, d'où ses décisions ne pouvaient être contestées.

Des coursiers annonçaient le cortège de la future mariée. Malgré lui, Guilhem était anxieux. Il n'avait pas beaucoup dormi les jours précédents, noyant son mal-être dans le mauvais vin de la région.

Enfin, quand Fouillade le prévint que le convoi approchait, il fut pris d'un malaise.

Voilà que je tremble comme une pucelette ! se dit-il en inspirant bruyamment.

La voiture du vieux comte de Virecourt était en tête. Quand il mit pied à terre, on s'aperçut qu'il marchait difficilement. Le roi l'accueillit avec les honneurs. Les moqueries fusaient. Philippe feignit de ne pas les entendre.

Enfin, la future épouse s'approcha, parmi ses dames de compagnie. Raoul de Nesle, toujours pimpant et parfumé, souffla à son voisin :

— On dirait une gardienne d'oies !

Raoul de Nesle, marié lui aussi par le roi, ce qui lui permettait de mener une vie oisive, délaissait la douce Grâce de Ponthieu pour de jeunes hommes. Isabelle, d'assez grande stature, portait avec élégance une robe rouge et un hennin blanc orné de rubans rouges. On remarquait son visage un peu long mais régulier, ses grands yeux pleins de lumière. Elle était bien faite, et ceux qui ne cherchaient pas d'emblée à lui inventer des défauts se demandaient pourquoi elle ne s'était pas mariée plus tôt.

La cérémonie était prévue dans la cathédrale de Compiègne, devant laquelle la foule s'amassait. Guilhem était resté dans ses appartements. Quand on vint le chercher, il rejoignit l'escorte que le roi lui avait prévue, constituée de ses proches, qui n'appréciaient pas leurs rôles secondaires mais étaient bien obligés de faire bonne figure. Il était fébrile, et Fouillade, malgré son envie de rire, le rassurait en lui adressant moult regards complices.

Guilhem et sa suite sortirent du palais par une porte différente de celle empruntée par sa future épouse. Les deux cortèges se rejoignirent devant la cathédrale, sous les vivats de la foule. Le roi en personne accompagnait Isabelle de Virecourt et son père, qui peinait à suivre. Les futurs époux, enfin réunis, purent échanger un premier regard curieux. Guilhem fut heureusement surpris, car celle qu'on lui avait décrite comme laide et boiteuse lui plut d'emblée. Isabelle eut une légère contraction des lèvres, ce qui pouvait s'interpréter comme une déception. Elle le trouvait vraiment trop grand, trop lourd. Elle se sentait minuscule à côté de ce géant qui dépassait sûrement les deux cent cinquante livres. Quel couple mal assorti !

Ils pénétrèrent dans la cathédrale. L'évêque et ses servants les attendaient en bas de l'autel. Les cloches sonnaient, emplissant la ville de leur carillon joyeux. Les habitants, qui ne rataient pas une occasion de faire la fête, chantaient et dansaient dans les rues. M. de Nesle, Roye et le comte de Brienne constatèrent avec amertume qu'on faisait autant de bruit pour ce modeste mariage que pour celui d'un grand du royaume, ou celui du roi lui-même.

La cérémonie ne dura pas. Le roi tenait à montrer par ce détail que ce n'était que le mariage d'un ami. Quand les époux parurent sur le parvis les badauds eurent un instant d'hésitation facc à ccs mariés si mal assortis. Puis les cris, les hourras retentirent pendant que l'on distribuait du vin. Des jeunes filles présentaient des paniers de gaufres ; on les bousculait pour qu'elles les fassent tomber et les enfants, se faufilant entre les jambes, s'en emparaient. Les friandises étaient si rares ! Cela aussi déplut à M. de Nesle. Voilà qu'on régalait la foule aux dépens du trésor royal !

La fête eut lieu au palais. Philippe y participa et chacun vit son visage s'éclairer quand Guilhem prit sa vielle pour chanter un air occitan. C'était une chanson « trouvée » par son oncle Bernart en l'honneur d'Aliénor d'Aquitaine. Tout le monde applaudit. Seule la jeune mariée restait grave. Elle ne savait quelle attitude adopter face à ces princes, ces grands du royaume qui ne cessaient de la reluquer, de lui sourire, comme si elle était une princesse. Dans son fief de Virecourt, elle avait grandi avec les filles des valets et les paysans du village. Elle avait couru dans les prairies avec les bergères et s'était effarouchée en entendant hurler les loups. Elle était bien plus proche du peuple que de ces grands personnages. Son père, à côté du roi de France, était heureux. Il pouvait mourir, maintenant… Jamais un Virecourt n'avait reçu autant d'honneurs. Il regardait son gendre et héritier avec beaucoup d'admiration. Un homme de cette corpulence ne pourrait que bien gérer ses terres. Ses possessions seraient en de bonnes mains.

La fête était prévue pour durer deux jours entiers. Vers la mi-nuit, Guilhem emmena Isabelle dans la chambre préparée pour eux au palais. La mariée était radieuse, et Philippe envia l'empressement que le marié montrait auprès de sa jeune épouse.

Ingeburge pleure. Agenouillée sur son prie-Dieu, elle offre ses larmes au Ciel, qui ne l'entend pas. Depuis combien de jours, de mois, d'années, est-elle prisonnière de la lourde forteresse d'Etampes ? Elle ne compte plus, elle voit défiler les saisons, de l'été torride au froid glacial. Rien ne change, à son isolement et sa détresse. Quel crime a-t-elle commis pour mériter un tel calvaire ?

C'était le printemps. Ingeburge l'avait remarqué aux branches du chêne proche de l'ouverture de sa cellule qui se couvraient de petites feuilles tendres. Un grattement sur la pierre attira son attention. Croh, le corbeau, dardait ses yeux noirs sur la jeune femme qui s'était levée de son prie-Dieu. Sa robe maculée de taches flottait autour de son corps trop maigre. Elle rassembla les miettes du pain dur qu'on lui apportait chaque matin. Elle les étala dans le creux de sa main, s'approcha de l'oiseau qui poussa un petit cri, puis se percha sur son épaule. Elle sentait ses griffes pénétrer le tissu. Ce contact, désagréable en toute autre occasion, lui faisait pourtant un bien immense. L'oiseau s'était réfugié dans sa cellule alors qu'il commençait à peine à voler ; il avait dû être chassé ou tomber du nid. Ingeburge l'avait nourri et gardé plusieurs jours, jusqu'à ce qu'il puisse rejoindre les siens, qui tournaient autour de la forteresse.

Elle ne pensait plus au corbeau quand, un soir, il était venu se réfugier pour la nuit dans sa cellule, caché à l'ombre du mur, ne la quittant pas de son œil noir. Au petit matin, il était parti. Depuis, il revenait régulièrement. Avec le temps, il prit l'habitude de se percher sur son épaule ou son bras. Elle gardait pour lui les restes de ses modestes repas.

Elle entendit du bruit dans l'escalier de pierre. Croh, toujours méfiant, s'envola. Ingeburge se dressa et arrangea ses cheveux qu'on ne coiffait plus depuis longtemps et qui formaient une tignasse pleine de nœuds envahie par les poux. On ne lui apportait pas assez d'eau pour se laver ; elle sentait mauvais, se dégoûtait.

La grosse Pierrarde arrivait, comme chaque matin à la même heure. Ses cheveux gris filasse, son visage rouge de pocharde, ses yeux larmoyants aux paupières tombantes exprimaient une méchanceté naturelle. Elle était surtout très vulgaire. Ingeburge la détestait, car la poivrote n'hésitait pas, quand elle avait un peu bu, à la frapper de ses poings durs comme des cailloux.

— C'est pas l'heure de dormir, on t'attend aux cuisines.

Ingeburge participait à la préparation des repas de la garnison. Sous son aspect souriant et affable, Eric de Marville cachait une grande duplicité ; il portait toujours son chapeau de fer et passait ses journées à chasser dans les forêts voisines. Il aimait la musique et invitait souvent des ménestrels au château. La vie était douce à Etampes, au cœur d'une région riche. Le commerce y était florissant ; plus de cinq mille foyers s'entassaient entre ses murs en cours de construction. Marville commandait la place au nom du roi, et Philippe II lui faisait entière confiance.

Pour se rendre aux cuisines, Ingeburge traversait la cour intérieure, au pied de la tour où plusieurs garnisons faisaient l'exercice ou tuaient le temps en jeux violents, luttes, combats à l'épée, buvant le petit vin produit sur les collines voisines. Désœuvrés, ils ne rataient pas une occasion pour se distraire et les passages, matin et soir, d'Ingeburge les amusaient. A son arrivée dans la cour, ils se prosternaient devant elle avec des rires gras.

— Sa grandeur, la reine de France ! ironisa une fois de plus Ighot, un borgne réputé pour sa force et sa bêtise.

Dans un éclat de rire général il mima des pas d'une danse, entraînant de force Ingeburge dans une ronde maladroite et grotesque. Puis il s'en sépara en lançant, dans l'allégresse générale :

— Ce qu'elle pue ! Il faudra te faire épouiller, ma belle !

Ingeburge supportait ces brimades en pensant à Dieu. Elle avait voulu mourir, se jeter du haut de la tour, mais elle ne pouvait pas s'échapper de sa cellule aménagée dans l'épaisseur du mur.

Ce matin-là, elle arriva aux cuisines, où l'on déchargeait de leurs chariots des paniers de légumes et de viande. Ingeburge, habituée aux moqueries, concentrait son attention sur son travail. Dieu m'inflige cette peine pour me rendre meilleure ! pensait-elle avec conviction.

Elle priait aussi pour Philippe, à l'origine de son calvaire, parfois pour le chevalier Guilhem, mais cette pensée étant impure, elle la chassait bien vite.

Elle levait régulièrement les yeux sur Mélusine, une servante nouvellement arrivée, qui lui souriait. Une amitié silencieuse était née entre elles. Sa présence, sa grâce donnaient à la reine déchue la force de supporter les brimades. Parfois, la jeune fille déjouait la surveillance des gardiens et apportait un peu de pain ou une soupe de légumes à la prisonnière. Elle posait l'écuelle sans un mot et repartait en verrouillant la porte avec une clef qu'elle s'était procurée, grâce à la complicité d'un garde.

Alors qu'Ingeburge triait les légumes, un jeune garçon, la tête et le visage couverts d'un capuchon noir, s'approcha d'elle. Quand il le releva, elle ne put retenir une exclamation de joie.

— Janot ? C'est bien toi ?

Malgré la barbe qui lui recouvrait le menton et les joues, Ingeburge avait bien reconnu son protégé, perdu de vue depuis tant d'années. Le garçon lui glissa dans un sourire :

— Je suis là pour vous aider, madame, je n'ai rien oublié.

Cette retrouvaille heureuse était inespérée. Ingeburge croyait le jeune homme mort ou très loin d'elle. Et voilà qu'il surgissait au moment où elle s'y attendait le moins. Elle profita d'un instant où les autres servantes et surtout l'horrible Pierrarde bavardaient avec des gardes venus les avertir que des mouvements de soldats auraient lieu la nuit suivante pour souffler à l'oreille de Janot :

— Si tu veux m'aider, cours vite à Paris et dis au chevalier de Ventadour que je vais mourir s'il ne fait rien.

— Vous voulez dire le comte de Virecourt ! Le roi a été reconnaissant de ses services et lui a donné pour épouse Isabelle de Virecourt. Ce fut l'occasion d'une grande fête ! Le chevalier est désormais comte, mais il ne change rien à ses habitudes.

— Tu... tu dis qu'il s'est marié ? balbutia Ingeburge.

— Oui, madame, son épouse est fort belle. On dit qu'il en est fou amoureux.

— Ah bon ! fit la reine sur un ton qui ne cachait pas son dépit.

Elle reprit son travail. Agenouillée près d'un seau rempli d'eau froide, elle entreprit d'écailler des poissons fraîchement pêchés dans la Juine. Ventadour, à qui elle avait tant pensé, était donc marié et heureux dans sa comté de Virecourt. Cela la contrariait beaucoup. Non qu'elle éprouvât un quelconque sentiment envers lui, une reine ne tombe pas amoureuse d'un nobliau errant, mais elle n'avait jamais cessé d'espérer qu'il viendrait un jour à son secours. Le généreux Occitan l'avait oubliée, il ne lui restait plus qu'à mourir.

Le lendemain, Ingeburge tomba malade. Quand Pierrarde vint la chercher dans sa cellule, elle grelottait de fièvre et peinait à se tenir debout.

— Tu crois qu'on va te nourrir à ne rien faire ?

La poivrote laissa la malade seule sur sa paillasse à même le sol. Croh se posa près d'elle et demeura ainsi longtemps avant de s'envoler. Dans son délire, Ingeburge s'adressait à Philippe et lui demandait de la chercher pour l'emmener sur la croupe de son cheval. Elle parlait à son père, dont elle avait appris la mort par un messager qui avait réussi à lui faire passer une lettre en soudoyant ses gardiennes.

Des pas légers retentirent sur les dalles du couloir, gravirent l'escalier qui conduisait à sa cellule. La porte s'ouvrit en grinçant. Ingeburge souleva la tête.

— C'est toi, Mélusine ?

— Je vous ai apporté un peu de bouillon chaud. Et une couverture ; le temps est si humide en ce moment.

La malade sourit à la jeune fille qui étalait la couverture sur ses épaules.

— Janot m'a demandé de m'occuper de vous !

— Je te remercie, Mélusine.

— Janot m'a dit que vous l'avez sauvé et m'a raconté votre histoire.

Ingeburge ne tremblait plus. La fièvre semblait l'avoir quittée. De savoir Janot quelque part dans la ville la rassurait : elle n'était plus seule. Elle avala une gorgée de bouillon chaud, se sentit mieux.

Avant de quitter la cellule, Mélusine prit le temps de lui glisser :

— Janot vous fait dire qu'il est parti ce matin à Paris pour la mission que vous lui avez confiée.

Alors Croh revint se poser sur l'épaule d'Ingeburge, qui retrouvait un peu d'espoir. Elle s'approcha de l'ouverture percée dans le mur. Un peu de vent frais lui aviva les joues. C'était la seule manière d'échapper à l'horrible odeur qui régnait dans sa cellule. Parfois, Pierrarde lui apportait une petite bassine d'eau froide, et des vêtements de rechange. Parfois aussi, sur ordre du maître des lieux, elle l'emmenait à la promenade. Ingeburge n'avait pas le droit de sortir de l'enceinte du château et marchait dans la cour sous les remarques grivoises des gardes. Aux écuries, les valets se moquaient d'elle, l'invitaient à les suivre sur la meule de foin. Les plus hasardeux osaient même lui toucher les fesses. Elle ne réagissait plus. Mais Pierrarde avait des ordres stricts : si les soudards avaient toute liberté pour se moquer, elle chassait les plus audacieux en les menaçant de rapporter leur comportement au comte de Marville, qui ne plaisantait pas sur le sujet.

Depuis un an, Guilhem et Isabelle vivaient en parfaite harmonie au château de Virecourt, très ancienne bâtisse dont la toiture s'affaissait. De multiples courants d'air y maintenaient un froid glacial, même au plus chaud de l'été. Guilhem ne s'attardait pas à ces détails, qui montraient que le vieux comte, outre ses titres de grande noblesse, était complètement démuni. Il se faisait escroquer par son intendant, le sieur Pierre Perricaut, personnage retors et cupide. Quand Guilhem s'en aperçut, il lui administra une magistrale correction, qui remit l'intendant dans le droit chemin.

Etait-il heureux ? Pour la première fois de sa vie, la femme avec qui il partageait sa couche l'aimait. Le miracle était là ; Isabelle de Virecourt était tombée folle amoureuse de cet époux qu'on lui avait donné alors qu'elle se résignait à rester vieille fille. Le grand gaillard, souvent grossier, tapageur, bagarreur, aimant fort la ripaille et la gaudriole, ne correspondait pas à son idéal chevaleresque, mais l'homme, simple et généreux, l'avait séduite. Elle ne cessait de mignoter ce grand maladroit, peu enclin aux cajoleries, qui acceptait tout d'elle. Oui, il était heureux. Pendant quelque temps, jusqu'au début de l'été 1208, le chevalier nomade se sentit bien dans son fief, à parcourir ses terres et imaginer des changements, des défrichements pour agrandir les champs et la production de blé. Il se lança même dans la construction d'un nouveau village au milieu de la forêt. Il chassait le loup et rentrait le soir, fourbu, pour se faire choyer par son épouse qui l'attendait avec impatience. Fouillade, devenu intendant du domaine, s'étonnait de cette transformation surprenante. De son côté, profitant de la situation, il s'occupait surtout de jeunes servantes qui ne pouvaient rien lui refuser, mais l'aventure lui manquait.

Un matin du mois de septembre, un envoyé de la couronne, reconnaissable à son manteau portant fleurs de lys, arriva au château, où il fut accueilli avec les honneurs. Le vieux comte était sensible à ces marques qui le plaçaient au-dessus de la noblesse locale en le rapprochant du roi.

Attehin, l'envoyé de Philippe, demandait à Guilhem de rejoindre au plus vite la cour à Fontainebleau. La lune de miel était donc terminée, et il n'en fut pas fâché. Isabelle fondit en larmes, mais le service du roi ne se refusait pas. Guilhem demanda à Fouillade de faire préparer les chevaux et de se tenir prêt pour le lendemain matin.

Isabelle l'accompagna jusqu'à la porte du château en pleurant. Le vieux comte serra son gendre dans ses bras, regrettant de ne pouvoir l'accompagner. Puis il reprocha à sa fille de manquer de dignité. Les sanglots d'Isabelle redoublèrent : la jeune femme avait le terrible pressentiment qu'elle ne reverrait jamais son époux.

Paris n'était guère éloigné et les deux cavaliers atteignirent la capitale avant la nuit. Il pleuvait, le temps était frais. Philippe reçut Guilhem dans la pièce au cerf. Le roi semblait préoccupé et regardait le jeu des flammes sur le bois sec, la tête légèrement penchée sur son épaule droite.

— Ah, Ventadour, finit-il par dire en se tournant vers Guilhem, pardonnez-moi de vous conserver le nom par lequel je vous ai toujours appelé. Je trouve que « comte de Virecourt », s'il vous va fort bien, n'évoque pas les belles aventures que nous avons vécues ensemble.

Le matin même, le roi avait vu son nouvel astrologue italien, un certain Bellino, dont on disait le plus grand bien. Les prévisions d'Arrius, mort quelques mois plus tôt, lui manquaient. Bellino avait consulté le ciel et soutenu que de graves événements se préparaient.

« Sire, avait-il annoncé après une nuit d'observation, les astres se repoussent et vous envoient une très mauvaise influence. On vous trahit et on vous trahira encore, et de la pire façon. »

Depuis des années cette menace revenait chez tous les mages qu'il avait consultés. Philippe devait être vigilant. Il avait l'habitude des trahisons quasi quotidiennes de Jean sans Terre et ne s'en souciait pas. La véritable menace venait d'Auvergne, où l'Anglais avait des soutiens. Il était donc temps de remettre tout le monde au pas. Et qui mieux que Guilhem pour accomplir cette tâche ?

— Guy d'Auvergne n'est pas le plus loyal des vassaux, expliqua le roi. On vient de m'annoncer qu'il aurait fourni des hommes à mon ennemi. Il serait bon d'aller le mettre au pas avec une solide armée et de montrer à tous que le maître, c'est moi !

Une campagne dans la lointaine Auvergne, Guilhem ne pouvait pas espérer mieux. Il allait passer par Ventadour. Quelle aubaine ! Il trouvait là l'occasion de belles aventures et de renouer avec sa vie de soldat errant. L'image d'Isabelle flotta dans son esprit. Il allait être privé de ses caresses, de son amour, pendant quelques mois, mais les retrouvailles n'en seraient que plus heureuses.

Il prit congé du roi pour préparer l'expédition. Il devait partir avec une armée composée de plusieurs batailles, d'archers et de chevaliers en armes ; les hommes à pied seraient recrutés sur place : les mercenaires sans emploi déterminés à se vendre au plus offrant ne manquaient pas.

Les préparatifs durèrent plusieurs jours. Souvent le roi faisait appeler Guilhem. L'attitude du souverain avait changé à son égard. Il y décelait comme une méfiance. Mais Guilhem connaissait Philippe, qui, bien que ne faisant confiance à personne, était paradoxalement très influençable.

Au bout d'une dizaine de jours, l'armée fut prête. Plusieurs batailles parties du fort de Vincennes rejoindraient le restant de la troupe à Fontainebleau. Guilhem s'apprêtait à monter à cheval quand un jeune homme s'approcha. C'était Janot, qui voulait lui parler en particulier. Guilhem l'invita à le suivre dans un recoin de l'écurie.

— C'est la reine Ingeburge qui m'envoie ! fit rapidement Janot après s'être assuré que personne ne l'espionnait.

Guilhem reçut un coup au cœur. Il n'avait pas oublié Ingeburge pendant ces longs mois, et mesurait à cet instant précis combien elle lui avait manqué, même dans les bras d'Isabelle.

— Ingeburge, tu dis ? La reine !

— La reine, reprit Janot, souffre beaucoup. Elle est en prison, on la traite comme une servante. Elle veut mourir.

Guilhem recula d'un pas, comme frappé de face par un coup de bélier.

— Je dois voir le roi ! lança-t-il en s'éloignant.

Il savait où trouver Philippe. A cette heure, le roi était avec ses conseillers dans la salle au cerf. Face à lui, debout, le moine Roye l'entretenait des hérétiques du Midi et du soutien que leur apportaient les grands nobles du royaume :

— Rendez-vous compte, sire, l'évêché de Carcassonne est à eux et la mauvaise parole cathare se répand comme le feu sur des brindilles !

Clément, la tête basse, opinait, montrant qu'il était de son avis, pendant que Guérin, en retrait, secouait négativement la tête.

— Qu'on me laisse passer ! tonna Guilhem en écartant les sentinelles à la porte d'un ample mouvement du bras.

Surpris, Philippe se dressa. Son œil droit s'ouvrit entièrement. Les conseillers protestèrent d'une même voix.

— Qu'y a-t-il ? s'exclama le roi. Pourquoi me dérange-t-on pendant mon conseil ?

— Sire, dit Guilhem en s'inclinant sous le regard sévère des conseillers, je viens d'apprendre une nouvelle qui ne pourra que vous contrarier…

— Ah, et quelle nouvelle ? Je vous croyais déjà parti pour l'Auvergne.

— La reine Ingeburge… souffla Guilhem, que l'émotion étreignait, est traitée comme la première des servantes, maintenue en prison au fort d'Etampes au milieu des soudards et malmenée par des marâtres. Elle veut mourir !

— Bien, bien, fit le roi, qui ne sembla pas surpris. Je vais donner des ordres. Quant à vous, partez au plus vite pour l'Auvergne.

Guilhem s'inclina et sortit, dans le brouhaha des protestations. Voilà que le Ventadour se permettait d'interrompre le conseil, ce qu'aucun grand noble n'aurait osé ! Il allait trop loin !

— Ce n'est pas acceptable ! Sire, vous ne pouvez tolérer qu'on vous dérange de la sorte ! s'emporta Nesle.

— Taisez-vous, Nesle ! répondit fermement le roi.

Guilhem retourna dans la cour, où les hommes s'impatientaient. Janot, posté près de l'énorme cheval harnaché aux armes du comte de Virecourt, attendait ses consignes.

— Que dis-je à la reine ?

— Que j'arrive !

Il avait parlé sans réfléchir à la portée de son propos. Un capitaine ne détournait pas ses troupes du but assigné par le roi. Il allait partir pour de longs mois en Auvergne et pendant ce temps Ingeburge allait encore souffrir, encore dépérir… Cela n'était pas supportable.

Un cavalier, entré au galop dans la cour, arrêta sa monture devant Guilhem pour lui tendre une lettre d'Isabelle.

Chaque jour, chaque instant loin de vous me sera difficile, mais le service du roi passe avant nos petits plaisirs. Soyez prudent, sachez que je penserai à vous à chaque instant de la journée, et surtout le soir avant de m'endormir.

Je vous aime.

Guilhem la rangea dans la poche intérieure de son surcot. Il était encore temps de choisir le bon chemin, celui de l'honneur. Par cette lettre, Dieu le mettait en garde. Fouillade lui lança un regard triste.

— Il faut partir ! dit-il.

Alors, Guilhem donna l'ordre du départ. Les sabots des chevaux sonnèrent sur les pavés. La colonne de piétons s'étira sur le chemin empierré. Les cavaliers allaient en tête. Dix jours seraient nécessaires pour arriver sur les lieux. Son absence allait durer plusieurs mois, Guilhem ne serait pas de retour avant l'hiver.

Ils prirent la direction de Melun. Guilhem était sombre. D'ordinaire, le chevalier plaisantait, hélait les paysans qui les regardaient passer depuis leurs champs, chantait à l'occasion, n'hésitait pas à aller conter fleurette à une bergère. Il était si préoccupé que Fouillade s'en inquiéta à la première halte :

— La tristesse n'est pas bonne pour aller à la guerre. Il faut y mettre du cœur, c'est vous qui le dites !

— Fouillade, je m'apprête à faire la plus grosse bêtise de ma vie.

Fouillade n'insista pas. Il serait là pour conseiller son maître, mais il savait aussi que personne n'était plus têtu que Guilhem. Sa corpulence, sa faconde cachaient sa véritable nature, si fragile quand on touchait à ses sentiments. Ingeburge était son destin maudit. Il en avait souvent parlé à Guilhem, sourd dès qu'on lui disait ce qui ne lui convenait pas. Le chevalier ne savait pas résister à ses tentations et elles allaient rarement dans le sens de la sagesse.

— Appelle le capitaine Demanche !

Demanche ou Tors-Visage était un guerrier dans l'âme. Philippe II l'avait remarqué pendant le siège de Château-Gaillard. Ce maître du combat au corps à corps avait reçu une estafilade d'épée sur la joue droite. L'os de la mâchoire avait été tranché et s'était ressoudé de travers, ce qui donnait à son visage un aspect très particulier, avec le menton sur un côté, et les lèvres étirées en une apparence de perpétuel sourire dédaigneux. Il parlait peu et ses ordres brefs n'étaient jamais contestés. Courageux, premier au combat, il savait galvaniser ses troupes. Sa présence était presque toujours une assurance de victoire.

Demanche arriva, salua le commandant et attendit, la bouche figée dans son sourire froid, le regard vigilant.

— Vous allez prendre le commandement de l'armée. Je dois m'absenter pour une affaire importante. Je vous rejoindrai sur les lieux.

D'un geste de la main, Guilhem montra qu'il avait terminé. Demanche s'inclina et s'éloigna. Fouillade, en retrait, s'approcha de son maître.

— Réfléchissez, dit-il, il est encore temps de changer d'avis.

— Quoi ? s'emporta Guilhem. Ingeburge souffre, Ingeburge est torturée, et tu voudrais que je reste là, à ne rien faire ?

Guilhem demanda qu'on prépare son cheval.

— J'irai seul, insista-t-il. Toi, tu restes ici et tu veilles à ce que tout se passe bien. Si nécessaire, toi seul sauras où me trouver.

Fouillade ne cacha pas sa contrariété. Il avait le sentiment qu'il ne reverrait plus jamais celui pour qui il avait quitté sa ville de Tulle et sa famille. Il eut envie de déserter à son tour et de s'en aller au gré des chemins. Mais c'était là le meilleur moyen de se faire tuer au détour d'une forêt. Alors il osa :

— C'est risqué de partir seul dans ces contrées où pullulent des détrousseurs de toutes sortes…

— Je ne les crains pas ! lâcha Guilhem en portant la main à la garde de son épée.

Sans rien ajouter, il monta sur son cheval et partit, insensible aux dangers. Il avait endossé un capuchon noir de tissu grossier qui le faisait passer pour un vagabond ordinaire malgré sa taille peu commune. Se faire attaquer par des détrousseurs ne lui déplairait pas. Une sourde colère grondait en lui et ce serait la meilleure manière de calmer ses nerfs.

L'occasion ne se fit pas attendre bien longtemps. Comme il longeait l'orée d'une futaie, trois hommes surgirent devant lui.

Un peu d'exercice, enfin, pensa Guilhem, qui, jouant le jeu, descendit de sa monture, obéissant ainsi à l'ordre d'un solide gaillard au regard méchant.

— Ta bourse ! dit l'homme, qui, apercevant la cape de tissu fin, ajouta : Et tes vêtements !

Guilhem sourit, faisant semblant de se soumettre. C'était un jeu qu'il adorait et qui avait failli lui coûter la vie à maintes reprises. Enfin, d'un coup de poing magistral, il assomma le brigand et sortit son épée. Les deux compères détalèrent dans la seconde.

Guilhem était déçu, il aurait aimé un peu plus de résistance et une véritable bagarre. Il dut admettre qu'il s'y était mal pris.

Il remonta sur son cheval et partit à bride abattue jusqu'au prochain village. Il atteignit Mennecy avant la fermeture des portes, trouva une auberge. Rares étaient les voyageurs solitaires, aussi malgré l'impression qu'il laissait autour de lui Guilhem devait-il prendre quelques précautions afin de ne pas se faire détrousser pendant son sommeil. Après s'être fait servir à souper, il alla dormir dans l'écurie. Il avait attaché une corde à la longe de son cheval reliée à son poignet et dissimulée sous des brindilles de paille pour ne pas dévoiler le stratagème. Si quelqu'un entrait, l'animal bougerait la tête et le réveillerait.

La nuit s'écoula sans incident. Au lever du soleil, il se réveilla, dispos malgré des courbatures car il avait dormi assis contre un piquet. Il alla se rafraîchir le visage au bac situé au milieu de la cour, puis partit au plus vite, pressé d'arriver à Etampes, sise à dix lieues environ.

La ville était en ébullition comme chaque matin. Une grande activité régnait dans la rue principale qui se poursuivait par la route de Paris. Des chariots de grains et de farine partaient pour la capitale. Des troupeaux de vaches, moutons et porcs étaient rassemblés par leurs convoyeurs, qui les conduisaient à pied vers les boucheries de la capitale. L'importance de ce commerce avait fait fleurir quantité d'auberges et plusieurs boucheries, spécialisées dans l'abattage des animaux malades ou blessés. La viande était salée dans des tonneaux de bois et emportée par voie d'eau jusqu'à Paris ou Orléans. Les vignes sur les collines voisines produisaient du vin en abondance, qui abreuvait tout ce monde de passage. Les bordels pullulaient ; le prévôt avait dû prendre plusieurs arrêtés pour limiter la prostitution à des endroits et des établissements reconnus.

Au centre de la ville, protégé par de hauts murs, le palais entouré d'un parc et construit par Louis VI était l'un des lieux de résidence préférés du père de Philippe Auguste, le roi Louis VII, qui venait souvent chasser dans la forêt toute proche.

La forteresse où était emprisonnée Ingeburge avait été construite sur ordre de Philippe Auguste. La journée commençait par l'ouverture des portes. Les fournisseurs de la garnison formaient une file de chariots attelés à des chevaux ou des mules.

Guilhem s'en rapprocha pour chercher Janot, qui lui avait dit venir tous les jours au château. Le chevalier remarqua enfin le jeune garçon, sa capuche abaissée, non loin des portes, aux aguets.

— Vous êtes venu ! Ingeburge va être si contente !

— Il faut que je la voie au plus vite.

Janot réfléchit un instant puis précisa :

— Ce sont toujours les mêmes personnes qui vont livrer au château, raison pour laquelle il n'y a pratiquement aucune surveillance. On vous remarquerait, car vous n'avez pas l'allure d'un marchand. Attendez la nuit. Je connais des passages. C'est trop dangereux de rentrer par la porte.

— Qu'est-ce que tu veux dire ?

— Il y a des souterrains qui conduisent à différents endroits de la campagne en cas de siège.

— Tu les connais ?

— Faites-moi confiance. Retrouvons-nous ce soir, à la tombée de la nuit à l'auberge du Chat Noir, vous ne pouvez pas la manquer, tout le monde la connaît.

Janot abaissa sa capuche et rejoignit la longue file qui avançait au pas. Les animaux s'impatientaient, mais il fallait passer un pont-levis des plus étroits. Les livraisons duraient une partie de la matinée.

Comme Guilhem n'avait rien à faire, il alla flâner autour des douves de la ville. Ainsi, se rapprochait-il d'Ingeburge, qu'il imaginait derrière ces murs éclatants. La vie grouillait. Au bord de la rivière, on nettoyait les peaux pour les tanner. Dans le marais laissé par l'ancien cours de la rivière, on produisait une quantité considérable de choux, dont le fameux « pointu d'Etampes », nourriture de base du peuple, et aussi des crosnes, des raves de toutes sortes, navets, carottes, pois et fèves. En plus des moutons, on élevait lapins, poules et cochons. La rivière et ses nombreux canaux regorgeaient d'écrevisses, de poissons, anguilles, brèmes, truites et saumons qui remontaient de la Seine. Etampes était une ville prospère, fleuron du domaine capétien depuis que Robert le Pieux y avait fait construire un premier palais.

Guilhem guetta le soir avec impatience. A mesure que le temps passait, il se sentait de plus en plus fébrile. Comment Ingeburge allait-elle l'accueillir ? Dans quel état allait-il la retrouver ? Il s'en voulait de penser plus à elle qu'à Isabelle, sa femme devant Dieu.

Le soir fut enfin là. Il avait laissé son cheval à l'auberge et parcourait les rues, s'étonnant de tout et répondant aux sourires des belles. Il était si anxieux qu'il faillit arriver en retard au rendez-vous fixé par Janot. Il trouva le jeune homme, un ballot sur l'épaule, qui faisait les cent pas devant l'auberge du Chat Noir.

Les rues étaient déjà désertes. A cette heure tardive, il était préférable de rester chez soi. Janot conduisit Guilhem à la sortie de la ville près du mur d'enceinte toujours en construction après dix années d'hésitation sur le tracé. On était en train d'aménager de nouvelles douves et chaque jour des centaines d'ouvriers creusaient le canal qui devait acheminer l'eau de la rivière vers le fossé.

Ils arrivèrent à une porte encadrée par deux tours cernées d'échafaudages en planches. Puis ils pataugèrent un instant dans la boue, et s'éloignèrent dans une zone de marécages où coulait le Juineteau, restant de la rivière détournée. Ils atteignirent une colline couverte de vignes. Sur le flanc situé au soleil couchant, une immense carrière s'ouvrait entre les chênes rabougris et les épineux. C'était là que les Etampois trouvaient les pierres nécessaires à leurs constructions, le fort, le palais royal, l'église Notre-Dame et les fortifications autour de la ville. Janot conduisit Guilhem jusqu'à un renfoncement dans la roche où s'entassaient des blocs de pierre taillés.

— C'est là que les carriers ont trouvé l'entrée d'un passage. Il est très ancien. Les gens du château en ont oublié l'existence.

— Un souterrain ?

— Oui, il a dû être creusé au temps du roi Robert.

— Où mène-t-il ? demanda Guilhem, inquiet malgré lui.

Ce courageux guerrier avait la hantise des tunnels ; il redoutait d'être écrasé par un éboulement, ou de rester prisonnier sous terre. Pourtant, il n'hésita pas, et suivit le jeune garçon, qui avait allumé une petite lampe à huile.

— Tu ne m'as pas répondu, où allons-nous ?

Janot tenait la petite lampe au-dessus de sa tête, éclairant des rochers anguleux d'où suintait une eau jaune. Ils marchèrent ainsi un long moment. Guilhem, cassé en deux, n'en pouvait plus. Enfin, ils atteignirent une pièce circulaire, assez vaste, où leurs pas résonnaient. A l'extrémité brûlait une chandelle qui répandait une lueur mouvante. Guilhem distingua une forme assise sur un gros bloc de pierre ocre.

C'était une femme. Une cape cachait son visage. Elle était vêtue d'une sorte de manteau en peau de mouton. Quand le chevalier s'approcha, elle bougea et souleva son capuchon.

— Ma reine ? murmura Guilhem en s'agenouillant.

Elle abaissa la tête. Ses cheveux défaits tombaient en grosses mèches sur ses épaules maigres.

— Ne m'approchez pas, je me sens si vilaine !

Elle fondit en larmes. Guilhem, qui avait gardé le souvenir d'une princesse altière, retrouvait une souillon. Il sentait la colère monter en lui et cette colère s'adressait à un homme en particulier, le roi borgne qui l'avait fait comte. Il osa prendre la petite main posée sur le tissu grossier de la robe beige maculée de taches. Ingeburge leva ses yeux mouillés, d'un gris bleuté, pailletés d'or.

— Je ne vous laisserai pas croupir dans la vermine, ma reine. Ma vie est à vous.

Elle inspira, un léger sourire mit un peu de lumière sur son visage. Cela faisait si longtemps qu'on ne lui avait pas parlé de la sorte ! Elle serra les doigts épais de Guilhem.

— Monseigneur, le roi vous a confié une mission. C'est essentiel, vous n'avez pas à vous arrêter pour moi, car ce serait trahison.

— Le roi est responsable de vos tourments. Je ne saurais vivre en paix en vous sachant ici, aux mains de vos bourreaux.

Janot se rapprocha d'eux.

— Monseigneur, les portes sont fermées à cette heure. Vous ne pouvez pas aller chercher votre cheval. Et la campagne n'est pas sûre. Je vous conseille de passer la nuit ici, avant de quitter le pays demain.

— Et toi, que vas-tu faire ?

— Je retourne chez mon maître.

Un magnifique sourire embellit le visage maigre de Janot, au menton noirci par un peu de barbe.

— Il faudra partir au petit jour, quand les chariots arrivent au château et que règne un grand désordre. On s'apercevra vite de l'absence de… de la prisonnière. Il faudrait que vous soyez loin, parce qu'ils vont dépêcher des cavaliers partout. Je vous ai apporté à manger ! dit-il en tendant un ballot de provisions à Guilhem.

Janot s'éloigna à l'autre bout de la salle. Un passage avait été fermé par une espèce de porte en planches. Il l'ouvrit avec peine, puis s'enfonça dans le boyau, muni de sa petite lampe à huile.

Guilhem et Ingeburge se retrouvèrent en tête à tête, tout à coup intimidés. Elle gardait la tête baissée, lui, debout, ne savait quelle attitude adopter. Il pensa furtivement à Isabelle qu'il était en train d'abandonner avec la comté et ses privilèges auprès du roi. Mais cela n'avait plus d'importance, il était prêt à donner sa vie pour cet instant tant désiré.

— Ma reine, nous devrons fuir vers le sud. Le roi ne reviendra jamais sur sa décision, vous êtes condamnée à périr dans cette forteresse parmi la vermine et les soudards. Soyez une fugitive et je serai votre bras armé. Je vous conduirai loin d'ici, dans les terres d'Oc. Je vous emmènerai voir Sa Sainteté.

Ingeburge réfléchissait, la tête baissée. La chandelle émettait une odeur de suif.

— Ce dont j'ai le plus besoin, dit-elle enfin, c'est d'un bain, de l'eau pour nettoyer mon corps de la vermine qui le ronge. Les poux pullulent dans mes cheveux, je suis pleine de piqûres de punaises et de puces. Je me déteste…

— Nous trouverons tout ce qu'il faut demain. En attendant, regardons ce que Janot a apporté pour manger…

Il ouvrit le ballot de toile et découvrit du pain blanc, ce qui était rare dans les maisons du peuple, de la viande fumée et des harengs. Un véritable festin pour Ingeburge, qui ne se nourrissait que de soupe de pain et de raves depuis des mois, des années. Du tranchant de sa dague, Guilhem tailla une belle portion de pain qu'il tendit à la jeune femme. Elle s'en saisit, la contempla et y mordit avec une moue de fillette gourmande. Janot avait pensé à tout : même à une gourde en peau de chèvre pleine d'un petit vin fort bon que Guilhem apprécia. Il tendit la gourde à Ingeburge. Quand elle eut avalé quelques gorgées, elle soupira.

— Ce repas de bûcherons est un repas de fête ! Suis-je tombée si bas que me voilà contrainte à boire le vin à même le goulot ? constata-t-elle tristement.

Puis elle se ressaisit et se dressa.

— Je suis la reine de France, et une reine ne fuit pas son pays et son trône. Demain, à l'aube, je prendrai le souterrain et je rentrerai au château !

— Mais, ma reine, s'emporta Guilhem, vous êtes dans votre plein droit ! Le roi lui-même ne vous reconnaît pas ! Vous devez fuir, d'abord, ensuite avertir le pape, qui ne sait rien de votre situation depuis qu'on vous retient prisonnière, et aussi votre frère, le roi de Danemark…

Elle ne répondit pas et se recroquevilla dans un coin, comme si elle souhaitait disparaître, se fondre dans la nuit. Guilhem s'assit en respectant un espace entre eux. Il réfléchissait. Sa bourse contenait assez d'or pour faciliter leur voyage, et changer de chevaux aussi souvent que nécessaire. Ils iraient à Brive, en terre anglaise. Là, il trouverait le moyen d'assurer la subsistance de la reine en attendant les secours du pape ou d'autres.

Dans le silence, il entendait les sanglots d'Ingeburge. Il aurait voulu se rapprocher d'elle, la serrer dans ses bras, la protéger comme un tout petit enfant.

— Quand j'étais petite fille, dit-elle tout à coup, j'aimais courir dans les prés fleuris au printemps. C'était après un rude hiver, tout à coup la nature revivait, les oiseaux chantaient, il y avait des fleurs partout. Je ne pensais pas que la vie pouvait être aussi difficile pour des enfants de Dieu. Mais Dieu m'a abandonnée.

La chandelle était en train de s'éteindre, la nuit s'épaississait dans cette salle où la moindre goutte d'eau faisait un bruit de cloche, Guilhem mesurait l'ampleur de ce qu'il venait de faire, de sa trahison, il lui fallait s'en justifier devant la seule personne qui comptait pour lui.

— Quand je vous ai vue pour la première fois, à la cour de votre père, j'ai été pris de tremblements. Tout mon être n'était que mollesse et fièvre. Je comprenais que ma vie ne serait plus jamais comme avant…

— Taisez-vous ! murmura-t-elle.

— Non, je ne me tairai pas. Je n'ai plus rien à perdre. Je redeviens le vagabond sans but. Sans vous, je suis en enfer.

— Je vous demande de vous taire !

— Le pire moment a été votre mariage avec le roi, mon roi, celui qui a fait de moi un chevalier, et plus tard le comte de Virecourt, et surtout son ami. J'ai passé la nuit dans une taverne à boire jusqu'à ne plus penser… Et puis le roi vous a rejetée. C'était un signe du ciel, la marque qu'il vous destinait à moi…

— Une reine doit suivre son destin ! Elle ne s'appartient pas, elle est à sa fonction. Son devoir, c'est de servir sa couronne, sans écouter ses sentiments.

— Je ne suis qu'un tout petit nobliau, c'est vrai, mais je vous aime. C'est ma grande joie qui va causer ma déchéance !

— Je crois que vous êtes marié, monseigneur. Vous vous égarez.

— Non, je ne m'égare pas. Je me suis marié par ordre du roi.

— Dormez, demain, je retournerai dans ma prison et vous rejoindrez votre armée. Personne ne saura rien de notre nuit dans cette cave.

Trop de pensées se bousculaient dans son esprit pour que Guilhem pût dormir. Il sentait la présence agitée d'Ingeburge. Ils restèrent ainsi un long moment, puis Guilhem, distinguant nettement les rochers de la voûte, comme si le jour naissant arrivait jusque-là, décida :

— La nuit s'achève. Dès que les portes seront ouvertes j'irai chercher mon cheval…

— Non, Guilhem, cela ne se peut ! Je dois retourner au château.

Guilhem se dressa devant Ingeburge.

— Ma reine, je ne vous laisserai pas faire une telle folie !

Elle soupira, s'agenouilla pour prier. La fuite la tentait. Retourner dans sa cellule froide et humide, subir les brimades de Pierrarde, entendre les obscénités des soudards, cela lui semblait au-dessus de ses forces. Guilhem allait la conduire chez le pape, qui prendrait sa défense. Elle n'avait plus rien à attendre de Dieu…

— Allons-y !

Guilhem se dressa. Jamais elle ne l'avait vu aussi fort, aussi puissant. C'était bien la preuve que son salut passait par lui.

Le soleil éclairait l'horizon. Un ciel limpide s'étalait sur la campagne. On entendait les coups réguliers des tailleurs de pierres, les voix des maçons qui grimpaient sur les échafaudages.

— Je vais chercher mon cheval, dit-il, attendez-moi ici.

Il courut dans la pénombre, la main posée sur la garde de son épée, prêt à repousser quiconque aurait la malencontreuse idée de lui barrer le chemin. Il traversa sans encombre le chantier des murailles et retrouva son cheval à l'auberge du Chat Noir. Il put sortir de nouveau de la ville et rejoindre Ingeburge.

— Il y a foule, dit-il. Les marchands et les convoyeurs de bestiaux se préparent à prendre la route de Paris.

Ingeburge hésitait. Elle pensait à ce jour, quelques années auparavant, pendant le concile de Soissons, où le roi l'avait hissée sur la croupe de son cheval. Elle avait cru un instant que son calvaire s'achevait... Là, elle se trouvait si misérable, si sale...

En sortant, Guilhem mesura tout à coup son imprudence d'avoir laissé ainsi sa monture harnachée à la vue de tous. Il aida la reine à grimper sur son énorme boulonnais. L'émotion l'étreignait. Il sentait si proche de lui ce petit corps si fin et tant désiré qu'il en tremblait.

Ils chevauchèrent ainsi pendant plusieurs heures. Le soleil brillait sur les collines de l'Etampois. Ils s'en éloignaient par la route de Pithiviers au milieu des champs de blé et de fèves. Les serfs s'activaient. A l'orée d'un bois, des glaneuses de branches mortes entassaient des petits fagots qu'elles nouaient avec des liens en écorce de ronce. Des enfants les aidaient et rapportaient des brindilles. Le bois était une denrée rare dans cette contrée où l'on avait beaucoup défriché pour produire du blé. Il restait cependant, dans la direction de Pithiviers, des endroits où l'on trouvait encore des chênes millénaires, énormes et respectés par les habitants, comme autant de divinités issues des temps reculés. Ils fournissaient d'énormes quantités de glands pour les porcs et dominaient la campagne de leurs larges têtes rassurantes où à l'automne venaient se poser des multitudes de pigeons ramiers faciles à piéger.

Au château, Pierrarde s'était aperçue de la disparition de la prisonnière, mais n'avait pas donné l'alerte par crainte de la colère de Marville. Elle et ses femmes cherchèrent dans les moindres recoins de la bâtisse, explorant les alentours, puis se résignèrent à en parler au maître des lieux, qui se laissa aller à une violente colère.

— Il faut la retrouver, vous entendez ! Sinon je vous fais administrer vingt coups de fouet chacune !

Les fugitifs firent halte à Sermaise. Ce n'était pas encore assez loin, mais le cheval n'en pouvait plus. L'énorme charge que représentait Guilhem, sans même parler d'Ingeburge, avait eu raison de l'animal placide, qui boitait bas.

Une auberge en bordure du village entouré d'une palissade de troncs dressés et aiguisés au feu les accueillit pour la nuit. L'emplacement, au milieu des champs, n'en facilitait pas la défense, mais c'était une étape au cœur de terres très fertiles.

On pénétrait dans l'auberge par une cour intérieure avec à droite de grandes écuries et à gauche les communs, où vivaient les domestiques et où dormaient les moins fortunés des voyageurs. Guilhem demanda qu'on s'occupe de son cheval, qu'on le fasse boire et manger. Son entrée dans l'auberge fit sensation, mais il était habitué aux regards curieux. A côté de lui, Ingeburge était aussi menue qu'une fillette.

Il fit sauter sa bourse d'une main à l'autre pour montrer qu'il avait de quoi payer et exigea la plus belle chambre. La maison était vétuste ; la chambre ressemblait plutôt à un débarras, preuve qu'elle ne servait pas souvent. Le chevalier ordonna qu'on la nettoie au plus vite et qu'on apporte un baquet d'eau chaude et du linge propre pour sa compagne.

Aussitôt plusieurs valets et servantes se mirent au travail. Guilhem, debout au milieu de la pièce, surveillait l'avancée des travaux et n'hésitait pas à botter les fesses d'un garçon trop lent. Une fois la pièce prête, on disposa un grand baquet en bois. Des servantes y versèrent de l'eau chaude et Ingeburge put se baigner. Pendant ce temps, Guilhem, aux écuries, négociait l'achat d'un second cheval pour Ingeburge. Il souhaitait quitter au plus vite ce village trop proche d'Etampes, espérant atteindre Pithiviers avant la nuit.

Une servante vint l'informer que « Madame » était prête et l'attendait. Il se précipita dans la chambre et découvrit Ingeburge, qui avait retrouvé son allure de princesse. Ses cheveux avaient été tressés par des mains malhabiles, il s'abstint d'en faire la remarque. Elle lui sourit.

— Mes vêtements ont été nettoyés, mais ils sont usés et de mauvais tissu. J'ai pu me laver et je vous remercie, mon chevalier, pour ce grand bonheur.

— Qu'on aille chercher des vêtements dignes de Madame, gronda Guilhem en faisant sauter sa bourse. Qu'on amène ici un couturier et au plus vite !

L'artisan arriva quelques minutes plus tard, comme s'il attendait derrière la porte qu'on lui fasse signe. Il déballa d'une malle apportée par deux aides des robes de différentes tailles, vêtements confectionnés pour d'autres et qui lui étaient restés sur les bras. Ingeburge en essaya plusieurs et finalement se décida pour une robe dont le bleu rappelait la couleur royale. A peine quelques ajustements à la taille, et l'on aurait pu croire qu'elle avait été taillée sur mesure. Elle acheta également une cape en tissu plus épais, un manteau et quelques effets de corps, chemises et surcots. On fit aussi appeler le cordonnier, qui trouva dans sa boutique des bottes un peu grandes mais qui feraient l'affaire en attendant mieux.

Quand elle fut vêtue, il était trop tard pour reprendre la route. Guilhem demanda qu'on apporte à manger : une poularde entière pour lui et des pigeons de l'année pour Ingeburge. La table fut disposée au milieu de la pièce, d'où l'on venait de retirer le baquet. On avait aussi dressé un lit à tentures qui donnait un aspect accueillant à cette chambre enfin débarrassée de sa poussière et de ce qui l'encombrait.

Pendant qu'elle grignotait Ingeburge était soucieuse.

— J'ai fui, je viens de commettre la pire infamie…

— Non, madame, vous avez voulu vivre, et quand notre roi sera au courant du traitement qu'on vous faisait subir à Etampes, il ne pourra pas vous condamner et me remerciera de la décision que j'ai prise.

Il se tut, car il pensait que sa trahison ne pourrait pas passer inaperçue. Il n'obtiendrait aucune clémence de la part de Philippe. Il pensait aussi au vieux comte de Virecourt et à sa douce Isabelle, qu'il trahissait aussi de la pire manière. J'ouvre moi-même les portes de l'enfer ! se dit-il, puis il ajouta, à haute voix :

— Reposons-nous. Je me ferai tout petit, je ne prendrai pas plus de place qu'une souris.

Pour la première fois depuis longtemps, Ingeburge éclata d'un petit rire. Elle avait bu deux hanaps de vin, ce qui lui mettait de la joie au cœur. Elle se sentait si bien tout à coup, si légère, presque heureuse. La nuit tombait lentement. On fermait les lourdes portes de bois. Les cloches sonnaient dans un petit prieuré. Le calme revenait dans les rues, où patrouillaient des groupes de sergents armés de lances et d'épées.

— Nous partirons au lever du soleil, dit Guilhem. Nous ne devons pas perdre de temps !

— C'est étrange de porter de beaux vêtements cousus pour d'autres, constata-t-elle avec un gracieux sourire. C'est la première fois, j'ai l'impression de ne plus être moi-même !

Ingeburge sourit encore. Elle était de nouveau vivante et se découvrait des désirs, des envies simples, indignes d'une reine.

Guilhem demanda des chandelles et des lampes à huile. Il regardait le ciel s'assombrir, les étoiles briller par la fenêtre sans vitre, que l'on fermait avec des panneaux de bois. Ingeburge était à côté de lui, magnifique et si désirable. Il voyait ses yeux briller dans la pénombre, refléter la lueur des chandelles qui répandaient une légère odeur de suint de mouton.

Elle se posta face à lui. Il osa soutenir son regard.

— Je n'étais qu'un petit troubadour qui profitait du nom de son oncle, un vagabond, un coureur de chemins allant dans les châteaux où l'on voulait bien entendre sa vielle et ses chansons. On m'y donnait à manger si on était content, puis le lendemain, après une nuit dans la paille avec mon cheval, je repartais vers une nouvelle destination. Après, par goût de l'aventure et de la guerre, je suis parti à la croisade, où j'ai sauvé le roi Philippe. Et me voilà comte de Virecourt. Je suis indigne de ces honneurs !

— Vous avez l'âme noble. Vous risquez tout pour moi, qui ne suis rien.

— Non, je suis le pire des hommes, mais vous êtes ma reine, dit-il avant d'ajouter, dans un murmure : Je vous aime, même si c'est une offense de le dire. Je vous ai donné ma vie et je ne vous demande rien en retour.

Il avait envie de pleurer. Ingeburge, tout à coup décidée, lui prit la main.

— Je l'avoue, depuis que mon roi me rejette, j'ai eu des rêves indignes de mon rang, des envies de femme. Je me suis sentie si seule et si misérable que je regardais avec plaisir les porteurs de fagots, dont certains étaient de superbes jeunes hommes. J'ai demandé pardon à Dieu d'attarder mon regard sur leurs bras musclés, leurs corps bien faits, mais Dieu ne m'a pas entendue.

Elle planta ses yeux dans les siens. D'un geste lourd et délicat, elle caressa la barbe de Guilhem, ce qui le troubla.

— Moi non plus, je ne vous mérite pas, ajouta-t-elle.

Il n'eut pas la force de protester, tant le visage de la jeune femme était proche du sien. Son cœur battant la chamade, il posa son énorme main sur l'épaule d'Ingeburge.

— Maintenant, je peux mourir ! lâcha-t-il.

Elle était grave, ce qui enlevait à son visage son aspect juvénile et léger.

— Pourquoi suis-je si émue ? J'étais faite pour une vie simple et des plaisirs ordinaires.

Il avait envie de poser ses lèvres sur les siennes, mais, retenu par son infériorité de bâtard, il bredouilla :

— Je… vous aime !

Elle inspira longuement.

— Moi aussi, je vous aime depuis longtemps, mais je ne voulais pas me l'avouer parce que c'était accepter ma déchéance. Aujourd'hui, comme Dieu me tourne le dos, me voilà la servante du diable. Je mérite l'enfer et je l'accepte.

Elle ferma les yeux en murmurant :

— Je l'ai compris ce jour où Bjorg est venu me chercher. J'ai refusé de le suivre parce que je redoutais de ne plus jamais vous revoir.

Guilhem imagina alors une fuite éperdue dans une région inconnue où ils pourraient s'aimer au-delà de leurs différences…

— Je suis à vous, rien qu'à vous ! dit-elle en se serrant contre cette poitrine qu'elle n'arrivait pas à ceinturer de ses bras. Ce que je ressens vaut bien un royaume.

Elle sortit de sa manche une petite dague qu'elle gardait dans un repli du tissu, comme cela était courant dans les pays du Nord. La lame reflétait la lueur de la chandelle. Son regard avait des reflets tristes.

— Mettez-vous à genoux, Guilhem, murmura-t-elle.

Il obéit. La lame était pointée sur lui, mais cela ne l'effarouchait pas. Ingeburge, d'un geste rapide, déchira la chemise du chevalier, découvrant son torse velu.

— J'ai tant prié ! Je préfère mourir plutôt que retourner à Etampes, mais avant, je veux vivre un peu de ce bonheur terrestre dont Satan me montre les délices.

Elle appliqua le tranchant de la lame sur la peau nue de Guilhem. Une coulée de sang serpenta vers la chemise.

A son tour, elle déchira sa chemise, dénudant sa poitrine et ses seins magnifiques. La lame trancha sa peau fine, presque transparente. Le sang se mit à couler. Elle appliqua sa blessure sur celle de Guilhem.

— Nos sangs se mêlent, désormais nous ne faisons qu'un, chuchota-t-elle à l'oreille de Guilhem. Nous sommes l'un à l'autre pour toujours. Quelle que soit la sanction.

— Quelle que soit la sanction ! répéta-t-il.

Ils étaient conscients l'un et l'autre de ce qu'ils perdaient. Ils avaient choisi ; elle ne serait jamais reine de France, lui perdrait tout, l'amitié du roi qu'il trahissait, la douce Isabelle, qui ne méritait pas un tel affront. Ingeburge avait longtemps rejeté la tentation. N'en pouvant plus, son âme rebelle la poussait à la pire des déchéances.

— Nous allons mourir ensemble puisque la vie ne nous est plus possible ! Demain, à l'aube, nous avalerons chacun une gorgée de ce breuvage que j'ai toujours sur moi dans un pli de ma robe. C'est mon père qui me l'a donné, la veille de mon départ pour la cour de France. Il savait qu'il ne me reverrait jamais et m'avait dit : « Une reine meurt mais n'abdique jamais ! »

Elle entraîna Guilhem vers le lit, se dévêtit rapidement. Ils s'allongèrent, nus, l'un contre l'autre. Ils n'étaient déjà plus de ce monde. Il était le premier homme, elle la première femme. Ils réinventaient les gestes de l'amour et lui qui croyait avoir connu tous les plaisirs se découvrait ignorant et aussi maladroit qu'un jeune puceau. Ingeburge, au contraire, maîtrisait ses gestes et ses pulsions et savait les ralentir pour ne rien en perdre. Les heures s'écoulaient, les étoiles couraient dans un ciel sans nuages.

Le jour se levait. Les coqs chantaient ; les cloches appelaient les fidèles à la prière. Ingeburge et Guilhem s'étonnèrent de la clarté venant de la fenêtre. Ils s'étaient aimés toute la nuit, n'avaient pas vu le temps passer.

Ingeburge se dressa.

— Déjà ? s'étonna Guilhem.

Elle redevint grave et son visage impassible avait retrouvé sa hauteur, sa dignité de reine. Elle s'empara de la fiole posée sur une table près du lit.

— Monseigneur, l'heure est arrivée ! dit-elle d'une voix calme.

La porte s'ouvrit brutalement dans un fracas infernal. Un homme de grande taille fit irruption dans la pièce.

— Je vous arrête ! Ordre du roi.

Le chevalier de Nesle posa la pointe de son épée sur la poitrine nue de Guilhem.

— On se retrouve enfin ! s'exclama-t-il, triomphant.

En quelques secondes la pièce fut remplie de soldats en cotte de mailles, bassinet sur la tête. Sans un mot, ils s'emparèrent de Guilhem, qui ne chercha pas à se défendre, puis d'Ingeburge.

La belle histoire était finie.

Ce matin du 22 mai 1207, la ville d'Etampes était en liesse. Elle accueillait le roi de France et avait paré ses rues de fleurs, de rameaux aux feuilles nouvelles. Les auberges étaient bondées. On était accouru des villages voisins et parfois même d'Orléans pour assister au grand spectacle qui se préparait. Au château, le comte de Marville avait passé ses troupes en revue et donné des ordres stricts. Aux cuisines, on s'activait pour préparer le banquet en l'honneur du souverain.

Philippe II fut sur les lieux en fin de matinée. Il faisait beau ; le soleil s'était invité pour cette journée de liesse, preuve que Dieu était satisfait.

Marville s'empressa autour du roi pour lui montrer ses appartements et l'inviter à une collation avant le début des réjouissances. Sombre, Philippe II refusa.

— Qu'on en finisse au plus vite ! ordonna-t-il à son chambellan.

Clément avait compris que le roi était sous l'emprise d'un de ses habituels cauchemars et qu'il ne fallait rien en attendre de bon. Il fit hâter les préparatifs.

En tout début d'après-midi, la foule se rassembla en masse dans la cour du château. Bourgeois, serfs et marchands de passage s'entassaient sur cette vaste esplanade conçue pour contenir plusieurs batailles à l'exercice.

Au milieu de la cour, on avait disposé une estrade en bois sur laquelle Blizantin, le bourreau, vêtu d'un capuchon rouge, et ses aides préparaient leurs outils non loin d'un pot à feu rempli de braises où rougissait un pieu de fer. Excités, les spectateurs s'impatientaient. Des plaisanteries fusaient, accompagnées de rires gras. Des marchands de vin allaient des uns aux autres, proposant des hanaps ou des gourdes où boire directement au goulot.

Opposé aux deux tours de garde, on avait disposé un dais pour le roi et ses proches. Le grand et beau Nesle paradait près du souverain. Ce qui arrivait était son œuvre. Le soleil tapait fort, une toile avait été tendue pour faire de l'ombre.

Le roi était vêtu d'une robe courte de velours bleu ornée de fleurs de lys en fils d'or. Un large chapeau couvrait sa calvitie. Il marchait dignement, les mollets couverts de chausses blanches et de bottines en cuir de veau. Ses proches, dont son fils Louis et Blanche, son épouse, suivaient.

Le comte de Marville s'aperçut alors qu'il avait vu trop petit et que sous le dais on ne pourrait disposer suffisamment de sièges pour la famille royale et sa suite. Philippe demanda lui-même qu'on apportât des bancs, ce qui serait suffisant pour une cérémonie qui n'allait pas durer longtemps. Sur le côté arriva une charrette à quatre roues ferrées, poussée par des valets. Fermée par des tentures noires elle était sinistre parmi cette assemblée colorée et joyeuse. Une ouverture avait été faite dans le tissu épais pour qu'on puisse assister au spectacle de l'intérieur.

Enfin, des gardes armés de lances se rangèrent autour de l'estrade. Le roi fit un signe pour qu'on commence sans plus attendre. Il avait tenu à assister au supplice pour montrer que son jugement était inflexible, mais, au fond de lui, il était triste. Il souriait pourtant, parce qu'un roi ne doit pas montrer ses faiblesses.

On amena un cheval blanc attelé à une clayette à claire-voie qui raclait le sol avec un bruit désagréable. La foule retint son souffle quand elle vit six gardes armés, tenant en respect au bout de leur lance un homme de forte taille, aux larges épaules. Son torse nu révélait ses puissants muscles. Sa tête aux beaux cheveux noirs bouclés pleins de lumière restait fièrement droite. Il regarda autour de lui, attarda ses yeux sur le roi. Leurs regards se croisèrent, le condamné ne baissa pas la tête. Il se tourna ensuite vers la charrette couverte d'un drap noir. Il savait qui était à l'intérieur. Il allait mourir pour Ingeburge et n'en avait nul regret.

Assis près du roi, Louis sentait l'épaule de son père trembler. Philippe était blême, l'œil droit complètement fermé, il serrait les dents et respirait avec difficulté. Jamais douleur royale n'avait rendu Nesle aussi heureux. Il gagnait, et l'avenir s'ouvrait devant lui, toujours plus proche du roi, maintenant qu'il avait éliminé le dernier obstacle, ce comte de Virecourt de naissance obscure, que le roi avait eu la faiblesse d'écouter.

Aussitôt quatre hommes couchèrent Guilhem sur la clayette. Il n'opposa aucune résistance quand les gardes l'attachèrent solidement. Un garde monta sur un cheval blanc et sortit de la cour en traînant le chevalier déchu dont la peau du dos se déchirait aux cailloux. La sentence prévoyait qu'il devait être ainsi exposé dans les rues d'Etampes. Et une fois que le bois de la clayette se disloquerait, ce serait le dos de Guilhem qui raclerait le sol. La foule hurlait de joie en voyant ce noble dans la boue comme un vulgaire criminel. Quelle revanche pour le petit peuple ! Preuve que la justice de Dieu n'épargnait personne !

Guilhem serrait les dents, mais ne cria pas sa douleur. Il pensait à l'immense château de Ventadour perché sur son rocher, où il avait grandi. Puis il demanda silencieusement pardon à Isabelle, sa douce épouse, avant de concentrer ses pensées sur sa nuit d'amour avec Ingeburge. Le cheval au galop l'emmenait en enfer, il ne le regrettait pas, n'attendant aucun pardon.

Pendant ce temps, on conduisit sur l'estrade un jeune homme d'environ dix-huit ans, lui aussi le torse nu. Très maigre, il lançait autour de lui un regard terrorisé.

— C'est un enfant, sire ! dit Roye, qui n'aimait pas ce genre de réjouissance.

Le roi ne pouvait pas revenir sur la sentence dictée par Nesle, mais il en regrettait la sévérité pour un jeune homme qui avait agi par reconnaissance. Une potence était dressée. On entendait les cris d'une jeune fille que des hommes retenaient. Janot suppliait qu'on l'épargne ; sa voix incertaine retrouvait des intonations d'enfant.

Alors, une femme vêtue d'une longue robe noire quitta la charrette avec tant de vivacité que les gardes ne purent la retenir. Elle traversa la cour et se planta devant le roi.

— Philippe, cria-t-elle, comment peux-tu salir ton âme par ce crime ?

Elle fixait le roi, qui baissait la tête. Ingeburge montrait une telle dignité que personne ne broncha. Le tutoiement glaçait les proches, qui n'osaient intervenir.

— Puisque tu veux du sang, poursuivit la reine maudite, prends le mien. Moi, ta femme, reine de France que tu rejettes depuis quatorze longues années, exprime contre moi ta haine sans fondement. Va jusqu'au bout de ton monstrueux aveuglement !

Un silence de plomb régnait. La foule se tassait, comme honteuse d'être là. Clément pensa alors que la petite Danoise aurait pu être une grande reine, celle dont le roi avait le plus grand besoin pour vaincre les monstres qui le hantaient.

— Serais-tu trop lâche pour épargner un enfant ?

Philippe, vers qui tous les regards convergeaient, leva la main droite.

— Qu'on en finisse, dit-il d'une voix faible, que seuls ses proches entendirent.

Des gardes s'emparèrent d'Ingeburge et la ramenèrent de force dans la charrette. On l'entendit crier :

— Dieu te le fera payer !

Les aides de Blizantin saisirent Janot par les bras et le présentèrent au bourreau, la poitrine en avant. L'homme posa le pieu rougi sur la peau de la poitrine, qui se mit à grésiller dans une épaisse fumée blanche. Janot poussa un cri strident. La foule se mit à rire, des plaisanteries grossières fusèrent. Des mères, qui n'étaient pas les dernières à se réjouir du spectacle, joignirent les mains, montrant aux drôles accrochés à leurs robes ce qu'il en coûtait de ne pas obéir à Dieu. Le pieu se posa à un autre endroit. Janot ne criait plus. La tête renversée sur le côté, il avait perdu connaissance. Dans la foule, la jeune fille s'était évanouie. Le bourreau demanda qu'on jette un seau d'eau froide à la figure du supplicié pour le réveiller. Un silence se fit, comme si le temps s'était arrêté, comme si Dieu lui-même s'était rangé de son côté.

Un corbeau volait au-dessus de la charrette, montrant bien que le diable était présent. Philippe grelottait. Pourtant, il ne réagit pas quand le bourreau posa une fois encore la pointe incandescente sur le ventre de Janot, qui, après avoir poussé un autre hurlement, sombra de nouveau dans l'inconscience. Blizantin n'aimait pas ces jeunes condamnés qui ne tenaient pas leur partie sous la torture. Le spectacle en était toujours gâché, et la foule insatisfaite. Une voix cria du chariot :

— Philippe, Dieu te regarde !

Blême, le roi fit un signe à Roye, qui ordonna qu'on arrête le supplice : le roi graciait le jeune homme et demandait qu'on soigne ses blessures. Le corbeau perché sur la traverse de la potence poussa un croassement que tout le monde interpréta comme l'annonce d'un grand malheur.

La claie tirée par le cheval blanc revenait de son tour en ville. On dénoua Guilhem, qui parvint à se mettre debout. Son dos n'était qu'une large plaie. Il eut la force de se tourner vers la cour. Ce n'était pas le roi qu'il regardait à présent, mais Nesle, le beau Nesle parfumé et enrubanné, qui triomphait.

Le bourreau pensa qu'enfin un bon client allait donner du plaisir à la foule. Debout, malgré ses jambes et ses épaules en sang, Guilhem gardait la tête haute, impassible.

Le public était grave, conquis par la noblesse du chevalier déchu. Ne disait-on pas qu'il allait mourir par amour pour la reine enfermée dans la forteresse d'Etampes ? Il aurait fallu bien peu de chose pour retourner cette masse grouillante en faveur du condamné.

Le roi leva la main. Le bourreau porta la main à son énorme hache posée près du billot, s'arrêta un instant, se demandant comment il allait s'y prendre pour trancher proprement un cou aussi épais.

Philippe se concerta avec Clément et Roye, qui opinaient de leur tête couverte d'un large chapeau rouge orné d'une plume de paon. Nesle voulut se mêler à la conversation, le roi le repoussa d'un geste méprisant. Le moine Guérin, que l'on n'avait jamais vu pris en défaut, écouta le souverain, puis marcha vers le chariot où Ingeburge était retenue par quatre gardes. La foule, consciente qu'un événement anormal se tramait, retenait son souffle.

— Guilhem de Ventadour, comte de Virecourt, le roi, dans sa grande sagesse, a décidé de te faire grâce ! clama Guérin. Tu l'as trahi doublement. Tu mérites la mort, mais il te laisse la vie pour te repentir. Tu es déchu de tes titres et dépossédé de tes biens. Tu quitteras le royaume de France, où tu ne reparaîtras jamais.

Le bourreau reposa sa hache. Son travail s'achevait plus tôt que prévu. Ce qui le gênait beaucoup : il n'allait pas pouvoir disposer des effets du chevalier, notamment de sa large cape violette, dans laquelle il avait déjà prévu de faire fabriquer plusieurs vêtements. Il s'en plaindrait au comte de Marville, qui le dédommagerait sûrement, tant ses services étaient appréciés et fréquents. Blizantin était toujours disponible pour toutes sortes de besognes, aussi bien en public, où sa forte taille rassurait, que pour des travaux plus délicats, au fond d'une geôle ou dans un coin de forêt.

La foule, déçue, se dispersa lentement. On attendit que Guilhem fût sorti de l'enceinte, conduit par des gardes armés, pour emmener le chariot d'Ingeburge. C'était l'heure du banquet, le comte de Marville pestait contre ses valets, qui n'étaient pas prêts. Le roi l'arrêta :

— Merci, comte, pour votre accueil, mais je dois me rendre à Fontainebleau et il se fait tard !

Le roi n'aimait pas les banquets, tout le monde le savait, mais cette décision contraria Marville, qui y vit une disgrâce. N'avait-il pourtant pas appliqué à la lettre les ordres de Philippe ?

— N'en soyez pas contrarié, cher comte, précisa le roi. J'ai tant à faire. Ce n'est que partie remise. Je me ferai une joie de faire honneur à votre hospitalité avant l'automne prochain !

Marville ne fut qu'à moitié rassuré. Le roi l'invita à le suivre à l'écart de la cour. Il posa une main amicale sur son épaule.

— La reine a subi trop de mauvais traitements ! fit-il comme s'il n'en avait pas donné l'ordre. Il est normal que dans ces circonstances elle ait tenté de quitter le château. Désormais, je veux qu'elle soit bien traitée, selon son rang, dans un grand appartement, avec des serviteurs, et qu'elle puisse aller à sa guise.

Marville ne comprenait pas ce revirement, mais s'empressa de rassurer le roi. Pour se justifier, Philippe ajouta :

— Le pape a les yeux sur vous !

C'était lui donner beaucoup d'importance et Marville s'inclina.

Moins d'une heure plus tard, la cour quittait Etampes pour Fontainebleau, où Philippe voulait se retirer pour réfléchir aux affaires du royaume.

En ce mois d'octobre 1207, les forêts d'Aquitaine offraient aux voyageurs les rouges des hêtres, l'or des noyers et le vert persistant des chênes. A peine les feuilles de ces grands arbres étaient-elles piquées de points sombres marquant la fin de la saison. Les moines de l'abbaye de Dalon, près de la rivière Dordogne, s'activaient dans les jardins et les vignes. Le raisin était magnifique et le vin serait bon. C'était une importante source de revenu pour la communauté.

Un inconnu, encore jeune, de forte taille, d'une carrure imposante, frappa à l'huis. Le domaine était entouré de hautes murailles, propres à décourager les pillards anglais, qui pullulaient. Dalon se trouvait dans un territoire où les seigneurs locaux changeaient de suzerains en fonction de leurs intérêts. Tantôt avec les Plantagenêt, tantôt avec le roi de France. Le père Lapottre, issu d'une bonne famille locale, préférait ne pas se mêler de ces querelles. Il gérait avec rigueur son vaste domaine agricole. Cela lui suffisait.

L'homme qui venait de frapper et attendait que la porte s'ouvre regardait le paysage alentour. Le pays couvert de forêts était calme, baigné dans la lumière jaune de l'automne. Guilhem était passé à Ventadour et avait appris la mort de sa mère. Puis, il était allé à Turenne, où son oncle avait écrit ses plus belles chansons. Enfin, il s'était rendu à Dalon, sur les pas de l'illustre troubadour.

La porte s'ouvrit. Un moine gringalet flottant dans sa large robe de bure parut surpris. L'arrivant ne lui était pas inconnu, malgré sa taille inhabituelle.

— Je suis Guilhem de Ventadour, le neveu de Bernart, et je viens ici pour me faire moine et demander à Dieu le pardon de mes péchés.

Le moine alla chercher le père Lapottre, un homme encore jeune de grande taille, au beau visage plein de douceur.

— Guilhem de Ventadour, dit-il. On m'a parlé de vous. Avez-vous votre vielle ?

— Oui, mon père, et désormais elle ne chantera que pour célébrer Dieu.

— Entrez, Guilhem. Vous êtes ici chez vous.

Pour le chevalier, l'aventure se terminait en ce lieu de prières. Il entrait au monastère avec le souvenir merveilleux d'Ingeburge. Il ne regrettait rien. Ses prières iraient à sa femme Isabelle, devant qui il n'avait pas osé reparaître.

Un homme un peu bossu fit son apparition, monté sur une mule. Il en descendit, s'approcha, poussa sa capuche et tendit les bras à Guilhem, qui l'étreignit avec chaleur contre lui.

— Fouillade, mon ami, je prierai pour toi !

— Cela ne durera pas longtemps. Vous n'êtes pas fait pour la prière !

— Que racontes-tu ? Je resterai ici jusqu'à la fin de mes jours, c'est décidé !

— Point, répliqua Fouillade en remontant sa capuche. Avant de quitter Paris, j'ai consulté un astrologue qui m'a dit que les astres ne vous voient nullement en habit de moine. On se reverra, c'est écrit là-haut, ajouta-t-il en tendant la main vers le ciel.

Puis Fouillade prit la bride de sa mule et s'éloigna. Guilhem le regarda marcher sur le chemin caillouteux. Il aurait voulu chasser de son esprit ce que venait de lui confier son serviteur, sachant que c'était un péché, mais n'y parvint pas.

A quatre cents lieues de là, au château d'Etampes, Ingeburge avait enfin retrouvé une vie presque convenable. Elle disposait d'un bel appartement, de serviteurs, et pouvait aller à sa guise. Elle faisait de longues promenades à cheval dans la campagne voisine et maintenait une correspondance suivie avec son frère, le roi de Danemark, avec le pape et plusieurs souverains d'Europe, ses parents. Elle pensait souvent à celui à qui elle était unie par le sang, et pour qui elle avait accepté l'enfer.

La rumeur se répandit qu'elle avait accouché d'un garçon en juin 1208, un enfant mort-né qu'on avait enterré de nuit dans un coin de la cour. Une autre rumeur, persistante celle-là, prétendait que le nouveau-né, bien vivant, avait été confié à un serviteur qui l'avait emmené en terre d'Oc, à Ventadour, où il grandissait dans l'ignorance de ses origines.

Les saisons, les années passaient pour Ingeburge. Elle avait appris que Guilhem s'était fait moine dans une lointaine abbaye d'Aquitaine. Elle avait été tentée de lui écrire, puis avait renoncé.

Six années s'écoulèrent.

Un matin, un cortège venant de Paris se présenta au château d'Etampes. On annonça le roi Philippe II et sa cour. Le comte de Marville, qui n'avait pas été prévenu, pressa ses serviteurs pour qu'ils mettent de l'ordre dans la place et que les cuisines préparent un festin. Aussitôt des valets allèrent commander poissons et gibier pour le dîner.

Philippe paraissait vieilli. Son œil droit ne s'ouvrait pratiquement plus, seule une fente sous sa lourde paupière laissait filtrer un trait de lumière. Il s'installa, pendant que l'on déchargeait ses coffres, son lit et tout le mobilier qui accompagnait la cour. Il séjournerait à Etampes deux jours, pas plus, sur son chemin qui devait le conduire en son château de Blois. Il demanda à voir Ingeburge.

Les épreuves avaient fait d'elle une femme hautaine. Les traits de son visage s'étaient durcis et lui conféraient une autorité naturelle à laquelle personne n'était insensible. Elle parlait peu, mais chacune de ses phrases teintées de son accent danois était pleine d'une autorité qui faisait plier le comte de Marville lui-même. Quand elle traversait la cour au milieu de ses suivantes, les hommes cessaient leur entraînement et s'inclinaient devant celle dont ils s'étaient tant moqués. Ingeburge répondait à leurs saluts. Ces soudards souvent grossiers se disputaient pour la servir car elle était généreuse.

Elle s'habillait simplement, tout de blanc. Cette couleur des veuves royales intriguait. Aux rares questions qu'on lui posait sur le sujet, elle répondait que c'était en souvenir de son enfance au Danemark, où la neige tombait en abondance.

Elle s'inclina devant le roi, mais sans passivité, avec cette prestance qui la faisait respecter de tous. Philippe s'inclina.

— Madame, lui dit-il, je suis triste pour tout ce qui s'est passé et vous en demande pardon.

— N'est-ce pas trop tard ? répliqua Ingeburge, comme indifférente.

— Il n'est jamais trop tard pour réparer ses fautes. Désormais, vous reprendrez à mes côtés la place qui vous revient, celle de la reine de France.

Ingeburge crut avoir mal entendu. Etait-ce possible, après vingt années de discorde ? Sa liaison incassable, son lien de sang avec Guilhem, l'éloignait à jamais du trône de France.

— Cela ne se peut, sire. J'ai fait vœu de chasteté pour le pardon de mes péchés !

— Je respecterai votre vœu.

Au dîner, Ingeburge, parée de ses atours royaux, était assise à côté de Philippe. Elle affichait une dignité de reine tandis que Marville ne pouvait s'empêcher de penser à la souillon qui donnait un coup de main aux cuisines sous les ordres de Pierrarde. Nesle, qui n'était jamais très loin, ne cessait de lui adresser des regards soumis. Il était temps pour lui de se rapprocher de celle qu'il avait surprise avec son amant, provoquant ainsi un scandale que la cour n'était pas près d'oublier.

La journée se déroula en réjouissances. Quand vint l'heure de se coucher, le roi quitta Ingeburge à la porte de sa chambre. Les courtisans s'en étonnèrent et pensèrent que l'histoire n'était pas encore finie.

Mais elle l'était. La raison politique l'avait emporté sur tout le reste.

Ainsi Ingeburge fut enfin reine de France auprès de Philippe, plein d'attentions à son égard et la comblant de présents. Mais jamais, jusqu'à sa mort, le 14 juillet 1223, il ne visita sa couche, respectant ainsi son vœu de chasteté.

Celle qu'on appelait désormais la reine d'Orléans avait fait construire un prieuré à Corbeil, où elle séjournait souvent.

Le jour de sa mort, le 29 juillet 1236 à la nuit tombée, un inconnu portant longue cape noire demanda à lui parler. Elle le reçut longuement et, quand il se retira, elle ferma les yeux puis s'endormit, un léger sourire aux lèvres…

Table

DU MÊME AUTEUR (*suite*)

La Malédiction des louves, Robert Laffont, 2008 ; Pocket, 2010
Les Enfants de l'hiver, XO Editions, 2009
Les Secrets de la forêt, Robert Laffont, 2010 ; Pocket, 2013
La Maison des Houches, Belfond, 2010 ; Pocket, 2012
Le Cri du goéland, Belfond, 2011 ; Presses de la Cité, coll. Trésors de France, 2014
Le Chant du papillon, Belfond, 2011 ; Presses de la Cité, coll. Trésors de France, 2015
La Tour de Malvent, Belfond, 2012 ; Presses de la Cité, coll. Trésors de France, 2016
Le Barrage, Belfond, 2012 ; Presses de la Cité, coll. Trésors de France, 2017
La Rebelle des sentiers de Lure, Belfond, 2013 ; Presses de la Cité, coll. Trésors de France, 2018
Un violon sur la mer, XO Editions, 2013
La Mémoire au cœur, Belfond, 2014
La Disparue de Saint-Sauveur, Belfond, 2015
Les Vents de la liberté, XO Editions, 2015
L'Enfant de Loire, Belfond, 2016
Chante, rossignol, Presses de la Cité, 2017
L'Année de la pluie, Belfond, 2017
La Belle Main, Presses de la Cité, 2018
Elle voulait voir la mer, XO Editions, 2018
La Garçonne, Presses de la Cité, 2019
Naufrage, Belfond, 2019
Le Testament d'Adrien, Presses de la Cité, 2020

AUX ÉDITIONS OMNIBUS

Sentiers d'enfance, 2013
Au nom du bonheur, 2017

Composition et mise en pages
Nord Compo à Villeneuve-d'Ascq

MIXTE
Papier
FSC FSC® C003309

CET OUVRAGE
A ÉTÉ ACHEVÉ D'IMPRIMER
SUR ROTO-PAGE
PAR L'IMPRIMERIE FLOCH
À MAYENNE EN MARS 2021

N° d'impression : 97982
Imprimé en France